Lotte Minck
Tote tanzen keinen Walzer

»Du kannst den Menschen aus dem Ruhrpott holen, aber niemals den Ruhrpott aus dem Menschen«, sagt Lotte Minck, und sie muss es ja wissen: 1960 im Schatten der Zeche General Blumenthal in Recklinghausen geboren, war sie viele Jahre in Bochums Veranstaltungs- und Medienbranche tätig. Nach 50 Jahren im turbulenten Ruhrgebiet entschied sie sich fürs andere Extrem: Heute lebt sie an der friesischen Nordseeküste, wo sieben Autos an einer Ampel bereits als Stau gelten.
Ihre Heldin Loretta Luchs und alle Personen in Lorettas Universum sind eine liebevolle Huldigung an Lotte Mincks alte Heimat.

Besuchen Sie Lotte Minck im Internet:
www.lovelybooks.de/autor/Lotte-Minck/
www.roman-manufaktur.de
www.lotteminck.de

Ruhrpott-Krimödien mit Loretta Luchs bei Droste:
Radieschen von unten
Einer gibt den Löffel ab
An der Mordseeküste
Wenn der Postmann nicht mal klingelt
Tote Hippe an der Strippe
Cool im Pool
Die Jutta saugt nicht mehr
Voll von der Rolle
Mausetot im Mausoleum
3 Zimmer, Küche, Mord
Darf's ein bisschen Mord sein?
Ringelpietz mit Abmurksen
Schach mit toter Dame
Ein Männlein liegt im Walde

Ruhrpott-Krimödien mit Stella Albrecht bei Droste:
Planetenpolka
Venuswalzer
Sonne, Mord und Sterne

Lotte Minck

Tote tanzen keinen Walzer

Eine Ruhrpott-Krimödie mit Loretta Luchs

Droste Verlag

Figuren und Handlung dieses Romans sind frei erfunden.
Ähnlichkeiten mit lebenden Personen sind rein zufällig und
nicht beabsichtigt.

Bibliografische Informationen der Deutschen Nationalbibliothek
Die Deutsche Nationalbibliothek verzeichnet diese Publikation in
der Deutschen Nationalbibliografie; detaillierte bibliografische Daten
sind im Internet über http://dnb.d-nb.de abrufbar.

© 2022 Droste Verlag GmbH, Düsseldorf
Umschlaggestaltung: Droste Verlag unter Verwendung
einer Illustration von Ommo Wille, Berlin
Druck und Bindung: CPI books GmbH, Leck
ISBN 978-3-7700-2128-4

www.droste-verlag.de

Kapitel 1

Ein inniger Wunsch von Freunden,
den Loretta beim besten Willen nicht abschlagen kann –
Hauptsache, Dennis trägt kein transparentes Hemd

Dieser Spätsommerabend zog alle Register. Nach der Hitze des Tages herrschten endlich angenehme Temperaturen, ein laues Lüftchen ließ die farbenfrohen Lampions über uns sanft schaukeln, und es duftete nach Blumen um uns herum. Im letzten Sonnenlicht schwirrten unzählige Pollentransporter summend umher und sammelten die letzte Ernte des Tages ein. Gemeinsam mit dem Amselmann, der im Gipfel eines Baumes eine melodische Serenade tirilierte, lieferten sie den typischen Soundtrack des Sommers.

Bärbel und Frank hatten zu einem gemütlichen Beisammensein eingeladen. Bärbels Fruchtbowle, die reichlich Umdrehungen hatte, schmeckte köstlich. Bis zu meiner Wohnung waren es für Dennis und mich nur wenige Gehminuten; Doris und Erwin waren mit dem Taxi gekommen – niemand sollte noch Auto fahren müssen, hatte Bärbel gesagt.

Natürlich hatte es jede Menge Schmackofatz vom Grill und aus diversen Salatschüsseln gegeben. Mittlerweile war der Tisch auf der Terrasse bis auf unsere Gläser abgeräumt, und wir waren leicht angeschickert und pappsatt. Alle waren angenehm entspannt.

Alle bis auf Frank, der auf seinem Stuhl herumrutschte und immer wieder seine Liebste anblickte, als würde er auf etwas warten. Bereits mehrmals im Laufe des Abends hatte sie in seine Richtung kaum sichtbar den Kopf geschüttelt, aber ich hatte es dennoch bemerkt. Frank brannte darauf, uns irgendwas zu verkünden, das war sonnenklar. Ob Bärbel schwanger war? Obwohl – nein, das war unwahrscheinlich, denn sie hatte von der Bowle getrunken.

»Frank platzt gleich«, raunte Dennis mir zu.

Im nächsten Moment gab Bärbel ihrem zappeligen Liebsten ein Zeichen, und der sprang sofort auf und schoss in die Küche. Durch die Terrassentür hörten wir etwas, das nach Gläserklirren klang, dann folgte ein undefinierbares Klimpern. Unsere fragenden Blicke beantwortete Bärbel mit einem feinen Lächeln, das nicht gerade viel verriet.

Dann tauchte Frank wieder auf, und zwar im Schleichgang. In einer Hand hielt er einen mit Eiswürfeln gefüllten Sektkübel – aha, das undefinierbare Klimpern. Aus ihm ragte eine Flasche, die verdächtig nach Champagner aussah. Mit der anderen balancierte er ein Tablett, auf dem sechs filigrane, langstielige Gläser aneinanderklirrten.

Unschlüssig blieb er am Tisch stehen; offenbar war er sich unsicher, ob er die kostbare Fracht der linken oder der rechten Hand zuerst abstellen sollte.

Doris erbarmte sich. »Gib mal her, mein Junge.« Sie stand auf, nahm ihm sanft das Tablett aus der verkrampften Hand und platzierte es vor ihm auf den Tisch.

Sie setzte sich wieder, und Erwin fragte: »Champagner? Haben wir etwas zu feiern?«

Frank nickte strahlend. »Jawoll, dat hamwa!« Er riss die Flasche aus dem Kübel, was feinen, eiskalten Sprühnebel über uns verteilte. »Schampanja für alle!«

Plopp. Der Korken verließ den Flaschenhals, und kein Tröpfchen der kostbaren Flüssigkeit lief heraus. Um ehrlich zu sein: Bei Frank hätte ich eher mit einer meterhohen Schaumfontäne gerechnet. Deutlich weniger geschickt war Frank allerdings beim Füllen der Gläser. Fasziniert verfolgte die Runde am Tisch seine Bemühungen, trotz zitternder Hand möglichst wenig zu verplempern.

»Und jetzt stoßen wa an«, sagte er schließlich und ließ sich auf seinen Stuhl fallen. »Du auch, Loretta. Auch wennde dat Prickelzeuch einklich nich leiden kannz.«

»Mit größtem Vergnügen, mein Lieber.« Ohne Widerspruch nahm ich mir wie die anderen ein Glas. »Aber worauf stoßen wir an?«

»Na, auf meine Süße und mich«, gab er in einem Ton zurück, als hätte ich die dämlichste Frage der Welt gestellt.

»Was wir jederzeit gerne tun«, sagte Doris. »Aber es gibt doch sicherlich einen bestimmten *Grund*, oder?«

»Was mein Freund euch sagen will«, erläuterte Bärbel lächelnd, »ist Folgendes: Frank hat mir einen Antrag gemacht, und ich habe angenommen. Wir werden heiraten.«

»Das wurde aber auch langsam mal Zeit.« Doris nickte und hob ihr Glas. »Meine herzlichsten Glückwünsche!«

Alle redeten durcheinander, gratulierten dem glücklichen Paar, stießen an und ließen sie hochleben.

»Gibt es schon einen Termin?«, fragte ich, als sich die allgemeine Aufregung wieder gelegt hatte.

Bärbel schüttelte den Kopf. »Noch keinen genauen. Wir wollen sowieso keinen großen Aufriss machen. Standesamt und dann eine kleine Feier mit Freunden.«

»Genau. Sowat wie dat hier heute Aahmd.« Frank schwenkte sein halb leeres Glas in unsere Richtung. Der Rest seines Champagners schwappte heraus und prickelte auf dem Tisch munter vor sich hin. »Schön zusammenhocken, lecker wat schnabuliern, lecker wat trinken. Nur mit unsere besten Freunde. Also ihr. Und Diana und Okko, natürlich. Vielleicht auch 'n bissken dat Tanzbein schwingen … Walzer und sowat. Dat macht man doch auf 'ne ordentliche Hochzeit, oder?«

Das Tanzbein schwingen? Walzer? An dieser Stelle war ich raus. Tanzen gehörte nicht zu meinen Kernkompetenzen.

Okay, früher war ich in dunklen Discos auf der Tanzfläche herumgespackt, wenn Alkohol mich enthemmt hatte. Aber *Walzer?* Oder gar andere Standardtänze? Das hatte ich nie gelernt. Und ich hatte auch nicht vor, das nachzuholen.

»Oh, darauf freue ich mich. Hm-tata, hm-tata …« Mit geschlossenen Augen summte Doris eine walzerartige Melodie, zu der sie sich verzückt wiegte.

Logisch, dass sie sich freute: Ich hatte sie und ihren Erwin schon so manchen flotten Discofox aufs Parkett legen sehen. Wo und wann immer tanzbare Musik ertönte, hielt es sie nicht auf ihren Stühlen.

Dennis ging deutlich pragmatischer an die Sache heran. »Gibt es etwas, das ihr gerne hättet, euch aber nicht leisten wollt?«, fragte er Bärbel und Frank. »Wir könnten euch einen Wunsch erfüllen, egal was.«

Das glückliche Paar tauschte einen verschwörerischen Blick, dann erwiderte Bärbel mit Blick auf mich: »Wir haben tatsächlich einen Wunsch, den ihr uns keinesfalls abschlagen dürft.«

Ein kleines Alarmglöckchen bimmelte in meinem Kopf. Ein Wunsch, den wir ihnen nicht *abschlagen* durften, das weckte mein Misstrauen. Das klang nach etwas, das wir normalerweise *nicht* tun würden. Sie hatte mich dabei angesehen. Also war es etwas, das speziell ich nicht tun würde. Jedenfalls nicht freiwillig. Ein gemeinsamer Fallschirmsprung? Bergsteigen in Südtirol? Ein Rucksack-Urlaub in Alaska?

Oder ging es gar um ein kitschiges, rüschenbesetztes Kleid, das ich tragen sollte? Es sollte ja Leute geben, die sich auch fürs Standesamt nach allen Regeln der Hochzeitskunst aufdonnerten. Hilfe – gehörte Bärbel etwa zu den Frauen, die sich eine *Prinzessinnen-Hochzeit* wünschten? Auch im kleinen Kreis konnte die Braut ein pompöses Kleid mit einer Krinoline tragen, unter der dann im Notfall locker sämtliche

Gäste Unterschlupf fanden. Falls es regnete oder so. Bisher hatte ich mich nicht mit ihr darüber ausgetauscht, also war es eine mögliche Option.

»Dürfen wir jetzt schon wissen, um welchen Wunsch es sich handelt?«, fragte Erwin.

»Das müsst ihr sogar«, sagte Bärbel, »denn es handelt sich um eine Vorbereitung für die Hochzeit.«

Vorbereitung für die Hochzeit? Es wurde immer geheimnisvoller.

»Wartet, ich geb euch 'nen Tipp«, rief Frank und sprang auf.

Staunend verfolgten wir seine Vorführung, die aus einer bizarren Mischung aus ungelenken Balletthopsern und einer Art mittelalterlichem Schreittanz bestand. Oder ahmte er einen Vogel bei der Balz nach?

Nach einer wackeligen Pirouette sah er uns gespannt an. »Na? Wisster schon?«

Allgemeines Kopfschütteln.

»Ihr seid doch sonz nich so schwer von Kapee! Wat is denn heute los mit euch? Ich sach euch, wat wir wolln: Wir gehen alle zusammen inne Tanzschule! Und da lernen wir Walzer und Tango und allet, wat man so braucht. Dat wird super! Ab demnächs ham wir eima inne Woche wat Superschönet vor! Zusammen! Na?«

»Seit der Tanzschule damals habe ich keine Standardtänze mehr praktiziert«, tirilierte Doris mit verklärtem Blick. »Bestimmt habe ich alles verlernt, ist ja schon tausend Jahre her.«

Tanzschule … Daran hatte ich nicht die allerbesten Erinnerungen. Ich war hingegangen, weil alle es getan hatten, und war in einen Kurs ganz alter Schule geraten. Soll heißen: die Mädchen auf der einen Seite, die Jungs auf der anderen. Mir erging es dort wie dem pummeligen Kind beim Sportunterricht, das bei der Mannschaftswahl immer bis zum Schluss übrig bleibt und dann in irgendein Team gehen muss, in dem dann alle demonstrativ seufzen und mit den Augen rollen.

In der Tanzschule war ich die Einzige, die sich nicht aufgedonnert hatte, um den Jungs zu gefallen – und überdies die mit der dicken Brille. Wenn also die Jungs die Mädchen auffordern sollten, entstand um mich herum ein großes Vakuum, beinahe so, als sei ich gar nicht anwesend. Ergebnis: In einer Art erzwungener Solidargemeinschaft tanzte ich stets mit dem Jungen, der bei der Damenwahl nie eine abkriegte. Tommy hieß er, und tatsächlich verstanden wir uns ziemlich gut, wenn ich mich recht erinnerte. Wie das halt so ist unter Ausgestoßenen.

»Du warst also mal in der Tanzschule?«, fragte ich Doris. »Freiwillig?«

»Kindchen, in meiner Generation machte man das automatisch. Teenager gingen zur Tanzschule, das war halt so. Die Jungs auf der einen Seite, die Mädchen auf der anderen, alle total schüchtern … Nicht wenige Ehen sind so entstanden. Wir hatten ja sonst auch kaum Möglichkeiten, uns kennenzulernen.«

»Bestimmt wollten alle Jungs nur mit dir tanzen, mein Täubchen«, schmalzte Erwin und blickte seiner Liebsten tief in die Augen.

»Darauf kannste aber einen lassen«, erwiderte Doris und hob ihr Glas. »Deshalb: vielen Dank, Bärbel und Frank, für diese tolle Idee! Prost!«

In die jubelnden Hochrufe von Doris, Erwin und Dennis konnte ich nur mit größter Überwindung einstimmen. Und das auch nur, um Bärbel und Frank nicht zu enttäuschen.

Mit meinem pseudobegeisterten Lächeln sah ich vermutlich aus wie Pennywise, der irre Horrorclown.

»Man hat es mir doch nicht angesehen?«, fragte ich Dennis später zuhause.

»Was? Dass du am liebsten schreiend weggerannt wärst?«, rief er aus der Küche. »Also, *ich* habe es gemerkt. Du solltest beten, dass Bärbel und Frank es nicht mitgekriegt haben.«

»O Gott.« Ich stöhnte. »Hoffentlich nicht. Ich will ihnen auf keinen Fall den Spaß verderben.«

Dennis brachte zwei Becher Kakao zum Sofa, auf dem ich mich ausgestreckt hatte. Er gab mir einen, stellte den zweiten auf dem Sofatisch ab und bückte sich nach Baghira, der neugierig herankam, um uns zu begrüßen. Dennis hievte den 7-Kilo-Kater hoch und tanzte summend mit ihm durchs Zimmer. Der überrumpelte Baghira hing wie ein nasser Sack auf Dennis' Arm. Seine weit aufgerissenen Augen flehten um Hilfe und Erlösung von dem Übel, das ihm gerade widerfuhr. Zumindest bildete ich mir das ein.

»Wenn du nicht willst, dass er dich vollkotzt, hör lieber damit auf, du Tierquäler«, sagte ich. »Es reicht gerade, dass *wir* tanzen müssen. Kein Grund, den Kater da mit reinzuziehen.«

Dennis setzte Baghira ab, der sofort auf seinen Kratzbaum flüchtete. »Tanzen gehört zu den ältesten Vergnügungen der Menschheit«, erwiderte er. »Schon die Neandertaler schwoften ums Lagerfeuer.«

»Sagt wer?«, fragte ich. »Gibt es Augenzeugen? Nicht, dass ich wüsste.«

»Vielleicht nicht, aber Archäologen haben in einer Höhle im Schwabenländle eine Flöte aus Mammutelfenbein gefunden, liebste Freundin. *Mammutelfenbein.* Das Ding ist deutlich älter als 30.000 Jahre, stammt also aus der Eiszeit. Und warum haben die sich Flöten geschnitzt? Vielleicht aus Langeweile? Um dann sinn- und zwecklos damit herumzufiepen?« Dennis schüttelte den Kopf. »Mitnichten, denn wo Musik ist, da ist auch Tanz. Das ist ein Naturgesetz.«

»Dann ist es eines, das für mich nicht gilt«, gab ich patzig zurück.

»Rutsch mal.« Dennis ließ sich neben mich aufs Sofa fallen und griff nach seinem Becher. »Ich verstehe sowieso nicht, warum du dich so anstellst. Wochenlang hast du mich gezwungen, mit dir zusammen jede verdammte Folge von dieser Tanzshow anzugucken. Wie heißt die noch mal?«

»*Let's Dance*«, brummte ich und nippte an meinem Kakao.

»Genau. Woher also kommt deine Faszination für diese Sendung, wenn du Tanzen so sehr hasst?«

»Weil ich mir schön gemütlich vom Sofa aus angucken kann, wie andere Leute sich abrackern.«

Dennis zuckte mit den Schultern. »Wenn es dir nur darum ginge, könntest du dir genauso gut ein Fußballspiel reinziehen. Oder die Tour de France, die Jungs müssen *richtig* ackern. Nee, nee, ich glaube, in Wirklichkeit stehst du auf diesen übertriebenen Glitzer. Und in deinen superdupergeheimen Fantasien würdest du eigentlich auch gerne so tanzen können, weil du es *toll* findest.«

»Mumpitz. Die Kleider finde ich total affig. Bäh, und diese halbtransparenten Hemden bei den Kerlen, schrecklich. Ich will keine Brustwarzen von Männern sehen, die durch zartes Gewebe schimmern. E-kel-haft. Du musst mir schwören, dass du niemals so ein Hemd anziehst.«

Der Blick, mit dem er mich bedachte, ließ einige Alarmglocken schrillen. Aber nein – nicht einmal Dennis würde sich trauen, mit so einem Fetzen auf der Hochzeit unserer Freunde aufzukreuzen. Trotz seiner Vorliebe für exzentrische Kleidung aus den Siebzigern.

»Und wie diese Gockel beim Pasodoble herumstolzieren!«, fuhr ich fort. »Wie durchgeknallte Stierkämpfer auf Droge. Lächerlich. Du scheinst vergessen zu haben, dass ich mich mit großer Begeisterung darüber lustig gemacht habe.«

»Immerhin weißt du offenbar, was ein Pasodoble ist«, murmelte Dennis in seine Tasse.

Himmel. Jeder, der diese Sendung guckte, wusste das. Ich wusste mittlerweile auch, was eine Samba war. Oder dieser alberne *Contemporary*, bei dem angeblich ›Gefühle vertanzt‹ wurden und bei dem sich die Protagonisten auf dem Boden herumrollten, und das auch noch *barfuß*. Es hatte also rein gar nichts zu bedeuten, dass ich es wusste.

»Ich gucke es, weil manche dieser Prominenten vollkommen talentfrei sind und wie Roboter über die Tanzfläche stampfen«, gab ich zurück. »Das amüsiert mich.«

»Dann müsstest du ja eigentlich nur so lange dabeibleiben, bis das Publikum die Roboter rausgekickt hat, denn ohne sie dürfte der Spaß für dich ja vorbei sein. Aber nein, du hast bis zur letzten Zehntelsekunde fasziniert am Bildschirm geklebt. Bis der Gewinner feststand. Und du hast immer Jury gespielt und Punkte verteilt. Ein reines Wunder, dass du nicht auch noch diese Kellen mit Zahlen drauf gebastelt hast. Ich war schon drauf und dran, für dich zehn Tischtennisschläger zu besorgen und mit Ziffern zu bemalen.«

Ach, tatsächlich? Gar keine so schlechte Idee. Dass ich darauf noch nicht selbst gekommen war …

»Keine Sorge, die nächste Staffel gucke ich ohne dich«, blaffte ich.

»Aber darum geht es mir doch gar nicht, Schatz«, erwiderte Dennis. »Es hat mir ja auch Spaß gemacht, sonst hätte ich mir schon etwas einfallen lassen, um es mir nicht angucken zu müssen. Aber ich würde mir wünschen, dass du dich auf unsere Tanzstunden freust.«

Ja, genau. Und vielleicht würde ich mich auch irgendwann über Nieselregen bei Temperaturen um den Gefrierpunkt freuen. Oder über eine Wurzelbehandlung beim Zahnarzt. Ohne Narkose. »Kommt vielleicht noch.«

»Überleg doch mal, Loretta: wir beide beim Tango! Mann, das wäre sexy. Leidenschaft, Schmerz und Melancholie, die Widersprüchlichkeit zwischen Mann und Frau. Ich führe dich übers Parkett, du stößt mich heftig weg, ich reiße dich wieder an mich … wie ein erotischer Kampf. Herrlich.«

Verdutzt sah ich ihn an. »Du weißt aber gut Bescheid.«

Dennis zuckte mit den Schultern. »Ich habe halt zugehört, wenn die in der Sendung was über die Tänze erzählt haben, und nicht nur auf die Mattscheibe geglotzt und auf den nächsten Patzer gewartet. Zugegeben, Tanzstunden haben bisher nicht weit oben auf meiner Liste gestanden, aber jetzt fallen sie uns in den Schoß. Meinst du nicht, es könnte dir ein winziges bisschen Spaß machen, mit mir zusammen tanzen zu lernen?«

Immerhin würde ich mit fünf Enthusiasten zusammen diesen Kurs besuchen. Bockig zu sein brachte mich kein Stück weiter. Sollte ich mich vielleicht weigern und damit allen die Suppe versalzen? Ganz bestimmt nicht.

Kapitel 2

Eine informative Vorstellungsrunde in der Tanzschule,
die Lorettas Fantasie Amok laufen lässt

Die Tanzschule Helgenberger-Lopez befand sich in einem schmucklosen, zweigeschossigen Flachbau aus den Sechzigern. Die Scheiben der großen, bodentiefen Fenster waren mit lichtdurchlässiger Folie beklebt, die den Blick ins Innere verhinderte, was mich irgendwie erleichterte. Fehlte gerade noch, dass sich während der Tanzstunde draußen auf dem Bürgersteig eine Menschenmenge versammelte, die meine stümperhaften Tanzversuche höhnisch kommentierte oder filmte und später ins Internet stellte.

Innerlich schüttelte ich den Kopf über meine Selbstüberschätzung. Das war ja schon fast wahnhaft. Als würde es irgendwen interessieren, dass ich einen Tanzkurs besuchte und ob ich dabei über meine Füße stolperte oder nicht.

Durch eine Toreinfahrt ging es auf einen gepflasterten Hinterhof mit fünf Parkplätzen, die alle belegt waren, unter anderem mit den beiden Autos unserer Freunde. Die drei Sprossenfenster an dieser Seite des Gebäudes waren nicht verklebt und gewährten – zumal ein Flügel offen stand – den Blick in einen Tanzsaal, in dem sich bereits etliche Leute versammelt hatten.

»Die anderen sind schon da«, sagte ich.

»Kein Wunder«, erwiderte Dennis und warf einen Blick auf seine Uhr, »die Stunde hat ja auch bereits vor drei Minuten begonnen.«

Ja, ja, schon verstanden, Dennis. Wie ein ungezogenes Kind hatte ich bewusst getrödelt und damit unseren Aufbruch zur Tanzstunde hinausgezögert.

Links vom Eingang unter den Sprossenfenstern umrahmten einige große, mit blühendem Buschwerk bepflanzte Betonkübel eine Sitzgruppe aus hölzernen Gartenmöbeln. Auf dem Tisch stand ein Aschenbecher mit ein paar ausgedrückten Kippen. Am Fahrradständer auf der anderen Seite der Tür waren zwei hochwertige Fahrräder angekettet.

Wir betraten die Tanzschule und standen in einem Vorraum, der mit einer Theke, Barhockern und kleinen Sofas mit Tischchen davor ausgestattet war. Aus einer offenen Tür drangen flotte Tanzmusik und munteres Stimmengewirr. Sechs Paare hielten sich in lockeren Grüppchen im Saal auf und blickten zum Eingang, in dem Dennis und ich nun standen.

»Da seid ihr ja endlich«, sagte Erwin, »wir waren schon kurz davor, Wetten darauf abzuschließen, ob du kneifst oder nicht, Loretta.«

Mein Gesicht wurde heiß, aber ich zuckte innerlich mit den Schultern. Sollte ich knallrot geworden sein, passte die Farbe perfekt zu meinem purpurrot und violett gestreiften Ringelshirt. Und zu den dunkelroten Wänden des Tanzsaals, aber das nur nebenbei.

Eine sehnige Frau mit tiefgebräunter Haut und wasserstoffblondem, raspelkurzem Haar glitt auf uns zu. Sie bewegte sich wie eine Balletttänzerin. »Herzlich willkommen. Loretta und Dennis, nicht wahr? Hier sind eure Namensschilder, die machen uns das Kennenlernen ein wenig leichter. Die Gruppe hat bereits entschieden, dass wir uns duzen wollen; ihr seid hoffentlich einverstanden.« Sie deutete auf ihr eigenes Schild. »Ich bin Marina. Marina Helgenberger, eure Tanzlehrerin. Und das«, sie zeigte auf einen schmalen Mann ganz in Schwarz, »ist Antonio, mein Gatte.«

Auch sie selbst war schwarz gekleidet – eng anliegendes Oberteil, das wie ein Sporttrikot wirkte, kombiniert mit einem wadenlangen Rock aus fließendem Stoff. Weder an ihr noch an ihrem Gatten konnte ich auch nur ein Gramm Fett entdecken, sie wirkten wie dürre Zweiglein. Während ich mir das Schild ansteckte, blickte Marina bekümmert auf meine ausgelatschen Segeltuch-Sneakers.

»Deine Schuhe …«, raunte sie mir leise zu, als wolle sie mich nicht vor aller Ohren beschämen, »also, die sind wirklich ungeeignet.«

Sofort schwoll mir der Kamm. »Und wieso, wenn ich fragen darf? Mir war nicht bekannt, dass es eine Kleidervorschrift gibt.«

Tatsächlich war ich die einzige Frau, die weder einen Rock noch Schuhe mit Absätzen trug. Pff.

Marina machte eine beschwichtigende Geste. »Natürlich gibt es die nicht. Aber viele Dinge bei den Tanzschritten werden dir in diesen Schuhen schwerfallen, fürchte ich. Manches wird auf den Fußballen getanzt, weißt du? Ballen, dann die Ferse absenken, wieder auf die Ballen erheben … ein kleiner Absatz entlastet dabei die Achillessehne, die bei diesen Bewegungen stark belastet wird.«

Aha, das leuchtete sogar mir ein. Es ging ihr also nicht um bestimmte Konventionen, sondern um die Gesundheit meiner Achillessehne. Damit konnte ich leben. Allerdings …

»Ich besitze leider nur flache Schuhe«, sagte ich.

»Für heute kann ich dir welche leihen«, erwiderte sie. Nach einem prüfenden Blick auf meine Füße fügte sie hinzu: »Größe 39, richtig?«

Auf mein Nicken hin schwebte sie von dannen und verschwand durch eine Tür.

Ich ging zu meinen Freunden, zu denen sich Dennis mittlerweile gesellt hatte.

»Worum ging es gerade?«, fragte er.

»Meine Schuhe. Zum Wohle meiner Achillessehne sollte ich Absätze tragen, sagt Marina.«

»Loretta und Schuhe mit Absätze!« Kichernd schüttelte Frank den Kopf. »Sowatt hat die doch gaanich. Wat kommt als Nächstet? Loretta im Blümchenkleid?«

»Frank!«, zischte Bärbel ihn an und stieß ihren Bräutigam in die Seite. Dann wandte sie sich mir zu. »Ich kann dir welche leihen, wenn du willst. Solche wie die hier.« Sie streckte den Fuß aus.

Schlicht, schwarz, kleiner Absatz, schmaler Riemen über dem Spann. Akzeptabel.

»Das Angebot nehme ich vorerst sehr gerne an.«

»Vielleicht kannst du dir dann auch gleich einen Rock ausleihen«, sagte Doris und drehte eine schwungvolle Pirouette, die ihren geblümten Rock fliegen ließ. »Der schwingt so schön beim Tanzen. Vor einer Jeans kann man das nicht gerade behaupten. Es sei denn, es ist eine von Dennis.« Amüsiert musterte sie den ausladenden Schlag seiner Hose.

Ich hob die Hände. »Immer schön eins nach dem anderen. Vorerst fühle ich mich angemessen gekleidet.«

Marina kehrte zurück und überreichte mir ein Paar güldene Pumps aus Satin oder dergleichen, die denen von Bärbel optisch ähnelten, aber über eine verblüffend biegsame Sohle verfügten. »Probier die mal. Das sind professionelle Tanzschuhe«, sagte sie.

An der Wand des Tanzsaals gab es eine lange Bank, darüber eine Hakenleiste von gleicher Länge, an der einige Taschen und Jacken hingen. Ich ging hinüber und setzte mich, um das Schuhwerk zu tauschen. Die Tanzschuhe passten perfekt und erwiesen sich als erstaunlich bequem.

Ich stöckelte zurück zu den anderen, und Dennis sagte grinsend: »Die Schuhe haben bestimmt mal Aschenputtel gehört. Goldene Pumps zu zerlumpter Jeans, das hat Stil. Solltest du öfter tragen, Schatz.«

»Ist geritzt, mein Prinz. Sobald du mir das dazu passende Diadem schenkst.«

In diesem Moment klatschte Marina in die Hände und rief: »Zeit für die Vorstellungsrunde, meine Lieben! Lasst uns einen Kreis bilden, und jeder erzählt ein bisschen von sich, damit wir uns besser kennenlernen. Immerhin werden wir uns während der nächsten Wochen alle ein wenig näherkommen und gemeinsam die Freude am Tanzen erleben.«

Was war das hier – eine Kindergartengruppe? Über diejenigen Leute im Raum, die mir wichtig waren, wusste ich bereits alles, und das reichte mir vollkommen. Der Rest der Anwesenden war mir so schnurz wie nur was. Der reine Zufall hatte uns hier und heute zusammengewürfelt, und überdies war ich schließlich nicht hier, um neue Freunde zu finden.

Wir waren sechs – mit den Tanzlehrern sieben – Paare, die sich nun zu einem lockeren Kreis formiert hatten.

Marina lächelte in die Runde und sagte: »Ich fange mal an. Also, ich bin Marina Helgenberger. Fünfzehn Jahre lang war ich Profitänzerin in einer Formationstanztruppe. Dort habe ich Antonio kennengelernt. Seit zehn Jahren sind Antonio und ich zusammen, seit sieben Jahren betreiben wir gemeinsam diese Tanzschule. Zusätzlich sind wir noch in einer Seniorentruppe aktiv, halb Profis, halb Amateure, mit der wir auch an Amateurmeisterschaften teilnehmen. Außerdem trainieren wir eine Truppe, die ausschließlich aus Amateuren besteht und den Formationstanz nur aus Spaß betreibt.«

Seniorentruppe? Ab wann man im Tanzsport wohl zu den Senioren gerechnet wurde? Vermutlich bereits mit läppischen vierzig Jahren. Ich fragte mich, wie alt Marina sein mochte. Mitte vierzig? Mitte fünfzig? Ich würde beides glauben. Ihre dunkle Gesichtshaut wirkte wie straff gespanntes Pergament, was vielleicht auf diverse Lebensjahre unter der künstlichen Sonne eines Bräunungsstudios zurückzuführen war.

Die Mitglieder dieser Formationstruppen sahen immer aus wie Klone aus der Petrischale, allesamt supergebräunt, gleiche Frisuren, gleiches Make-up, gleiches Outfit, eingefrorenes Lächeln. Irgendwie gruselig, wenn sie absolut synchron übers Parkett wirbelten. Aber auch faszinierend, wie ich zugeben musste. Wenn ich beim Zappen mal zufällig bei der Übertragung einer Meisterschaft im Formationstanz landete, blieb ich dran und fragte mich schaudernd, wie viel knallhartes Training wohl nötig war, um diesen Hochleistungssport in derartiger Perfektion auszuüben.

Ich erwachte aus meinen Gedanken. Marina hatte den Staffelstab an Antonio übergeben, und der sagte gerade: »Wir sind übrigens für unsere Truppe immer auf der Suche nach talentierten Amateuren. Keine Angst, dort werden keine Höchstleistungen verlangt. Das ist eher wie flottes Aerobic oder so. Damit treten wir auf Stadtfesten auf.«

Na, das fehlte mir gerade noch: Loretta Luchs wie ein Clown angemalt und im Paillettenfummel auf der Bühne beim Weihnachtsmarkt.

Danke, aber *nein* danke.

Antonio nickte seinem Nebenmann zu. »Wir machen einfach im Uhrzeigersinn weiter, schlage ich vor. Torben? Du bist dran.«

Der junge Mann – er mochte Mitte zwanzig sein – grinste. »Also, ich bin der Torben. Meine Freundin Gigi und ich studieren beide an der Uni. Wirtschaftswissenschaften. Wir sitzen so viel auf unseren Hintern, dass wir nach einem sportlichen Ausgleich gesucht haben. Allerdings konnten wir uns auf nichts einigen, das uns beiden Spaß machen würde. Ich jogge zum Beispiel gerne, aber Gigi geht lieber schwimmen, was ich wiederum schrecklich öde finde. Also haben wir uns für etwas entschieden, bei dem wir beide absolute Anfänger sind.«

Typische Hipster, dachte ich, während Gigi – »eigentlich heiße ich Giselle, aber alle nennen mich Gigi« – übernahm. Torben hatte einen Vollbart und eine kinnlange Prinz-Eisenherz-Frisur, sie trug einen gekonnt zerzausten Dutt. Beide waren aschblond. Kleidungsmäßig bewegten sie sich irgendwo zwischen Nerd- und Retro-Schick, sie im knielangen dunkelblauen Kleid mit weißen Streublümchen, er in hellbrauner Cordhose und gleichfarbigem T-Shirt, das mit einem alten VW-Bulli bedruckt war. Entweder hatte sie die Teile spottbillig im Secondhandladen geschossen, oder Unsummen dafür gezahlt, weil dieser Stil gerade mega-angesagt war.

»… aber erst nach endlosen Diskussionen konnten wir uns entscheiden«, sagte Gigi und rollte mit den Augen. »Habt ihr eine Vorstellung, wie viele Sportarten es gibt, die man auch als Paar betreiben kann? Dutzende! Nein – *Hunderte!* Und einer von uns hatte immer was zu meckern. Aber jetzt sind wir hier und sind total gespannt. Genau.«

Sie nickte dem Mann neben sich zu, der etwa in Erwins Alter zu sein schien. Aber während Erwin eher gemütlich wirkte, hätte ich jede Summe gewettet, dass Christian in seiner Freizeit auf Berge kletterte oder mit dem Mountainbike dieselben hinabraste. Oder beides. Und dazu noch surfte und jeden Marathon mitrannte.

Er räusperte sich umständlich und zog die junge, sehr attraktive Frau an seiner Seite eng an sich. »Meine Jenny und ich wollen tanzen lernen, damit wir auf den Bällen, die wir in Zukunft besuchen werden, eine respektable Figur machen. Ich habe meine Firma verkauft, und jetzt habe ich vor, das Leben zu genießen. Ihr wisst schon: Monte Carlo, Wien … Ich bin übrigens Christian.«

Christian strahlte Führungsqualitäten aus, das war unübersehbar. Sowohl er als auch das wallemähnige, kichernde

Blondchen neben ihm trugen Designerklamotten. Klassischer Fall von einem Sugardaddy, der sich den – bestimmt wohlverdienten – Lebensabend mit einer mindestens 30 Jahre jüngeren Gefährtin versüßt, konstatierte ich. Was mochte ihr Motiv für die Verbindung sein? Geld und Luxus? Bälle in Wien und Monte Carlo? Vielleicht. Vielleicht war es aber auch einfach nur Liebe. Sollte ja vorkommen.

»Also, ich kann ja tanzen«, säuselte Jenny, »aber das sind andere Tänze, als wir hier lernen können. Und mein Chrissie meint, die Tänze, die ich kann, passen nicht so auf Bälle mit reichen Leuten.«

Prompt geriet ich ins Grübeln. Welche Tänze sie wohl meinte? Den an der Stange in einschlägigen Etablissements zum Beispiel? Oder so einen, wie ihn Dita von Teese nackt in einer überdimensionalen Sektschale aufführte? Aber vielleicht war sie auch nur eine ehemalige Cheerleaderin oder hatte jahrelang Jazzdance oder Zumba praktiziert. Ihr Körper, der in dem knallengen Schlauchkleid bestens zu sehen war, wirkte jedenfalls durchtrainiert.

Die flotte rothaarige Mittvierzigerin neben ihr ergriff das Wort. »Ich bin Helga. Mein Mann Andreas und ich feiern im Dezember Silberhochzeit – und zwar auf eim großen *Kreuzfahrtschiff.*«

Der Art nach, wie sie das Wort betonte, teilte sie uns gerade eine absolute Sensation mit. Erwartungsvoll blickte sie in die Runde, und wir machten brav ›Ooooh‹ und ›Aaaah‹, was sie zufrieden nicken ließ.

»Damit erfülln wir uns 'nen Lebenstraum«, fuhr sie strahlend fort. »Und wir ham vor, jeden Abend tanzen zu gehn. Ich freu mich schon drauf, mich so richtich schick zu machen!«

Lebenstraum? Ihrer vielleicht, seiner ganz sicher nicht. Andreas bemühte sich zwar redlich, gute Miene zum bösen Spiel zu machen, aber *sein* Traum war es vermutlich, mit ein paar Grillwürstchen zu feiern, falls überhaupt. Denn dafür musste man nicht *richtich schick* sein – bei diesen Worten war er kurz zusammengezuckt. Für ihn hieß das lediglich Anzug, Schlips und enger Hemdkragen, was er vielleicht schon auf der Arbeit tragen musste. Helga dagegen stellte wahrscheinlich schon seit Wochen glamouröse Outfits zusammen.

Andreas – optisch deutlich unauffälliger als seine Gattin – redete weiter. »Helga hat et ja schon gesacht – ich bin Andreas. Auf ’nem Kreuzfahrtschiff ham wa noch nie Urlaub gemacht, dat wird … äh … spannend. Sonst sind wa immer mittem Wohnmobil unterweechs.« Er lächelte schief. »Ich bin übrigens Bankbeamter in der Kundenberatung und kann auch Hochdeutsch, aber in meiner Freizeit …«

Sag ich doch: Anzug, Schlips und enger Kragen. Und nicht nur das: Auch seine Sprache musste er seinem Beruf anpassen. Dieser Mann wollte seinen Urlaub in schlabberigen Bermudashorts verbringen, eine Angel in einen gottverlassenen Tümpel halten und mit niemandem reden. Helga allerdings konnte es bestimmt kaum erwarten, endlich mal eine Reise ohne müffelndes Campingklo, Gemeinschaftsduschen von zweifelhafter Sauberkeit und nervige Regentage auf engstem Raum zu genießen.

Gleichzeitig blickte Andreas dem Horror seines Lebens entgegen: Fremde, mit denen er Smalltalk machen musste, und durch dauerfröhliche Bordanimateure verordnete Zwangsteilnahme an sportlichen Aktivitäten und an Kostümfesten, die ein bescheuertes Motto wie ›griechische Götter‹ oder dergleichen hatten.

Vor meinem geistigen Auge sah ich einen mürrischen Andreas, in weiße Bettlaken gewickelt, einen Lorbeerkranz aus Plastik im schütteren Haar, der mit dem dritten Cocktail in der Hand seiner Helga zusah, die sich als strahlende Aphrodite präsentierte. Herrje, ich hätte ein Buch über die beiden schreiben können. Hoffentlich kippte er sie nicht irgendwann über Bord, weil er es nicht mehr ertragen konnte.

Das wäre ja dann doch irgendwie schade, so zur Silberhochzeit.

Wenn auch nahe am perfekten Mord. Denn: Wer sollte in den unendlichen Weiten der Weltmeere die muntere Helga finden, die irgendwann mitten in der Nacht über die Reling entsorgt worden war, während der Ozeandampfer unbeirrt seinen Weg fortsetzte?

Eben.

Kapitel 3

Frank entgeht nur knapp der gewaltsamen Beendigung
eines Monologs, und Loretta tun die Füße weh

Jemand stupste mich in die Seite, und ich schreckte aus meinen Gedanken hoch.

»Du starrst den Mann an«, wisperte Doris mir ins Ohr. »Was ist denn los mit dem?«

Ich schüttelte den Kopf. »Nix. Ich hab nur nachgedacht. Mir war nicht bewusst, dass ich ihn angaffe.«

»Für Flucht ist es jetzt leider endgültig zu spät«, raunte sie grinsend. »Du weißt ja: mitgefangen, mitgehangen.«

»Tja, man sollte sich seine Freunde halt ganz genau aussuchen«, erwiderte ich und seufzte.

Sie stupste mich erneut. »Lass uns einfach Spaß haben, Loretta. Schau dir Frank an: Er strahlt wie ein Kind unterm Weihnachtsbaum.«

Okay. Ich schaute ihn an, sah seine Freude – und das Herz ging mir auf. Frank war einer der liebsten – wenn auch einer der beklopptesten – Menschen, die ich kannte. Damals, als ich ihn in der Schrebergartenkolonie ›Saftiges Radieschen‹ kennengelernt hatte, war mein erster Eindruck nicht gerade positiv gewesen. Ich hatte ihn für einen selbstverliebten, aufdringlichen und oberflächlichen Schlauschwätzer gehalten, den ich am liebsten von hinten sah. Aber dann hatten sich in der Kolonie rätselhafte Todesfälle ereignet, und plötzlich waren wir ein Team gewesen. Nach und nach hatte ich Seiten an ihm entdeckt, die mich mein erstes und vorschnelles Urteil über ihn beschämt revidieren ließen.

Seither waren wir eng befreundet und hatten miteinander diverse Abenteuer erlebt – einmal waren wir sogar von Kriminellen verschleppt und in einer verfallenen Fabrikhalle gefangen gehalten worden.

Überhaupt hatte im Schrebergarten alles angefangen: mein erster Fall, die ersten Ermittlungen und meine erste Begegnung mit Kommissarin Küpper, der ich von da an immer wieder begegnen sollte.

»Ja, also, ich bin der Frank«, sagte er in diesem Moment, »und ich will auf meine Hochzeit 'ne richtich gute Figur machen, wisster?« Strahlend zog er seine Bärbel an sich. »Und dat hier, dat is meine Süße, dat is die tollste Frau auffe Welt. Ich weiß, dat sacht jeder Mann über seine Süße, aber *meine* Süße is wirklich die *aller*tollste Frau auffe Welt. Könnter mich für ankucken. Also, ich hab se gefraacht, ob se mich heiraten will, und meine Süße will, stellt euch dat ma vor. Wir sind ja schon 'ne ganze Zeit zusammen, und wir ham so 'n kleinet, schnuckeliget Lebensmittelgeschäft. Allet bio, nur allerfeinstet Zeuch …«

Unauffällig musterte ich die anderen, und damit meine ich die vier Paare, die Frank *nicht* kannten. Er hatte zu einem seiner berühmt-berüchtigten Monologe angesetzt, an die wir – seine Freunde – längst gewöhnt waren. In ihren Mienen sah ich die Reaktionen irrlichtern, die üblicherweise bei Leuten zu beobachten waren, die sein Geplapper noch nie erlebt hatten: Ungläubigkeit und widerwillige Faszination, gepaart mit der langsam einsetzenden Erkenntnis, dass ihn nichts und niemand stoppen konnte, wenn er einmal so richtig in Fahrt war.

Und das war er gerade.

»… und weil meine Süße und ich die Hochzeit mit unsere besten Freunde feiern wollen, sind wir alle in diesen Kurs.« Er deutete auf Doris und Erwin. »Dat sind Doris und Erwin. Der Erwin war mal Bulle, isser aber nich mehr. Jetz isser Hobby-Detektiv. Wenn ihr also mal wat rauszufinden habt, könnter den Erwin fragen, der hilft euch dabei. Und seine Doris, die is sowatt Ähnlichet wie die Mutti vonne Kompanie, die hat immer wat Leckeret zu picken am Start. Wenn wir Glück haben, bringt se vielleicht mal ihre superduperleckeren Frikadellchen mit zum Tanzen, die sind legendär, echt, müsster unbedingt mal probiern …«

Ich kicherte innerlich, als ich sah, dass bei den Umstehenden mittlerweile so eine Art Trancezustand eingesetzt hatte, deutlich erkennbar an der einen oder anderen hängenden Unterlippe.

»… und dann sind da natürlich noch Loretta und Dennis«, schwatzte er unverdrossen weiter und zeigte auf Dennis und mich. Er gackerte vor sich hin und fuhr dann fort: »Also, dat die Loretta hier in goldene Stöckel rumsteht, also, dat hätt ich nie im Leben gedacht, dat ich dat mal seh, echt nich! Dat die Loretta überhaupt hier is, also, dat is für meine Süße und mich dat größte Geschenk, echt. Weil, die Loretta und Walzer tanzen … dat is ungefähr so wahrscheinlich, wie dat mitten im Sommer der Gartenteich zufriert. So, und dann wäre da noch der Dennis, dat is der Kerl in diese supercoolen Klamotten. Dat is der Liebste vonne Loretta, und dat is überhaupt die beste Geschichte, wie die beiden zusammengekommen sind. Dat war nämlich so …«

Hätte Marina nicht in diesem Moment eingegriffen, wäre ich vermutlich zu ihm gesprintet und hätte ihm meine goldenen Pumps ins Plappermaul gestopft. Beide.

Aber von Marinas erhobener Hand ließ Frank sich tatsächlich stoppen. Sie lächelte leicht gequält und sagte: »Danke, lieber Frank, das war sehr … äh … aufschlussreich. Und netterweise hast du sogar gleich die Vorstellung deiner Freunde übernommen.« Ein undefinierbarer Blick flog zu Erwin, dann fuhr sie fort: »Aber jetzt wollen wir mal allmählich mit dem Unterricht beginnen, schlage ich vor. Unser erster Tanz ist der

Wiener Walzer, den Antonio und ich euch zunächst vorführen werden. Bitte tretet zurück an die Wand.«

Antonio ging mit geschmeidigen Schritten zur Musikanlage, drückte einen Knopf, und die beschwingte Melodie eines Walzers erfüllte den Tanzsaal. Antonio tänzelte zu Marina, die ihn bereits in Tanzhaltung erwartete: den Rücken nach hinten durchgebogen, den Kopf zur Seite gedreht, die Arme graziös wie eine Ballerina erhoben. Er umfing sie, einen Takt lang verharrten sie in dieser Position, dann kreiselten sie los.

Hui, das hatte Tempo, das war nichts für Schnecken. Sie wirbelten und kreisten durch den Tanzsaal, wechselten von Zeit zu Zeit die Richtung und vollführten komplizierte Figuren. Uff.

Doris und Bärbel standen Arm in Arm neben mir und wiegten sich lächelnd im Rhythmus der Musik. Und ich? Ich stand stocksteif da und wünschte mich ans andere Ende des Universums. Und schämte mich dafür. Warum konnte ich mich nicht einfach auf dieses harmlose Abenteuer einlassen? Warum vergeudete ich so viele Gedanken darauf, dass ich bestimmt bescheuert aussehen würde? Na ja, jedenfalls lange nicht so elegant wie Marina und Antonio, die ihre schwungvolle Demonstration nun beendeten und sich graziös vor uns verbeugten, was wir mit begeistertem Applaus – jawohl, auch ich klatschte – quittierten.

»Vielen Dank«, sagte Antonio, »das war also der Wiener Walzer, der recht temperamentvoll ist. Vielleicht fragt ihr euch, warum wir nicht mit dem Langsamen Walzer beginnen, der so viel einfach erscheint.«

»Aber lasst euch nicht täuschen«, übernahm Marina. »Gerade weil er so langsam ist, ist er deutlich schwieriger, weil die Tänzer in genau getakteten Pausen immer wieder in einer Position verharren müssen, bevor es weitergeht. Antonio erklärt euch jetzt die Tanzhaltung für den Wiener Walzer.«

Antonio nickte. »Die Tanzpartner stellen sich bitte voreinander auf; leicht nach links versetzt und mit geringem Abstand. Während ich euch die Haltung erkläre, geht Marina von Paar zu Paar und korrigiert, falls nötig, eure Haltung. Eure Füße platziert bitte vierspurig, das heißt leicht nach links zu denen eures Partners versetzt.«

Dennis und ich standen uns gegenüber und blickten auf unsere Füße hinunter.

»*Vierspurig?*«, murmelte Dennis. »Und welche davon ist die Überholspur?«

Ich prustete leise. »Die Rettungsgasse! Was ist mit der Rettungsgasse?«

»Die Tänzer blicken jeweils über die linke Schulter des Partners aneinander vorbei«, kommandierte Antonio nun.

»Leichter gesagt als getan«, raunte ich Dennis zu. »Ich bin zu klein, ich kann nicht über deine Schulter gucken.«

»Höhere Stöckel?«, flüsterte er zurück. »Stelzen?«

»Dann kippe ich um.«

Wir kicherten leise, verstummten aber abrupt, als Marina an uns vorbeiging und lächelnd den Zeigefinger an die Lippen legte.

»Nun zur Armhaltung!«, rief Antonio in die Runde. »Der Herr legt seine rechte Hand mit geschlossenen Fingern ans linke Schulterblatt der Dame ... sehr gut ... und die Dame legt ihre linke Hand an den Oberarm des Herrn. Aber nur ganz leicht, ohne Druck auszuüben. Also, meine Damen – ihr haltet euch nicht am Arm des Tanzpartners fest. Ihr dürft ihn nur zart berühren.«

Marina schien mit den diversen rechten Männerhänden an den jeweiligen linken Schulterblättern der Damen zufrieden zu sein, denn während ihrer erneuten Runde an den Tanzpaaren vorbei nickte sie zustimmend.

»Jetzt vervollständigen wir die Tanzhaltung«, fuhr

Antonio fort, »indem der Herr mit seiner linken die rechte Hand der Dame ergreift und – vom Körper entfernt – etwa auf Augenhöhe der Dame hält.«

Nun hatte Marina doch noch zu tun: Bei jedem Paar korrigierte sie die Höhe der Ellbogen, die bei uns allen offenbar zu niedrig war. Dann ging sie zu Antonio, und sie demonstrierten uns erneut die korrekte Tanzhaltung. Sollte Antonio die Hand von ihrem Schulterblatt nehmen – dessen war ich sicher –, würde sie auf der Stelle umkippen, so weit bog sie ihren Rücken nach hinten durch.

»Das ist die Haltung für den Turniertanz«, erklärte Marina, »die ist sehr extrem, wie ihr seht.« Sie richtete sich ein wenig auf und fuhr fort: »Für uns reicht diese Haltung. Die Dame neigt sich leicht zurück, sonst wird es zu anstrengend. Und wir wollen ja nicht, dass ihr verkrampft. Wiener Walzer ist ein sehr lockerer, schwungvoller Tanz. Bevor wir gleich mit den Schritten beginnen, machen wir eine kurze Verschnaufpause. Ihr könnt gerne an der Bar im Foyer etwas trinken, unsere Fruchtcocktails sind berühmt!«

»Frische Luft«, sagte ich zu Dennis und strebte vor den anderen her nach draußen.

Im Hinterhof, der von der Lampe über der Eingangstür gut ausgeleuchtet wurde, streckte ich mich und atmete tief durch.

Dennis, der mir gefolgt war, zog mich in eine Umarmung. »War bisher gar nicht so schlimm, oder?«

»Ich komme mir so blöd vor«, murmelte ich. »Und dafür schäme ich mich.«

»Warum kommst du dir blöd vor? Weil Tanzen nicht zu deinem Image als taffe Gangsterjägerin passt? Dafür interessiert sich hier kein Schwein. Für dein Image, meine ich. Wir alle sind aus demselben Grund hier, und keiner guckt den anderen deswegen schief von der Seite an. Lass locker und hab Spaß.«

Das hatte Doris auch gesagt. Warum fiel es mir bloß so schwer? Aber mit den goldenen Pumps kam ich mir noch blöder vor als sowieso schon.

Mit der Zweisamkeit war es vorbei, als Christian nach draußen kam, sein Cocktailglas auf dem Tisch abstellte und sich auf die Bank pflanzte. Er zog ein flaches Etui aus der hinteren Jeanstasche, klappte es auf und entnahm ihm eine Zigarette, die er mit einem Einwegfeuerzeug entzündete.

Nach einem tiefen Zug schickte er eine beeindruckende Qualmwolke auf Reisen und sagte: »Endlich.«

Ich fragte mich, was er wohl damit meinte. Die Pause? Den Drink? Oder doch seine Kippe?

Prompt gestikulierte er mit der Zigarette. »Ich kann einfach nicht ohne. Ein schreckliches Laster, ich weiß. Meine Jenny hasst es.« Gleichmütig zuckte er mit den Schultern. »Keine Rose ohne Dornen.«

»Wer ist denn die Rose?«, fragte ich. »Jenny oder du?«

Christian lachte dröhnend. »Gute Frage – nächste Frage. Nee, meine Jenny ist eine wunderschöne Blume, die hat keine Dornen. Die ist ganz weich und anschmiegsam.«

Torben gesellte sich zu uns, setzte sich auf einen der Lehnstühle und begann, sich eine Zigarette zu drehen. Christian schob das Etui in seine Richtung, aber Torben schüttelte den Kopf. »Vielen Dank, aber nein. Ich bin mittlerweile an den Tabakgeschmack gewöhnt, weißt du?«

Christian, der so raumeinnehmend die Bank belegte, wie es nur ein echtes Alphatier konnte – breitbeinig und einen Arm auf der Rückenlehne ausgestreckt –, nickte verständnisvoll. Dann sah er uns nacheinander an. »Und? Wie findet ihr den Kurs bisher?«

»Durchaus unterhaltsam«, erwiderte Dennis. »Dass Wiener Walzer vierspurig getanzt wird, hätte ich allerdings nicht gedacht. Wieder was dazugelernt.«

»Dann hat es sich doch bereits gelohnt!«, rief Christian aufgeräumt. »Typen wie euch habe ich hier übrigens nicht erwartet.«

Ich hob die Brauen. »Typen wie uns?«

Christian hob beide Hände. »Ups, das klang jetzt komisch. Sollte es gar nicht. Aber ich dachte, ich lande in einer Versammlung von langweiligen Schnarchnasen. Und langweilig seid ihr bestimmt nicht, das sehe ich sofort.« Er tippte sich an die Nase und zwinkerte mir zu. »Dafür habe ich einen Riecher, junge Dame. Und euer Kumpel, dieser Frank! Zum Schieflachen! Ihr seid schon eine echt verrückte Truppe. Ich wette, ihr mischt jede Party auf. Zu meiner nächsten seid ihr auf jeden Fall jetzt schon eingeladen.«

»Ach, wir planen eine Party, Liebling?« Jenny war zu uns getreten. »Wusste ich gar nicht. Was ist denn der Anlass?«

»War ganz spontan, Schatz. Seit wann benötigen wir einen Anlass, um ein paar Champagnerkorken knallen zu lassen? Wir bestellen ein Büfett, und schon kann es losgehen.« Christian klopfte auf die Sitzfläche neben sich. »Setz dich, Schatz.«

»Oder die liebe Doris bringt ein paar *superduperleckere Frikadellchen* mit«, erwiderte Jenny spöttisch und ging wieder hinein.

Während Torben seine aufgerauchte Zigarette im Aschenbecher ausdrückte, zündete Christian sich bereits die zweite an. »Man muss jede Minute nutzen«, sagte er und grinste breit.

»Was für ein Abend!«, ächzte ich, schleuderte die Sneakers quer durchs Zimmer und warf mich der Länge nach aufs Sofa. »Was für ein Panoptikum!«

Dennis lachte. »Jede Wette, dass sie exakt das Gleiche über uns denken! Ich fand's super.«

Er erhob sich auf die Fußballen, winkelte die Arme ab und

tanzte, einen Walzer summend, durch mein Wohnzimmer. Woher nahm er diese Energie? Mit dieser Solo-Übung hatten wir im Tanzsaal die letzte Dreiviertelstunde verbracht. Erst sollten wir alleine üben und erst in einer der nächsten Stunden, wenn wir die Schritte einigermaßen beherrschten, mit dem Tanzpartner. Das hatte mich extrem angestrengt, und ich hatte nur noch ein Bedürfnis: ausruhen.

Dennis ließ sich in einen Sessel fallen und grinste. »Ich sehe uns schon durch den Ballsaal schweben, Schatz. Immer rundherum und rundherum, dazu diese schöne, beschwingte Musik … Ich bin richtig begeistert.«

Da hatte er mir einiges voraus.

»Meine Füße tun weh«, maulte ich am nächsten Morgen.

»Sieh da, die Prinzessin auf der Erbse.« Dennis hob spöttisch die Brauen. »Nimm am besten gleich ein Fußbad, dann geht es dir bestimmt besser.« Er leerte seine Tasse und fügte leiser hinzu: »Hoffentlich.«

Ja, ja, schon verstanden: Er wünschte sich, dass ich endlich damit aufhörte, über den Tanzkurs zu nörgeln.

Wir hatten nur einen Kaffee getrunken, da er etwas zu erledigen hatte und unterwegs für unser Frühstück einkaufen wollte. Er war kaum zur Tür hinaus, als ich auch schon meine Freundin Diana anrief, der ich fest versprochen hatte, regelmäßig über die Tanzstunden zu berichten.

»Du wirst es nicht glauben, aber mir wurden goldene Tanzschuhe aufgenötigt«, sagte ich mit Grabesstimme.

»Goldene Pumps?«, quiekte sie begeistert. »Das hätte ich zu gern gesehen. Gibt es davon Fotos?«

»Leider haben wir versäumt, diese modische Sensation fotodokumentarisch festzuhalten«, gab ich zurück. »Ich hab mich auch so schon blöd genug gefühlt.«

Diana seufzte. »Du hast ja keine Ahnung, wie sehr ich euch

um den gemeinsamen Tanzkurs beneide. Aber Okko hat sich nicht dazu überreden lassen, dafür jedes Wochenende 600 Kilometer auf der Autobahn runterzuschrubben.« Erneut ein tiefer Seufzer. »Also, ich bedaure nur höchst selten, jetzt an der Nordseeküste zu leben, aber im Moment fühle ich mich richtig *ausgeschlossen*.«

Eigentlich war es ja umgekehrt: Üblicherweise beneidete ich sie darum, jederzeit am Strand spazieren gehen zu können. Und auch jetzt hätte ich sofort mit ihr getauscht, wenn sie mich darum gebeten hätte – zumal ich ihren Gatten Okko, den supernetten friesischen Anwalt, wirklich gern mochte. Die Kirsche auf der Sahne war ihr kleiner Hund Heini, ein Ausbund an Lebhaftigkeit und Fröhlichkeit, der in meinem Herzen einen festen Platz hatte. Nicht allerdings bei Baghira, weshalb sie ihn leider zuhause lassen mussten, wenn sie ins Ruhrgebiet kamen.

»Aber jetzt erzähl schon«, fuhr sie fort. »Wie sind die anderen Kursteilnehmer? Und eure Tanzlehrer?«

Jetzt war ich in meinem Element. Wortreich und in grellsten Farben schilderte ich ihr die acht Menschen, mit denen ich die nächsten Freitagabende verbringen würde.

»Ach, ist das spannend«, sagte sie verträumt, »eine Gruppe von Leuten, die sich sonst vielleicht niemals begegnet wären. Nur das Schicksal hat euch zusammengeführt.«

»Also, es ist ja nicht gerade so, als würden wir in einem Rettungsboot über die endlosen Weiten des Ozeans treiben und müssten irgendwann auslosen, wer zuerst gegessen wird«, erwiderte ich. »*Das* wäre wahrlich schicksalhaft. Aber mit diesen Leuten werde ich ein paar Freitagabende verbringen und darüber hinaus keine Minute länger.«

»Wer weiß?« zwitscherte sie fröhlich. »Manchmal hält das Schicksal Überraschungen bereit.«

Ha. Als ob ich das nicht wüsste.

In den folgenden beiden Wochen stellte sich heraus, dass Dennis deutlich eifriger bei der Sache war als ich. Bei jeder sich bietenden Gelegenheit forderte er mich auf, die erlernten Schritte zu üben. Das steigerte sich noch, nachdem wir in der Tanzschule zum Paartanz übergegangen waren.

Bärbel hatte mir ein Paar Schuhe mit fünf Zentimetern Absatz geliehen, mit dem es sich tatsächlich leichter tanzte als mit Sneakers. Ich hatte beide ausprobiert und miteinander verglichen: Die Pumps hatten gewonnen. Ballen – Ferse, Ballen – Ferse … das ging tatsächlich auf die Achillessehne, wie Marina mir erklärt hatte.

Nur zu einem Rock hatte ich mich bisher nicht durchringen können, und so war ich in der Truppe nach wie vor die einzige Frau, die in bollerigen Jeans zum Unterricht erschien.

Dennoch – insgeheim musste ich zugeben, dass mir die Tanzstunden, nein: das *Tanzen* mehr und mehr Spaß machte.

Nachdem wir den Walzer einmal so weit beherrschten, dass wir Neulinge nicht mehr ständig zusammenknallten oder übereinander stolperten, düsten wir wie entfesselte Brummkreisel kreuz und quer durch den Tanzsaal und hatten ›ohne Ende Spässken inne Backen‹, wie Frank es formulierte. Wenn die Musik endete, standen wir rotwangig und mit leuchteten Augen da und hätten am liebsten im Chor »Noch einen! Noch einen!« gebrüllt.

Kapitel 4

Schritt-Schritt-Seit-Schluss – Loretta lernt
ein neues Mantra und fragt sich später, ob es am Ende
nicht eigentlich ›Schuss‹ heißen müsste

»Heute machen wir beim Walzer mal Partnertausch!«, rief
Antonio aufgeräumt in die Runde. »Wir wollen ja auch mit
Leuten tanzen können, an die wir nicht gewöhnt sind, oder?
Ich teile euch zu!«

Ich erstarrte.

Wollten *wir* das? Ich ganz sicher nicht.

Bestimmt ahnte er nicht einmal im Ansatz, was er damit
bei mir auslöste, denn irgendwie ahnte ich, dass mein neuer
Partner sich nicht aus den Reihen meiner Freunde rekrutie-
ren würde. Zwar hatte ich mich mittlerweile an die anderen
gewöhnt und genoss durchaus die gemeinsamen Tanzstunden, aber ich war weit davon entfernt, sie als neue Freunde zu
betrachten.

Ich warf Dennis einen flehenden Blick zu, aber er zuckte
nur mit den Schultern, dieser miese Verräter. Darüber würde
später noch zu reden sein ...

Aber was hatte ich von ihm erwartet? Dass er sich schützend vor mich warf und »Mein Baby gehört zu mir!« in die
Runde blökte? Und warum stellte ich mich so an? Weil mir
dieser enge körperliche Kontakt mit einem Fremden unangenehm war, ganz einfach. Wie auch immer – da musste ich
jetzt durch.

Marina schwebte durch den Raum und führte die Damen
nacheinander ihren Herren zu.

Ich konnte nur hoffen, dass mir ein gemeinsamer Walzer
mit Andreas erspart blieb, dessen Beitrag im Großen und

Ganzen primär daraus bestand, seiner Helga beim Tanzen auf die Füße zu treten. Kein Problem, wenn ich meine dicken Boots trug, aber in Bärbels zarten Pumps war ich nicht bereit, meine Füße zu riskieren. Tatsächlich hatte ich mich schon gefragt, ob er sich absichtlich so ungeschickt anstellte, in der verzweifelten Hoffnung, doch noch durchtanzten Ballnächten auf dem Kreuzfahrtschiff zu entgehen.

Aber ich hatte Glück: Profi Marina schnappte sich selbst den bedauernswert untalentierten Andreas, während ich Torben zugeteilt bekam.

Konnte Torben tanzen? Ich hatte keine Ahnung, denn ich hatte wenig bis gar nicht auf die anderen geachtet. Von Andreas' motorischen Defiziten wusste ich nur durch die regelmäßigen Schmerzenslaute seiner Partnerin, die auch unseren Trainern nicht verborgen geblieben waren. Eine kluge Entscheidung von Marina, sich nun persönlich um Andreas zu kümmern.

»Walzerhaltung, bitte!«, kommandierte Antonio und startete die Musik. »Ich zähle runter!«

»Na, dann wollen wir zwei Hübschen mal«, sagte Torben und zog mich an sich.

Boah, was hatte der Typ denn bitte vor der Tanzstunde gegessen? Döner mit Knoblauchsauce und übertrieben viel rohen Zwiebeln, wie ich dem überwältigenden Pesthauch entnahm, der seinem Mund entströmte.

Unwillkürlich fuhr ich zurück, kam aber nicht sehr weit, da seine Hand an meinem Schulterblatt meine Bewegungsfreiheit stark beschränkte. Also bog ich mich nach hinten durch, so weit ich eben konnte, drehte den Kopf zur Seite und hielt den Atem an.

»Seht euch Loretta an!«, rief Marina. »Das ist die vorbildliche Walzerhaltung für die Dame. Bravo, Loretta. Das ist ein echter Fortschritt!«

Beinahe hätte ich gelacht, aber jetzt hatte ich immerhin eine Begründung für meine eigenartige Körperhaltung. Vielleicht sollte ich Marina und Antonio nach der Stunde einen kleinen Tipp geben? Um den Damen in ihren Tanzstunden diese absurde Verrenkung beizubringen, mussten sie den Herren nur etwas zu essen oder zu trinken geben, das einen abartigen Mundgeruch verursachte. Es musste ja kein Döner sein – ein Mettbrötchen mit Zwiebeln oder ein Smoothie aus Grünkohl, Brokkoli und frisch gestochenem Torf würde mit Sicherheit auch funktionieren.

Bestimmt hatte Gigi vor der Stunde ebenfalls einen Döner gegessen, was ja egal war, solange die beiden *miteinander* tanzten. Ich blickte mich um, denn ich wollte wissen, wer Gigi erwischt hatte. Es war Erwin, und tatsächlich wirkte sein Lächeln ein wenig gequält.

Irgendwie schaffte ich den Walzer mit Torben. Um ihn vom Quatschen abzuhalten, gab ich vor, mich intensiv auf den Takt konzentrieren zu müssen, indem ich halblaut mitzählte.

»Vorbildliche Haltung, hm?«, murmelte Dennis, als ich nach dem Tanz zu ihm zurückkehrte. »Woher kam die denn so plötzlich?«

»Frag nicht«, erwiderte ich und verzog das Gesicht. »Kann sein, dass ich nie wieder Döner essen will.«

Dennis hob die Brauen. »Wer sind Sie und was haben Sie mit Loretta gemacht? Du und kein Döner? Nie im Leben. Womit soll Baghira spielen, wenn du keine dönermiefende Alufolie mehr zusammenknüllst und durch die Bude kollerst?«

»Gutes Argument.«

Das erneute Einsetzen der Musik unterbrach uns. Diesmal war es kein Walzer, sondern ein Popsong.

»Leute, der Walzer sieht schon recht ordentlich aus«, rief Marina. »Beginnen wir mit dem Foxtrott, dabei können wir ein wenig entspannen. Die passionierten Discofoxer unter euch haben damit ja ohnehin kein Problem. Der Foxtrott lässt sich zu jeglicher Musik mit Vierviertakt tanzen, also zu Schlager und Popmusik, sogar zu Hip-Hop, wenn es vom Rhythmus passt. Antonio und ich machen es euch mal vor. Und wer mag, kann direkt mittanzen.«

Und schon ging es flott zur Sache. Natürlich schlossen Doris und Erwin sich ihnen an, und auch Christian und seine Jenny ließen sich nicht lange bitten. Im Gegensatz zu ihrem Discofox beeindruckten unsere Tanzlehrer allerdings durch etliche Variationen der Grundschritte sowie kompliziert wirkende Drehungen. Außerdem wirbelten sie durch den kompletten Tanzsaal, während die Amateure auf der Stelle tanzten.

Marina und Antonio blieben stehen. Obwohl sie gerade richtig Gas gegeben hatten, atmete keiner von ihnen auch nur das klitzekleinste bisschen schneller, was mich einmal mehr verblüffte und beeindruckte. Ich hatte nach jedem Vollgas-Walzer das Gefühl, unters Sauerstoffzelt zu müssen, obwohl ich zugeben musste, dass ich durchaus mittlerweile eine Steigerung meiner Kondition feststellen konnte.

»Der Herr beginnt mit zwei langen Schritten nach vorn«, rief Marina, »zuerst mit dem linken Fuß, dann mit dem rechten, dann folgt Seit-Schluss, also ein kleiner Schritt nach links, dann stellt der Herr seinen rechten Fuß daneben.« Während sie erklärte, führten sie und Antonio uns die Schritte in Zeitlupe vor. »Wie ihr gesehen habt, beginnt die Dame mit Schritten zurück, also Rück-Rück-Seit-Schluss. Nach dieser ersten Schrittfolge wird gewechselt, und der Herr geht nach hinten, während die Dame sich vorwärtsbewegt. Versucht es bitte mal.«

»Mist, jetzt können wir uns nicht mehr die Schritte laut vorbeten«, sagte ich, nachdem ich unsanft mit Dennis zusammengerumpelt war, weil wir uns in die gleiche Richtung bewegt hatten. »Wenn du vorwärtsgehst, muss ich zurück. Beim Walzer war es einfacher.«

Wir waren nicht die Einzigen, die damit zu kämpfen hatten, wie sich herausstellte. Lediglich die ›passionierten Discofoxer‹ bewältigten die Schrittfolge souverän.

»Die Routine entsteht allein durch Übung!«, rief Marina in die Runde. »Jetzt nicht aufgeben, Herrschaften! Wir beschränken uns einstweilen auf diese kurze Folge: Schritt-Schritt-Seit-Schluss … und wieder: Schritt-Schritt-Seit-Schluss … und immer so weiter.« Sie schaltete die Musik ein. »Hört auf den Takt, fühlt den Rhythmus: Schritt-Schritt-Seit-Schluss, Schritt-Schritt-Seit-Schluss, Schritt-Schritt-…«

Wie ein Mantra betete sie wieder und wieder diese vier Worte runter, was mit der Zeit geradezu hypnotisch wirkte. Aber erstaunlicherweise half es: Nach und nach grooven Dennis und ich uns ein. *Schritt-Schritt-Seit-Schluss, Schritt-Schritt-Seit-Schluss, Schritt-Schritt-Seit-Schluss …*

»Wundere dich nicht, wenn ich heute Nacht mit diesen Worten aus dem Schlaf hochschrecke«, murmelte ich Dennis zu. »Und zwar schreiend.«

»Konzentrier dich«, zischte Dennis.

Aber es war zu spät: Prompt gerieten wir aus dem Takt und stießen zusammen.

»Kleine Pause!«, rief Marina und schaltete die Musik aus. »Ihr werdet sehen: Am Ende dieser Stunde beherrscht ihr den Foxtrott im Schlaf.«

Die meisten stellten sich an die Bar im Foyer, wo Antonio seine hervorragenden alkoholfreien Cocktails mixte, die Raucher – Christian und die beiden Studenten – gingen vor die Tür.

»Ich will kurz an die frische Luft«, sagte ich zu den anderen, und Bärbel gesellte sich zu mir.

Im Hof war es dunkel, nur das Licht aus dem Tanzsaal fiel durch die Fenster nach draußen. Normalerweise brannte eine helle Lampe über der Eingangstür, aber die – genau wie die in der Einfahrt – war defekt, wie uns schon beim Eintreffen aufgefallen war.

Offenbar hatte irgendein Blödmann die Lampen mit einem Stein oder dergleichen eingeworfen, wie Marina uns erzählt hatte.

»Gott sei Dank nur die Lampen und nicht auch noch die Fenster«, hatte sie hinzugefügt. »Wir sind noch nicht dazu gekommen, sie zu reparieren. Seid bitte vorsichtig, wenn ihr in der Pause rausgeht.«

»Ich brauche kein Licht«, hatte Christian geantwortet, »meine Kippe findet meinen Mund auch im Dunkeln.«

Hauptsache.

Bärbel hakte sich bei mir unter. Wir steuerten die Einfahrt an, um ein paar Schritte die Straße entlangzugehen. Auch hier herrschte Dunkelheit, und mir war so, als hörte ich jemanden aus der Einfahrt rennen.

»Arschlöcher. Müssen alles kaputt machen«, sagte ich.

»Verstehe ich auch nicht«, erwiderte Bärbel. »Was meinst du – ob es ein Konkurrent war?«

Ich zuckte mit den Schultern. »Dazu müssten wir wissen, ob derlei Sabotage öfter vorkommt. Keine Ahnung, wie hart umkämpft der Tanzschulen-Markt ist.«

Vor den folienbeklebten Fenstern der Tanzschule blieben wir stehen.

»Sieht bestimmt lustig aus, wenn wir als verschwommene Silhouetten durch den Saal hoppeln«, sagte ich.

»Denkst du, man kann was erkennen?«, fragte sie erstaunt.

»Keine Ahnung. Vielleicht, wenn wir direkt vor den Fenstern vorbeitanzen.«

»Sag mal …«, begann sie und brach ab.

Sie schwieg so lange, dass ich schließlich nachhakte. »Was willst du wissen? Immer raus damit.«

»Na ja, ich wollte dich fragen …« Sie zögerte erneut und fuhr dann fort: »Der Tanzkurs. Gefällt er dir denn wenigstens ein bisschen? Ich meine, ich hab dir natürlich angemerkt, welche Überwindung es dich gekostet hat, hier teilzunehmen. Ich … Wir haben einfach nicht darüber nachgedacht, als wir euch dazu genötigt haben. Ich hab ein richtig schlechtes Gewissen, weißt du?«

Ich war bestürzt – damit hatte sie sich herumgeplagt? Ob *mir* dieser Tanzkurs gefiel? Jetzt hatte *ich* ein schlechtes Gewissen, aber hallo. Denn mittlerweile machten mir diese Stunden am Freitagabend ja sogar ziemlichen Spaß. Und keineswegs nur deshalb, weil Dennis und ich uns hinterher manchmal über die vier Paare, die nicht unsere alten Freunde waren, lustig machten und sie parodierten. Dennis lachte sich kaputt, wenn ich die Gigi gab, und ich konnte vor seiner virtuosen Darstellung des großspurigen Christian nur den Hut ziehen.

Ich umarmte Bärbel und sagte: »Diese Sorge kann ich dir nehmen. Wir treffen uns und haben Spaß miteinander, das finde ich richtig klasse. Wir haben so selten Gelegenheit, etwas gemeinsam zu unternehmen, gerade mit dir und Frank. Und außerdem: Als Frank bei der ersten Stunde sagte, es sei das schönste Geschenk für euch, dass ich hier mit mache … na ja, da hätte ich fast geheult, so gerührt war ich.«

Sie war sichtbar erleichtert. »Und wer hätte gedacht, dass ausgerechnet du derart gute Haltungsnoten bekommen würdest wie heute beim Walzer!«

Ich grinste. »Dann werde ich dir jetzt mal die Wahrheit hinter diesem Phänomen beichten …«

Unser Kichern hallte im Torweg wider, als wir zurück in den Hof gingen.

»Na, die Damen sind aber gut gelaunt«, posaunte Christian uns jovial entgegen. »Dürfen wir mitlachen?«

Na klar – Torben Stinkmaul, der neben ihm saß, wäre bestimmt begeistert.

»Geheimnisse unter Mädels, Christian«, erwiderte ich. »Ein Gentleman sollte nicht danach fragen.«

»Wer hat denn behauptet, dass ich ein Gentleman bin? Ich bestimmt nicht!« Er lachte dröhnend und fing sich einen finsteren Blick von seiner Jenny ein, die in diesem Moment nach draußen kam. Unbeeindruckt zog er sie auf seinen Schoß. »Na, Jenny? Bin ich ein Gentleman?«

Brüsk befreite sie sich aus seinen Armen und stand wieder auf. »Manchmal würde ich es mir wünschen«, fauchte sie und ging wieder hinein.

Auch das schien Christian nicht sonderlich zu beeindrucken. Demonstrativ rollte er mit den Augen. »Oha. Ärger im Paradies. Sieht ganz so aus, als müsste ich heute Nacht auf dem Sofa schlafen, Herrschaften. Ohne Blasmusik, wenn ihr versteht, was ich meine. Mal sehen, ob ich noch was retten kann.«

Er drückte seine Zigarette im Aschenbecher aus und folgte seiner Liebsten.

Mit hochgezogenen Brauen sahen Bärbel und ich uns an. »Das war mir eindeutig zu viel Information«, sagte sie. »*Blasmusik,* ich fasse es nicht.«

»Was man wohl zu Blasmusik tanzen kann?«, fragte ich nachdenklich.

»Danach müssen wir Marina und Antonio unbedingt fragen.«

»Bestimmt gibt es zu *jeder* Musik irgendeinen passenden Tanz. Sogar zu Blasmusik.«

Ich nickte. »Da sprichst du ein großes Wort gelassen aus, liebste Freundin. Ich setze auf Schuhplattler.«

»Hihihi – *Schuhplattler!*«, giggelte Gigi, die mit ihrem Torben den kleinen Wortwechsel fasziniert verfolgt hatte.

Eine deutlich wahrnehmbare Döner-Knoblauch-Zwiebel-Wolke wehte in unsere Richtung, und wir machten uns eilig vom Acker.

»Wir machen weiter mit dem Foxtrott«, verkündete Antonio, als wir uns wieder im Tanzsaal versammelt hatten. Er schaltete die Musik ein. »Die Paare gehen bitte in Aufstellung … und schon geht es los. Drei … vier … Schritt-Schritt-Seit-Schluss, Schritt-Schritt-Seit-Schluss, Schritt-Schritt-Seit-Schluss …«

Mit geschlossenen Augen überließ ich mich ganz der Musik und der hypnotischen Wirkung seiner monotonen Kommandos, und tatsächlich klappte es bei Dennis und mir erstaunlich gut. Wir kamen uns nicht mehr in die Quere, sondern schwebten in vollkommener Harmonie übers Parkett. Na ja, nicht ganz, denn wir tanzten ja auf der Stelle. Aber es lief hervorragend. *Schritt-Schritt-Seit-Schluss, Schritt-Schritt-Seit-Schluss, Schritt-Schritt-Seit-Schluss, Schritt-Schritt-Seit-Schluss, Schritt-Schritt-Seit-…*

PENG!

Es knallte ohrenbetäubend laut, dann schrie eine Frau.

Erschrocken öffnete ich die Augen. Ich war umgeben von zur Salzsäule erstarrten Tanzpaaren. Eine Ausnahme gab es allerdings: Christian lag am Boden. Aus seinem Hals sickerte Blut, das auf den Boden tropfte und eine kleine Pfütze bildete. Jenny war neben ihm auf die Knie gefallen und schrie noch immer wie am Spieß.

Mühelos übertönte sie die Musik, die unverdrossen weiterdudelte.

Automatisch blickte ich zu Erwin, der bereits sein Handy

am Ohr hatte und Polizei sowie Rettungskräfte alarmierte. Einige knappe, präzise Anweisungen, dann legte er auf.

Woher kam das Handy so schnell? Trug er es für alle Fälle in der Hosentasche? Falls er mal rasch die Polizei rufen musste, weil neben ihm jemand erschossen worden war?

»Dat kam aus 'm Hof! Da is 'n Loch im Fenster! Den schnapp ich mir!«, schrie Frank und machte Anstalten, den Saal zu verlassen.

Bärbel hielt ihn am Ärmel fest und kreischte: »Spinnst du? Willst du auch noch erschossen werden? Du bleibst hier!«

Das wäre längst erledigt, wenn der Schütze es gewollt hätte, dachte ich, immerhin stehen wir hier auf dem Präsentierteller: Draußen ist es dunkel, hier drin ist es hell, der hätte uns schön nach der Reihe ausknipsen können.

»So tut doch was!«, schluchzte Jenny. »Er stirbt!«

Es war ohnehin zu spät. Das Tröpfeln aus dem Einschussloch war versiegt, also wurde kein Blut mehr durch den Körper gepumpt. Christian war tot.

Jetzt war mir auch klar, warum jemand die Lampen über der Eingangstür und im Tordurchgang kaputt gemacht hatte.

Und dass mein neues Mantra angesichts der Situation eigentlich Schritt-Schritt-Seit-*Schuss* lauten müsste.

Kapitel 5

Alle waren dabei, und trotzdem hat niemand
den Mord gesehen – Kommissarin Küpper ist
alles andere als begeistert

Ich marschierte zur Anlage und stellte die Musik ab.

Jetzt war nur noch Jennys Schluchzen zu hören, dann ertönte ein lautes Poltern. Eine weitere Frau schrie auf und warf sich zu Boden. Diesmal war es Helga, ihr Andreas war umgekippt. Herrje. Hoffentlich nur eine Ohnmacht und kein plötzlicher Herztod. Ein Toter reichte für den Moment.

Doris eilte zu den beiden, kniete sich neben Andreas und fühlte seinen Puls. Dann sagte sie zu Helga: »Keine Sorge, dein Schatz wird wieder. Lass mich mal.« Mit der flachen Hand klatschte sie Andreas abwechselnd rechts und links auf die Wangen und rief: »Hey! Andreas! Aufwachen!«

Seine Lider flatterten hektisch, bevor er die Augen öffnete und die klassische Frage aller aus einer Ohnmacht Erwachenden stellte: »Wo bin ich?«

»Ich bin bei dir, Liebling«, säuselte Helga, was nicht wirklich seine Frage beantwortete, ihn aber hoffentlich beruhigen würde.

Ich blickte mich um. Marina und Antonio standen mit hängenden Armen mitten im Raum. Sie – wie auch Gigi, Torben, Helga und Andreas – starrten Erwin an, der allein durch sein Telefonat mit der Polizei offenbar die Führungsrolle übernommen hatte. Oder war allgemein bekannt, dass er früher mal Polizist …? Richtig, bei der Vorstellungsrunde hatte Frank es erwähnt, fiel mir ein. Das machte ihn jetzt zum offiziellen Chef im Ring. Was ein großer Segen war, denn die meisten waren viel zu verstört, um klar denken zu können.

»Was sollen wir denn jetzt tun, Erwin?«, fragte Marina leise. Ohne hinzusehen, tastete sie nach Antonios Hand, fand sie aber nicht und umschlang mit beiden Armen ihren Oberkörper.

»Alle begeben sich bitte ins Foyer«, sagte Erwin. »Dennis, stell dich an den Eingang und nimm die Kavallerie in Empfang.«

»Was? Das ist doch gefährlich!«, rief Bärbel.

Dennis winkte ab. »Der Täter wird kaum so blöd sein, sich im Hof zu verstecken. Dort säße er in der Falle. Der einzige Ausgang ist der Torweg. Oder er ist über die Hofmauer geklettert.«

»Können wir eine rauchen gehen?«, fragte Torben.

Erwin schüttelte den Kopf. »Nein. Jedenfalls nicht draußen im Hof. Falls dort irgendwelche Spuren sind, dürfen wir sie nicht zerstören. Dennis, weise die Polizei bitte darauf hin, dass der Schütze durchs Fenster gefeuert hat. Die sollen den Bereich sofort sichern.«

»Von mir aus kannst du an der Bar rauchen«, sagte Antonio, »ich kann jetzt auch eine Kippe gebrauchen.«

Erwin deutete auf die Tür, und die meisten trotteten los wie eine Herde Schafe, angeführt von Dennis. Auch Andreas hatte sich mittlerweile aufgerappelt, stützte sich aber schwer auf den Arm seiner Gattin. Doris und ich waren die Nachzügler und blieben bei Erwin stehen.

»Täubchen, kannst du dich bitte um Jenny kümmern?«, sagte Erwin.

Doris nickte und ging zu der jungen Frau, die mit ausgestreckten Beinen auf dem Boden saß und Christians Kopf auf ihren Schoß gebettet hatte. Doris bückte sich und berührte Jenny sanft an der Schulter. »Komm mit mir nach draußen, Schätzchen.«

»Ich lasse Chrissie jetzt nicht allein!«, fauchte Jenny und

wischte Doris' Hand weg wie ein lästiges Insekt. »Ich warte hier auf den Arzt, hörst du? Der wird ihm helfen!«

Doris kam zurück zu uns. »Sie denkt, der Arzt kann ihn wiederbeleben«, sagte sie leise.

»Okay, lassen wir sie für den Moment in Ruhe, die Sanis werden sich um sie kümmern«, erwiderte Erwin. »Dann geh bitte ins Foyer, ja? Schnapp dir Bärbel. Beruhigt die Leute, dafür seid ihr am besten geeignet.«

Sie ging hinaus.

»Hast du vorhin direkt mit der Kripo gesprochen?«, fragte ich ihn.

Er nickte langsam. »Dreimal darfst du raten, wer an diesem Wochenende Bereitschaftsdienst hat.«

»Nicht dein Ernst.«

Mir war selbstverständlich klar, wen er meinte: Astrid Küpper, seine Patentochter. Und gleichzeitig die Kommissarin, mit der ich bei meinen Amateur-Ermittlungen immer wieder aneinandergerasselt war. Sie hasste es, wenn ich zufällig in einen ihrer Fälle verwickelt war. Und noch viel mehr hasste sie es, wenn sie an einen Tatort kam und mich dort *vorfand*.

Wie aufs Stichwort trafen die Einsatzkräfte ein, und flackerndes Blaulicht schuf im Tanzsaal eine Atmosphäre, als wären wir in einer Disco. Wir hörten Stimmen und die eiligen Schritte etlicher Personen: Sanitäter, Notarzt, uniformierte Polizei, Kripo.

»Hast du mit Astrid schon persönlich gesprochen?«, fragte ich.

»Nein.« Erwin seufzte.

»Du hattest also noch keine Möglichkeit, sie schonend darauf vorzubereiten, dass sie es diesmal mit *uns allen* zu tun bekommt. Sie wird glatt der Schlag treffen.«

»Immerhin wird man ihr mitgeteilt haben, dass ich den Vorfall gemeldet habe. Also rechnet sie mit mir.«

»Du hättest dich an die Tür stellen sollen, um sie in Empfang zu nehmen. Jetzt stolpert sie zuerst über Dennis, dann sieht sie Doris, Bärbel und Frank, und dann …«

»Lassen Sie uns durch!«, brüllte ein Sanitäter uns von hinten an, obwohl wir eigentlich überhaupt nicht im Weg standen.

Trotzdem traten wir einen Schritt zur Seite. Drei Männer in grellen Jacken schleppten diverse Einsatzkoffer und eine Trage in den Tanzsaal. Einer versuchte mehrmals, Jenny von Christians Leichnam zu trennen, aber die junge Frau wehrte sich heftig.

Ich ging zu ihnen hinüber und sagte: »Jenny, komm mit mir, du musst sie jetzt in Ruhe arbeiten lassen, okay? Nur so können sie ihm helfen.«

Einer der Sanitäter schüttelte den Kopf und wollte etwas sagen, aber ich stoppte ihn mit einer Geste. Er verstand sofort. »Hören Sie auf die Dame«, sagte er zu Jenny. »Sie … äh … Sie können später wieder zu ihm.«

Zwar nach wie vor widerstrebend, ließ Jenny sich jetzt immerhin von mir hochziehen und aus dem Raum geleiten. Ich übergab sie in Bärbels Obhut, die sich mit ihr auf ein abseits stehendes Sofa setzte und sie tröstend im Arm hielt.

»Wo ist Erwin?«, fragte ich Dennis, der mit Frank in der Nähe der Eingangstür stand.

Mit einer Kopfbewegung deutete er in den Hof. »Draußen. Mit der Kommissarin und den anderen von der Polizei.«

»Menno, die Küppersche, die wird vielleicht Bauklötze staunen, wenn die uns sieht«, sagte Frank, »aber bestimmt nich vor Freude, wat meinze, Loretta? Dat die aber auch immer Dienst hat, wenn wat passiert, mit dat wir wat zu tun haben. Dat is wie so 'n Fluuch, hömma. Dat denkt die Kommissarin bestimmt auch.«

Vermutlich tat sie das. Oder sie war mittlerweile der

Meinung, dass sie in ihrem letzten Leben Vlad der Pfähler oder so jemand gewesen war, weshalb sie nun in ihrer jetzigen Wiedergeburt dafür büßen musste. Und ihre ganz persönliche Strafe hieß Loretta Luchs.

Zusammen mit Erwin kam sie in diesem Moment zur Tür herein. Irgendetwas an ihr war anders, fiel mir auf. Sie wirkte nicht ganz so burschikos wie sonst. Moment mal – war sie etwa *geschminkt*? Sah ich da einen Hauch von Lippenstift?

Unsere Augen begegneten sich, aber sie zeigte keine besondere Reaktion, weder positiv noch negativ. Ihr Blick ging weiter zu Dennis und Frank, dann suchte sie den Raum ab, nickte Doris knapp zu und entdeckte schließlich auch Bärbel, die sich nach wie vor um Jenny kümmerte.

»Die ganze Truppe also«, sagte die Küpper wie zu sich selbst. »Das muss mein absoluter Glückstag sein. Warum in drei Teufels Namen sind Sie alle hier? Ausgerechnet heute?« Sie sah mich an.

»Wir sind nicht *ausgerechnet heute* hier, Frau Küpper«, erwiderte ich. »Wir sind *jeden* Freitagabend hier, denn wir machen zusammen einen Tanzkurs.«

Ich war sicher, dass sie das bereits von Erwin wusste, aber sie hatte sich diese Frage einfach nicht verkneifen können. Sie war halt auch nur ein Mensch. Und auf der rein menschlichen Ebene war sie mit Sicherheit gerade extrem genervt.

Dennoch: Es ging hier nicht darum, wessen Glückstag heute war. Einen wusste ich, dessen Glückstag es todsicher *nicht* war: Christian.

»Das Opfer liegt also dort drin?« Sie blickte an mir vorbei in den Nebenraum. Sie wischte sich mit der Hand über die Stirn, sie wirkte erschöpft.

»Ja, jemand hat ihn von draußen erschossen«, erwiderte ich, »in einem der Fenster, die zum Hof gehen, ist ein Einschussloch. Und ich dachte immer, die gesamte Scheibe zersplittert, wenn man durch Glas ...« Ich stockte. Diese für mich neue Erkenntnis tat nun wirklich nichts zur Sache, also fuhr ich rasch fort: »Wir haben alle getanzt. Plötzlich gab es diesen Knall, und Christian fiel um.«

Die Küpper musterte mich mit zusammengekniffenen Augen, als wären wir Gegner in einem Duell, und zwar kurz bevor wir unsere Knarren zogen. Auf mich wirkte sie eindeutig streitsüchtig. Jetzt war Vorsicht geboten.

»Und Sie haben also gesehen, wie das Opfer getroffen wurde und umfiel, Frau Luchs?«, fragte sie lauernd.

Ups, das hatte ich nicht.

»Ich ... äh ... tatsächlich hatte ich in diesem Moment die Augen geschlossen. Als ich sie nach dem Knall öffnete, lag er bereits am Boden. Ich glaube, dass keiner der Anwesenden wirklich etwas gesehen hat, denn alle waren sehr auf sich beziehungsweise auf die neuen Schritte konzentriert. Vermutlich hat im entscheidenden Moment niemand zum Fenster ...«

»Also haben Sie ihn keineswegs umfallen sehen, wie Sie zuvor sagten«, fiel sie mir schmallippig ins Wort. »Sie sollten besser als alle anderen wissen, dass es bei Zeugenaussagen auf höchste Präzision ankommt, Frau Luchs. Also verplempern Sie meine kostbare Zeit gefälligst nicht damit, mir irgendwelchen Mist zu erzählen.«

»Astrid ...«, sagte Erwin mahnend zur Kommissarin.

Vermutlich hatte er sie längst über den Ablauf der Geschehnisse informiert, aber sie hatte sich nicht zurückhalten können, mich erst auf die Probe zu stellen und dann für meine Ungenauigkeit zu tadeln. Wie gesagt: Sie war halt auch nur ein Mensch.

»Selbst wenn jemand in diesem Augenblick zum Fenster geblickt hätte – er oder sie hätte nichts erkennen können«, sagte ich tapfer. Ich war wild entschlossen, mich von ihr nicht einschüchtern zu lassen. »Wir waren im Hellen, und draußen war es zappenduster – bis auf das Licht, das durch die Fenster in den Hof fiel. Jemand hatte vorher dafür gesorgt, wissen Sie? Jemand hatte die Außenbeleuchtung kaputtgemacht. Vermutlich der Täter. Oder die Täterin.«

»Was Sie nicht alles wissen, Frau Luchs«, raunte sie mir gefährlich leise zu. »Ich bin beeindruckt. Wissen Sie was? Vielleicht sollte ich Feierabend machen und alles Ihnen überlassen. Sie halten sich ja ohnehin für bedeutend schlauer als mich.«

»*Astrid!*«, zischte Erwin und schüttelte den Kopf. »Lass deinen Frust nicht …«

Der Blick, mit dem sie ihn mitten im Satz stoppte, war wie glühende Lava. Dann drehte sie sich auf dem Absatz um und marschierte in den Tanzsaal.

Ich sah ihr nach und stemmte die Hände in die Seiten. »Also, bei allem Verständnis – die spinnt ja wohl! Auf die Gefahr hin, wie ein dämlicher Chauvi zu klingen: Hat sie gerade ihre Tage gekriegt, oder was?«

»Komm mal mit«, sagte Erwin und zog mich am Arm in eine ruhige Ecke. Als wir außer Hörweite der anderen waren, fuhr er leise fort: »Sie wurde vorhin … also, sie ist heute so stinksauer, weil …« Er brach ab und seufzte. »Was ich dir jetzt erzählen werde, muss absolut unter uns bleiben, Loretta. Wenn Astrid jemals rausfinden würde …« Er schüttelte den Kopf. »Undenkbar.«

Offenbar wollte er mir irgendetwas höchst Geheimes über sie mitteilen, das ihre besondere Zickigkeit mir gegenüber erklären und rechtfertigen sollte. Na, da war ich aber gespannt wie ein Flitzebogen.

»Du liebe Güte, Erwin. Mach doch nicht so ein Geheimnis draus.«

»Also gut. Astrid … nun, sie war gerade bei einem Rendezvous, als der Anruf kam.«

Ha, deshalb also der Lippenstift. Ich grinste. »Willst du damit sagen, sie ist verknallt?«

»Loretta!« Nervös vergewisserte er sich, dass die Küpper noch im Tanzsaal war. »Hör zu, du kennst Astrid doch. Sie ist keine Frau, die sich leichtfertig auf einen Mann einlässt. Sie kennt diesen Mann, mit dem sie sich heute getroffen hat, aus dem Handballverein. Er hatte sie schon mehrmals eingeladen, aber erst nach langem Zögern hatte sie sich für heute Abend mit ihm verabredet. Herrje, Doris hat ihr seit Wochen gut zugeredet.«

Ich zuckte mit den Schultern. »Na und? Dann gibt es halt eine neue Verabredung. Der Mann wird ja wohl verstehen, dass ihr Job vorgeht, wenn sie Bereitschaft hat. Falls nicht, ist er ein blöder Heiopei.«

»Und damit kommen wir zum eigentlichen Problem. Bis heute wusste er nicht, dass sie bei der Kripo ist, das wollte sie ihm schonend beibringen.«

»Wie bitte? *Schonend beibringen?* Verstehe ich nicht. Was ist an ihrem Beruf denn so furchtbar schlimm? Immerhin verdient sie ihr Geld nicht auf dem Kleingeldstrich hinterm Bahnhof oder so. Dann würde ich verstehen, dass sie damit nicht gerade vor dem ersten Date hausieren geht.«

»Sie hat einfach die Erfahrung gemacht, dass Männer von ihrem Beruf eingeschüchtert sind und die Flucht ergreifen, bevor sich überhaupt etwas entwickeln kann. Überleg doch mal: eine Frau mit Knarre, die Mörder fängt. Die meisten Kerle fühlen sich ihr unterlegen.«

»Wenn du das sagst …« Ich hob die Brauen. »Trotzdem dämlich von den Männern. Langer Rede kurzer Sinn: Sie wurde heute aus ihrem Date zum Tatort gerufen und war dadurch gezwungen, ihm reinen Wein einzuschenken. Und jetzt befürchtet sie, dass er in Zukunft einen großen Bogen um sie machen wird.«

»Na ja, würdest du das nicht?«

Ich zuckte mit den Achseln. »Keine Ahnung. Auf so eine Lusche kann sie ohnehin verzichten. Tut mir ja leid für sie, aber mich derartig anzumachen, war nicht besonders nett.«

»Sie brauchte jemanden, an dem sie ihren Frust auslassen kann. Und zack – du bist ihr vor die geladene Flinte gelaufen.«

»Na, herzlichen Dank. Dann habe ich also den Blitzableiter gespielt.«

»Scht, sie kommt«, sagte Erwin leise.

Die Kommissarin stellte sich zu uns und sah sich im Foyer um. »Der Tote ist also einer der Teilnehmer am Tanzkurs?«, fragte sie Erwin dann.

»Ja, Christian Sowieso. Den Nachnamen kenne ich nicht, danach musst du Marina und Antonio fragen.« Er deutete auf die Tanztrainer, die hinter der Bar standen und Getränke servierten. »Oder du fragst Jenny. Sie ist die Lebenspartnerin von Christian. Sie sitzt dahinten auf dem Sofa, zusammen mit Bärbel. Sie hat mit ihm getanzt, als der Schuss fiel.«

»Hm.« Die Küpper runzelte die Stirn. »Was habt ihr denn getanzt?« Auf seinen fragenden Blick hin fügte sie hinzu: »Es geht mir um Folgendes: Habt ihr euch dabei gedreht? Oder durch den Raum bewegt?«

»Nee … wir haben mehr oder weniger auf der Stelle getanzt, höchstens ein wenig vor und zurück. Wir übten gerade eine neue Schrittfolge.«

»Verstehe.« Sie nickte. »Ich brauche so schnell wie möglich eine Skizze davon, wo genau sich die einzelnen Paare zum Zeitpunkt des Schusses aufgehalten haben.«

Bisher hatte ich brav die Klappe gehalten, aber jetzt konnte ich nicht mehr an mich halten. »Sie denken drüber nach, ob Christian vielleicht ein zufälliges Opfer war, richtig? Weil er sich im falschen Moment in den Lauf der Kugel bewegt hat.

Das habe ich mich auch schon gefragt. Ist ja klar: ein Raum voller Leute … theoretisch könnte jeder gemeint gewesen sein. Zum Beispiel auch …«

Sie stoppte mich mit einer brüsken Handbewegung. »Das ist zu diesem Zeitpunkt reine Spekulation, Frau Luchs.«

Ach was, Frau Kommissarin, tatsächlich? Aber begann nicht jede Ermittlung mit Spekulationen? Bei meinen Ermittlungen war das jedenfalls der Fall. Sie arbeitete offenbar anders: Zuerst musste sie Hintergrundinformationen über sämtliche Anwesenden sammeln; erst dann konnte sie spekulieren.

»Sie können mir einen großen Gefallen tun, Frau Luchs«, sagte sie.

Ach ja? Was denn – aus ihrem Leben verschwinden? Für immer und ewig?

Aber nein, sie überraschte mich mit der Bitte, die Runde durchs Foyer zu machen und erwähnte Skizze für sie zu erstellen.

Ich ging zur Bar und fragte Marina nach Block und Stift, was sie tatsächlich beides sofort aus einer Schublade zog und mir gab.

»Wofür brauchst du das?«, fragte sie mich.

Ich erklärte ihr, worum die Kommissarin mich gebeten hatte, und sie warf einen Blick hinüber zur Küpper.

»Arbeitest du etwa für die Polizei? So wie Erwin früher? Dann haben wir also gleich zwei Polizisten im Kurs?«

Ich schüttelte den Kopf. »Nee, sie wollte mich einfach loswerden, um in Ruhe mit Erwin zu reden. Die kennen sich noch aus seiner aktiven Zeit. Als ehemaliger Polizist ist er für sie natürlich ein wichtiger Zeuge. Wichtiger als wir jedenfalls. Der kriegt Sachen mit, das glaubst du nicht.«

»Darf ich Sie alle um Aufmerksamkeit bitten?«, rief die Küpper in diesem Moment. »Ich möchte das hier so kurz wie möglich halten, das ist bestimmt auch in Ihrem Sinne. Ein uniformierter Kollege wird gleich herumgehen und Sie um Ihre Kontaktdaten bitten, damit wir Sie für eine intensivere Befragung erreichen können. Denn wir benötigen Ihre Aussage, auch wenn Sie nichts gesehen haben. Wer von Ihnen etwas Konkretes zum Tathergang sagen kann, meldet sich bitte jetzt.« Sie ließ den Blick langsam von einem zum Nächsten durch den Raum wandern, aber niemand hob die Hand. »Das ist schade, aber nicht zu ändern«, fuhr sie fort. »Noch etwas: Frau Luchs tut mir den Gefallen, einen Plan zu zeichnen, wo Sie sich jeweils zum Zeitpunkt des Schusses aufgehalten haben …«

Jenny schluchzte auf. Sie wusste haargenau, wo sie gewesen war.

Kapitel 6

Loretta zeichnet einen Plan
und überrascht sich selbst mit einem Akt
reiner Nächstenliebe

Mit raschen Strichen skizzierte ich den rechteckigen Grundriss des Tanzsaales sowie die hof- und die straßenseitigen Fenster, außerdem die Tür zum Saal, die Musikanlage und die Bank mit der Hakenleiste. Auf das Blatt darunter zeichnete ich nur ein grobes Rechteck, denn ich wollte ein Duplikat für mich anfertigen, damit ich mich auch später noch mit den Details befassen konnte.

»Fangen wir gleich bei euch an«, sagte ich zu Marina und Antonio. Für Christian und Jenny hatte ich bereits ein X eingezeichnet und ihre Namen danebengeschrieben.

Marina deutete auf einen Punkt nahe der Musikanlage. »Hier, würde ich sagen.« Antonio nickte, und ich malte ein X und ihre Namen aufs Blatt. »Hinter uns, an der Straßenseite, waren Helga und Andreas.«

Ich übertrug ihre Angaben auf den Block, dann zeichnete ich Dennis' und meine Position ein – ebenfalls am Fenster zur Straße, aber ein paar Schritte entfernt. Fehlten noch drei Paare: Doris und Erwin, Gigi und Torben sowie Bärbel und Frank.

Doris stand mit Frank am anderen Ende der Bar, und ich ging zu ihnen hinüber.

»Was für ein Unglück«, sagte Doris und seufzte. Mit einem Blick auf die weinende Jenny fügte sie hinzu: »Das arme Mädchen. Stell dir nur mal vor: Du tanzt mit deinem Liebsten, und plötzlich sackt er zusammen. Tot.«

»Das will ich mir nicht vorstellen«, erwiderte ich düster.

»Aber dafür hält Jenny sich eigentlich ganz gut. Ich wäre bestimmt vollkommen hysterisch.«

»Weil sie immer noch glaubt, dass ihr Liebster mit medizinischer Hilfe überleben kann, die Arme. Noch hat sie die Wahrheit nicht an sich rangelassen. Das gibt ein böses Erwachen, fürchte ich.«

»Hm. Könnt ihr mir sagen, wo ihr getanzt habt?«

»Klar.« Frank nickte und tippte ungefähr in die Mitte des Tanzsaals. »Hier. Meine Süße und ich warn neben die Marina und den Antonio. So konnten wir genau kucken, wat wir mit unsere Mauken machen mussten.«

Ich zeichnete ein weiteres X in den Plan. »Ihr habt also auf unsere Trainer geachtet.«

Rasch übertrug ich die Informationen in den zweiten Plan.

»Ach, kuck ma an …« Frank grinste breit. »Die Loretta is schon wieder selbs am Ermitteln. Oder wozu machste dir auch 'nen Plan?«

»Posaune es doch noch lauter durch die Gegend«, zischte ich ihn an. »Die Küpper hat es vielleicht nicht mitgekriegt, du Honk.« Ich wandte mich an Doris. »Jetzt Erwin und du. Wo ungefähr wart ihr?«

»Ganz in der Nähe der Tür. Und mein Erwin und ich haben uns beim Tanzen natürlich in die Augen gesehen, wie es sich gehört.« Sie lächelte kurz, wurde aber sofort wieder ernst. »Ach, herrje«, sagte sie und deutete hinter mich.

Ich drehte mich um. Die zwei Sanitäter rollten aus dem Tanzsaal die Krankentrage mit der Leiche herein, die sich nun in einem schwarzen Plastiksack befand. ›Leichensack‹, so nannte man es wohl. Oder war es ›Leichenhülle‹? War aber auch wurscht, denn ausgerechnet Jenny hatte in diesem Moment zum Eingang geblickt und schrie gellend auf. Sie befreite sich mit Gewalt aus Bärbels Armen und stürmte an uns vorbei. Nicht nur Doris und ich versuchten, sie festzuhalten, aber sie war nicht zu bändigen und kämpfte sich den Weg zu ihrem Liebsten frei.

»Was soll denn das? Wohin wollt ihr mit Chrissie?«, brüllte Jenny, mehr wütend als verzweifelt. »Chrissie ist nicht tot, hört ihr? Ihr dürft ihn nicht in diese … diese *Mülltüte* stecken, er wird darin ersticken!«

Sie versuchte, den Sack zu öffnen und zerrte daran herum. Der Notarzt legte Jenny den Arm um die Schultern und versuchte, sie von der Trage wegzubringen. Jenny krallte sich am Sack fest, und Christians Leiche drohte von der Liege zu fallen. Ich hielt den Atem an, und ein Sanitäter griff beherzt ein: Behutsam löste er Jennys Hände vom Sack, und sie schien aufzugeben. Ein paar Schritte weit folgte sie dem Arzt, dann riss sie sich wieder los und stellte sich schützend vor die Liege.

»Rührt ihn nicht an! Ich verbiete es euch!«, schrie sie. »Ich zeige euch alle an!«

Urplötzlich schnappte sie krampfhaft nach Luft, verdrehte die Augen und sackte zu Boden.

»Bringt ihn raus«, sagte der Notarzt zu den Sanis, dann sah er sich um. »Ich möchte sie aufs Sofa legen.« Er nickte Dennis zu, der mit Erwin am Eingang stand. »Sie da – helfen Sie mir bitte mal.«

»Sie nehm Ihrn Koffer, Doc«, sagte Frank. »Wir machen dat schon.«

Zusammen mit Dennis hob er die ohnmächtige Jenny auf und trug sie zum Sofa. Sie hatte ihre Schuhe verloren, ich brachte sie ihnen hinterher. Ich nutzte die Gelegenheit, um den zweiten Plan vom Block zu reißen, zusammenzufalten und Dennis zu geben.

»Erkläre ich dir später«, flüsterte ich ihm zu. »Steck das Blatt in die Hosentasche.«

Auf dem Sofa erwachte Jenny und blickte verwirrt um

sich, dann fiel ihr alles wieder ein. Sie setzte sich auf, schlug die Hände vors Gesicht und weinte verzweifelt. Der Notarzt kramte in seiner Tasche herum und zog eine klare Flüssigkeit aus einem Fläschchen auf eine Spritze.

»Ich gebe Ihnen etwas zur Beruhigung, meine Liebe«, sagte er sanft. »Können wir jemanden anrufen, der sich um Sie kümmert und Ihnen Beistand leistet? Damit Sie jetzt nicht alleine zuhause sind?«

Während er redete, hatte er den kurzen Ärmel ihres Oberteils hochgestreift, eine Stelle am Oberarm desinfiziert und ihr so geschickt die Spritze gesetzt, dass sie es nicht einmal zu bemerken schien.

»Ich habe hier doch niemanden«, schluchzte Jenny, »es gibt doch nur Chrissie und mich ...« Kraftlos sank sie zurück.

»Und was nun?«, fragte ich den Arzt leise. »Wir können Jenny wohl kaum sich selbst überlassen. Bringen Sie sie ins Krankenhaus?«

»Und dann?«, gab er zurück. »Dort ist sie auch allein. Und wir können sie nicht ewig dortbehalten. Einen Tag, maximal zwei. Sie ist ja im klinischen Sinne nicht wirklich *krank,* sondern lediglich völlig durcheinander.«

Lediglich. Nun ja. Aus seiner Sicht mochte es stimmen, dass sich aus ihrem Zustand keine Diagnose konstruieren ließ, die einen stationären Aufenthalt im Krankenhaus rechtfertigte.

»Sie kann heute Nacht bei mir bleiben«, sagte ich spontan und staunte über mich selbst. »Morgen sehen wir weiter.«

»In Ordnung.« Der Notarzt nickte. Er holte einen Streifen mit vier Tabletten aus seinem Koffer und gab sie mir. »Das ist ein leichtes Beruhigungsmittel. Das soll sie nehmen, wenn sie die Kontrolle ...« Er zuckte mit den Schultern. »Sie wissen schon, Sie machen einen vernünftigen Eindruck. Und wenn Sie das Gefühl haben, dass die junge Dame auf einen echten

Nervenzusammenbruch zusteuert, rufen Sie den Notarzt. Dann braucht sie professionelle Hilfe.«

Er schloss den Koffer, nickte uns zum Abschied zu und ging hinüber zur Küpper. Er sprach ein paar Worte mit ihr und ging dann hinaus.

Die Kommissarin musterte mich und winkte mich zu sich. »Sie wollen die junge Frau tatsächlich mit zu sich nehmen?«, fragte sie mich stirnrunzelnd. »Was führen Sie im Schilde, Frau Luchs?«

»Gar nichts, Frau Küpper. Nicht hinter allem, was ich mache, steckt ein Versuch, Ihnen in die Quere zu kommen. Oder Ihnen auf den Keks zu gehen«, erwiderte ich so wenig zickig, wie es mir möglich war. »Jenny hat in dieser Stadt offenbar niemanden, der sich um sie kümmern kann. Das hat sie zumindest gesagt. Vielleicht fällt ihr morgen jemand ein. Momentan ist sie allerdings damit vollkommen überfordert. Bei meiner spontanen Entscheidung handelt es sich also um einen Akt reiner Nächstenliebe. Habe ich Ihre Erlaubnis, Frau Küpper?«

»Die benötigen Sie nicht, und das wissen Sie.«

»Eben«, sagte ich. »Was ist – können wir gehen? Oder brauchen Sie uns heute noch?«

Sie schüttelte den Kopf. »Nein, heute werde ich niemanden mehr befragen. Heute möchte ich nur noch mit den Betreibern der Tanzschule sprechen.« Sie presste die Lippen zusammen, als hätte sie mir damit schon zu viel verraten und wollte sich nun davor schützen, noch mehr preiszugeben.

»Eins noch, Frau Luchs: Konnten Sie den Plan für mich anfertigen?«

Ich nickte. »Lege ich Ihnen an die Bar.«

Ich holte den Block vom Tisch am Sofa, wo ich ihn abgelegt hatte, und ging hinüber zu Marina, Antonio und den anderen, die sich sämtlich um die Bar scharten.

»Wir können gehen, hat die Kommissarin gesagt«, verkündete ich.

Antonio nickte. »Wissen wir schon. Wir ... also, das ist jetzt tatsächlich ein bisschen blöd, aber Marina und ich müssen im Laufe der Woche von euch wissen, ob der Kurs weitergehen soll.«

»Also, ich weiß nicht ...« Helga blickte ihren Andreas an, der ziemlich ratlos wirkte.

»Ich würde echt gerne weitermachen«, sagte Torben. »Gigi auch. So schnell wird ja wohl niemand mehr erschossen werden, oder?« Er lachte und fügte schelmisch hinzu: »Oder ist das hier so üblich?«

Verstand er das unter Humor? Dieser Mann hatte offenbar nicht nur keine Kontrolle über seine Ausdünstungen, sondern auch nicht über seine Worte.

Marina zuckte sichtlich zusammen. »Ich ... äh ... wir können euch versichern, dass so etwas noch niemals ... also ...« Sie brach ab und fuhr dann fort: »Dieser ... äh ... *Vorfall* hatte nicht das Geringste mit unserer Tanzschule zu tun, das müsst ihr mir glauben.«

Hm, das war eine dieser Formulierungen, die mich grundsätzlich aufhorchen ließen. Wieso *mussten* wir ihr glauben? Dafür hatten wir keine Veranlassung. Sie konnte uns sonst was erzählen.

»Natürlich glauben wir dir, Schätzchen«, sagte Doris und tätschelte Marinas zitternde Hand. Sie blickte in die Runde. »Ich schlage vor, dass wir alle ein paar Nächte darüber schlafen und in Ruhe nachdenken. Jetzt sind wir alle viel zu aufgeregt, um eine verbindliche Meinung dazu zu haben. Wir haben ja schon unsere Telefonnummern ausgetauscht und können miteinander sprechen. Und bis Mittwoch haben wir uns bestimmt entschieden, Marina.«

Allgemein wurde genickt, und ich fragte mich, warum ich

vom Austausch der Telefonnummern nichts mitgekriegt hatte. Die Antwort darauf konnte ich mir mühelos selbst geben: weil ich die mir wichtigen Telefonnummern bereits kannte und mir die anderen nichts bedeuteten. Warum hätte ich Helga anrufen sollen? Oder Torben? Eben.

Mittlerweile war es spät geworden. Wann war der Schuss gefallen? Gegen neun? Jetzt war es bereits kurz vor elf. Die beiden Studenten sowie Helga und Andreas waren schon gegangen. Auch Bärbel und Frank verabschiedeten sich nun, da sie in aller Herrgottsfrühe ihr Geschäft öffnen mussten. Doris saß neben der halb betäubten Jenny auf dem Sofa, Dennis und Erwin standen noch an der Bar.

»Hilfst du mir, sie ins Auto zu setzen?«, fragte ich Doris.

»Selbstverständlich, Schätzchen. Es ist lieb von dir, dich um sie zu kümmern. Du bist ein gutes Mädchen.«

Ich zuckte mit den Schultern. »Das war ganz spontan, weißt du? Sie tut mir leid. Ich hatte zufällig mitbekommen, dass sie wohl niemanden hat.«

Bekümmert schüttelte Doris den Kopf. »Ach, das arme, arme Ding. Hoffentlich können wir ihr helfen.«

Mit vereinten Kräften zogen wir Jenny hoch und umfassten von beiden Seiten ihre Taille. Zu unserem Glück war sie federleicht, allerdings haperte es mit der Koordination ihrer Füße.

»Braucht ihr Hilfe?«, fragte Dennis, aber ich schüttelte den Kopf.

Wir verließen die Tanzschule. Der Hinterhof war grell ausgeleuchtet, man hatte Scheinwerfer aufgestellt.

»Ach herrje, was soll das denn?«, sagte Doris, als sie sah, dass Erwins Auto hinter der polizeilichen Absperrung stand. Offensichtlich wollten die Ermittler auch die Wagen erkennungsdienstlich überprüfen.

»Es war eine gute Idee von dir, auf der Straße zu parken«, flüsterte Dennis mir zu. »Ich gehe mal voraus und hole dein Auto.« Schon war er in der ebenfalls hell beleuchteten Hofeinfahrt verschwunden.

Erwin grinste. »Keine Sorge, Täubchen, ich habe schon ein Taxi für uns bestellt. Astrid sagt uns Bescheid, wenn wir unsere Karre abholen können. Vielleicht schon morgen.«

Sehr langsam und vorsichtig gingen wir mit Jenny nach vorne zur Straße, wo mein Wagen gerade vorfuhr.

»Ich setze mich mit Jenny nach hinten«, sagte ich zu Dennis, als er ausstieg.

»Gute Idee.«

Er kam ums Auto herum, öffnete die hintere Tür auf der Beifahrerseite und half mir, Jenny ins Auto zu bugsieren. Das war gar nicht so einfach. Es klappte erst, als ich mich hineinsetzte und zog, während er von draußen schob. Schließlich hatten wir es geschafft, und er schloss die Tür. Er stieg vorne wieder ein und startete den Motor. Ich winkte Doris und Erwin zum Abschied, dann fuhren wir los.

Die Fahrt zu meiner Wohnung verlief ohne Zwischenfälle; Jenny saß an mich gelehnt neben mir und schien zu schlafen. Dennis fuhr in meine Einfahrt und kam wieder ums Auto herum. Ich war froh, dass er mir assistierte, denn er war groß und kräftig genug, um sie aufrecht zu halten, während ich hinter ihr her aus dem Wagen krabbelte.

Bis zu meiner Haustür waren es nur wenige Schritte. Ich schloss auf, und wir brachten sie hinein. Mit dem Fuß stieß ich die Tür hinter uns zu.

»Zuerst aufs Sofa«, sagte ich.

»Legen oder setzen?«

»Wir setzen sie in die Mitte, dann kann sie zur Seite umkippen, wenn sie will.«

Ich hörte ihn leise lachen. Mit einiger Mühe schafften wir es, sie aufs Sofa zu setzen. Sie fiel zurück gegen die Rücklehne.
»Soll sie hier schlafen?«, fragte er.

Ich schüttelte den Kopf. »Lieber im Schlafzimmer, und ich lege mich aufs Sofa. Dann kriege ich es mit, wenn sie mitten in der Nacht aufwacht und orientierungslos herumtorkelt. Vielleicht muss sie aufs Klo oder hat Durst. Sie weiß doch gar nicht, wo sie ist. Ich muss nur rasch das Bett frisch beziehen, dann können wir sie nach nebenan bringen.«

»Das Bett beziehen? Das dürfte momentan doch wohl nebensächlich sein. Hauptsache, sie kann sich ablegen und endlich richtig schlafen, findest du nicht?«

»Also los, bringen wir sie rüber.«

Wir hievten sie wieder vom Sofa hoch. Für einen winzigen Moment öffnete sie die Augen und murmelte Unverständliches, dann verabschiedete sich wieder ins Land des gnädigen Vergessens. Wie es ihr wohl nach dem Aufwachen gehen mochte, wenn sie wieder nüchtern war und sich an alles erinnerte? Daran wollte ich jetzt lieber nicht denken.

Wir legten sie aufs Bett, zogen ihr die Schuhe aus und deckten sie zu. Dann schaltete ich die Nachttischlampe an und betätigte den Dimmer, bis nur noch sehr gedämpftes Licht abgestrahlt wurde. Nur so viel, dass Jenny sich orientieren konnte, wenn sie erwachte, und problemlos die Tür fand, die ich leise hinter uns schloss, als wir zurück ins Wohnzimmer gingen.

Kapitel 7

Ein Gast erweist sich als pflegeleichter als befürchtet,
aber gewisse Themen sind allenfalls aufgeschoben –
und noch längst nicht aufgehoben, weiß Loretta

»Soll ich heute Nacht hierbleiben?«, fragte Dennis und setzte sich aufs Sofa.

Ich schüttelte den Kopf. »Ist vielleicht besser, wenn sie es morgen früh nur mit mir zu tun bekommt. Aber ich freue mich, wenn du noch ein wenig bleibst. Kakao?«

»Guter Plan.«

Baghira, der mittlerweile mitgekriegt hatte, dass er nicht mehr allein in der Wohnung war, kam den Kratzbaum heruntergeklettert und folgte mir in die Küche. Könnte ja sein, dass es was zu schnorren gab. Er schnurrmiaute mich an und stieß mit seinem Kopf gegen meine Wade. Als ich die Kühlschranktür öffnete, setzte er sich erwartungsvoll auf seine vier Buchstaben und beobachtete aufmerksam jede meiner Bewegungen. Ich goss Milch in einen Topf und stellte ihn auf den Herd.

Baghira maunzte unwillig. Was ich tat, hatte eindeutig nichts mit ihm zu tun. Er kannte die Abläufe, die zu einem vollen Fressnapf führten, und dabei spielten weder der Herd noch Flüssigkeiten aus einem Topf eine Rolle. Erneut quäkte er mich an, diesmal deutlich lauter.

Ich hatte mal gelesen, dass Katzen diese Art der Kommunikation keineswegs angeboren ist – zumindest praktizieren sie es nicht untereinander. Nein, unsere schwatzhaften Hauskatzen imitieren uns. Sie kriegen mit, dass Menschen untereinander mittels diverser Laute kommunizieren oder dass ihr Einzelmensch, mit dem sie zusammenleben, von Zeit zu Zeit ihnen gegenüber diese merkwürdigen Geräusche ausstößt und sich freut, wenn er eine Antwort bekommt. Natürlich redete auch ich mit Baghira. Ich begrüßte ihn, wenn ich nach Hause kam oder er morgens aufwachte, laberte ihn zu, während ich sein Fressi zubereitete, und verabschiedete mich von ihm, wenn ich die Wohnung verließ. *Tschüss, Dicker, ich bin bald wieder zurück. – Maunz-maunz-schnurr.*

Eigentlich redete ich ständig mit ihm, wenn wir in irgendeiner Form interagierten. Ich stellte ihm Fragen, die er höflich mit einem Gurren beantwortete, fragte ihn nach seiner Meinung oder kommentierte, was er tat. So hatte ich ihn zu einem äußerst geschwätzigen Mitbewohner erzogen. Mit der Konsequenz, dass er seine Lautstärke bis zu der eines startenden Kampfflugzeugs steigerte, wenn ich ihn nicht beachtete.

So auch jetzt.

»Herrje, gib dem Vieh doch endlich irgendwas«, sagte Dennis, der zur Küchentür gekommen war, »das Geschrei geht sonst stundenlang weiter.«

»Ich kann doch nicht immer nachgeben, wenn er Lärm macht«, erwiderte ich.

»Ach, und das fällt dir ausgerechnet *jetzt* ein?«, fragte er amüsiert. Er bückte sich zum Kater hinunter, kraulte seinen Kopf und gurrte: »Unser kleiner Prinz möchte doch nur ein winzig kleines Leckerli haben.« *Schnurr-maunz-schnurr.*

»Du weißt, wo das Zeug ist«, sagte ich und kümmerte mich um die heiße Milch, die überzukochen drohte.

Aus einer Schublade holte Dennis eine kleine Tüte mit irgendwelchen Leckerli, die – meiner unmaßgeblichen Menschenmeinung nach – nicht sonderlich gut rochen, Baghira aber umgehend in Ekstase versetzten. Was taten die Produzenten da bloß rein, dass Katzen derart darauf ausflippten? Was auch immer es war, es sorgte für himmlische Stille, als Dennis ein paar Häppchen davon in Baghiras Schüsselchen gab. *Knacks-knacks-schmatz.*

Mit unserem Kakao lümmelten wir uns gemütlich aufs Sofa.

»Was war das für ein Abend«, sagte Dennis und schüttelte den Kopf. »Schießt da einer den Christian direkt aus Jennys Armen. Und wir stehen praktisch direkt daneben. Gruselig. Kein Spaß, so etwas live und in Farbe mitzuerleben.«

Hatte ich es nicht immer gesagt?

»Klar, man kann eine Mörderjagd aufregend finden. Erinnere dich an Käthe und Cäcilie, als es um den Toten beim Speeddating ging. Sie konnten ihr Glück kaum fassen, dass sie einen Logenplatz in der ersten Reihe hatten. Für sie war es wie ein Spiel. Oder wie im Kino.«

Dennis grinste. »Mit ihren Augenzeugenberichten waren die beiden alten Mädchen die Stars in ihrer Seniorenresidenz, und sie haben es genossen.«

»Genau. Aber mit dem *Genießen* war es ratzfatz vorbei, als sie und ich ein paar Monate später die Leiche dieser armen Serviererin fanden, die in der Residenz arbeitete. Plötzlich war alles anders: Sie kannten das Mädchen und mochten es, da war *echtes* Blut, da war jemand in ihrem direkten Umfeld getötet worden. Kein Spiel mehr, kein Spaß und kein Kino, sondern bittere, brutale Realität.«

»Ich bin froh, dass wir nicht gesehen haben, wie der Schuss ihn getroffen hat«, sagte Dennis.

»Und ich bin froh, dass der Schütze ein kleines Kaliber benutzt hat. Bei einem größeren hätte es im Tanzsaal ausgesehen wie im Schlachthaus. Wir hätten alle etwas abgekriegt. *Allesamt.* Vielleicht wäre ja sogar zusätzlich der Kopf in Mitleidenschaft gezogen worden, und so ein explodierender Schädel ist wie eine verdammte Splitterbombe. Wer hat schon Bock auf das Gehirn eines anderen Menschen im Gesicht? Oder ein Stück Schädelknochen im Haar? Was meinst du wohl, was *dann* los gewesen wäre?«

»Großer *Gott,* Loretta!« Dennis starrte mich fassungslos an. »Du bist ja pervers.«

»Nein, bin ich nicht. Aber ich bin glücklich, dass wir um Haaresbreite einem epochalen kollektiven Trauma entgangen sind. Ich bin es echt leid, Dennis. Ich will nichts mehr mit Mord und Totschlag zu tun haben.«

Er blickte mich ernst an, dann zog er mich an sich und wiegte mich in seinen Armen. Ich ließ mich halten und genoss es ein paar Momente lang. Aber dann fiel mir etwas ein, und ich befreite mich aus der Umarmung.

»Ich habe dir vorhin einen Zettel gegeben. In der Tanzschule. Den brauche ich jetzt.«

Auffordernd streckte ich die Hand aus.

Dennis hatte einige Mühe, meinem abrupten Stimmungswechsel zu folgen, das sah ich ihm an. Dann aber stand er auf und zog das zusammengefaltete Blatt aus der Hosentasche. »Was ist das überhaupt? Du wolltest es mir noch erklären, hast du gesagt.« Er gab es mir und setzte sich wieder neben mich.

»Das, mein Lieber«, sagte ich und strich das Blatt auf dem Tisch vor uns glatt, »ist ein Plan von dem Moment, als Christian erschossen wurde. Beziehungsweise ein Plan davon, wo im Tanzsaal sich jeder von uns zu diesem Zeitpunkt aufgehalten hat.«

Dennis beugte sich über den niedrigen Tisch. »Ich sehe nur ein krakeliges Rechteck mit Kreuzen darin.«

»Exakt.« Ich holte mir vom Esstisch einen Stift, dann setzte ich mich wieder aufs Sofa und fügte der Zeichnung ein paar Details wie die Fenster und die Musikanlage hinzu. »Sieben Kreuze für sieben Paare und ihre Position im Raum.«

»Verstanden. Aber wer ist wer?«

Ich war schon dabei, die Namen neben die Kreuze zu schreiben. »Ist es jetzt besser?«

Er nickte und tippte auf den Plan. »Und geschossen wurde durch dieses Fenster, nicht wahr?«

»Genau. Vom Hof aus gesehen das Fenster links außen. Theoretisch befanden sich drei Paare im Schussfeld, die aus Sicht des Schützen leicht versetzt hintereinandertanzten. Zumindest, wenn er geradeaus zielte. Die restlichen Paare sind weiter rechts, da wäre eines der anderen Fenster praktischer gewesen.«

»Und du fragst dich jetzt, ob der Schütze wirklich Christian treffen wollte?«

Ich zuckte mit den Schultern. »Na ja, er hätte noch fünf weitere Personen zur Auswahl gehabt: unsere beiden Tanzlehrer, außerdem Helga und Andreas. Und Jenny natürlich. Auf jeden Fall hat er den Anschlag dadurch vorbereitet, dass er davor die Außenlampen zerstört hat. Er oder sie.«

»Aber welchen Grund könnte jemand haben, einen von diesen Leuten umzubringen?«

»Das sollten wir herausfinden.«

»Sagtest du nicht gerade, du hättest die Nase voll von Mord und Totschlag?«, fragte er grinsend.

»Hab ich auch. Aber ungestraft legt niemand jemanden um, wenn ich direkt danebenstehe. Wenn das meinen Jagdinstinkt nicht weckt – was dann?«

Dennis blieb noch ein Stündchen, dann verabschiedete er sich. Ich türmte die Kissen an einem Ende des Sofas auf und zog die Kuscheldecke, die immer dort lag, über mich. Ich blieb in meinen Alltagsklamotten, um gleich einsatzbereit zu sein, falls Jenny mich brauchte. Das Licht in der Küche ließ ich brennen, damit ich mich sofort zurechtfand, wenn ich mitten in der Nacht erwachte.

Ich weiß nicht, wie lange ich geschlafen hatte, als eine zaghafte Stimme mich weckte.

»Hallo? Hallo? Ist da jemand?«

Ich richtete mich auf. Jenny stand in der geöffneten Schlafzimmertür, schien sich aber nicht ins Wohnzimmer zu trauen.

Ich knipste die Stehlampe neben dem Sofa an, damit sie mich erkennen konnte. »Ich bin es. Loretta. Du bist bei mir zuhause, Jenny.«

Verwirrt blickte sie mich an. »Loretta? Aber ...«

Ich stand vom Sofa auf und ging einen Schritt auf sie zu. »Kann ich etwas für dich tun? Hast du vielleicht Durst?«

Sie nickte langsam. »Ein Glas Wasser. Kann ich ein Glas Wasser haben?«

»Aber sicher. Setz dich aufs Sofa.«

Als sie zögerte, ergriff ich ihre Hand, und sie ließ sich von mir zur Couch führen. Ich ging in die Küche, füllte zwei Gläser mit Wasser und kehrte zu ihr zurück. Sie kauerte auf dem Sofa und hatte sich die Decke wie einen Umhang um die Schultern gelegt. Ich stellte die Gläser auf den niedrigen Tisch und nahm schnell den Plan weg, der noch immer dort lag. Ich ließ ihn in meiner Umhängetasche verschwinden und holte noch eine Flasche Mineralwasser aus dem Kühlschrank, dann setzte ich mich zu ihr. Ihr Glas war bereits halb geleert.

»Wie spät ist es?«, fragte sie.

»Kurz nach vier.« Ich hatte gerade in der Küche auf die Wanduhr gesehen.

Sie trank gierig, und ich füllte ihr Glas nach.

»Mein Mund ist so trocken«, sagte sie. »Warum ... wie bin ich hierhergekommen?«

»Wir haben dich gestern mitgenommen, damit ...«

Ich brach ab. Was sollte ich sagen? ›*Damit du nach Christians Ermordung nicht allein bist*‹? Nein. Ich hatte das Gefühl, dass sie sich – noch – nicht an die Ereignisse des gestrigen Abends erinnerte. Bisher hatte sich der Schleier des Vergessens nicht gehoben, aber es war bestimmt nur eine Frage von Minuten, bis …

Ihre Augen weiteten sich plötzlich, und sie schlug eine Hand vor den Mund. »O mein Gott … *Chrissie.*« Sie sah mich an und fügte flüsternd hinzu: »Er ist tot, nicht wahr?«

Willkommen in der beschissenen Realität.

Ich nickte. »Ja. Es tut mir unendlich leid, Jenny.«

Mit beiden Händen rieb sie sich die Schläfen. »Es ist alles so verschwommen. Und ich verstehe nicht, warum mein Mund so trocken ist.« Sie würgte krampfhaft und griff nach dem Glas, um zu trinken.

»Der Notarzt hat dir gestern ein Beruhigungsmittel gespritzt, weißt du? Bestimmt ist das der Grund für deinen trockenen Mund.«

»Ach so.« Sie blickte sich im Zimmer um. »Aber wieso bin ich hier? Bei dir?« Sie fuhr zusammen, als Baghira sich vom Kratzbaum auf den Fußboden plumpsen ließ.

Der Kater streckte seine Beine, eins nach dem anderen, und machte danach einen beeindruckenden Buckel. Schließlich blickte er uns an und machte sich auf den Weg zum Sofa. Mit der geschmeidigen Eleganz einer Raubkatze kam er heran und blieb vor uns stehen. Erst musterte er mich, dann Jenny. Schließlich fällte er die Entscheidung und sprang aufs Sofa. Eng an ihr Bein geschmiegt, rollte er sich zusammen und begann zu schnurren.

Jenny streckte die Hand aus und ließ sie über dem Kater schweben. »Kann ich ihn einfach anfassen? Mag er das? Er kratzt doch nicht?«

Ich lächelte. »Meines Wissens hat Baghira zeit seines Lebens noch niemanden gekratzt. Dazu ist er viel zu gutmütig. Vielleicht auch einfach zu faul, keine Ahnung.«

Sie senkte die Hand auf seinen vibrierenden Körper. »Das ist schön.«

Innerlich bedankte ich mich bei Baghira, dass er sich für Jenny entschieden hatte. Hatte er gespürt, dass sie Trost brauchte? Ich wusste aus eigener Erfahrung, wie entspannend es sein konnte, ihn so nah bei sich zu haben.

»Du bist hier, weil du gestern gesagt hast, es gäbe niemanden, der dir Gesellschaft leisten und sich um dich kümmern kann«, sagte ich. »Ich wollte nicht, dass du alleine bist.«

»Das war nett von dir«, erwiderte sie geistesabwesend, während sie den laut schnurrenden Kater streichelte. »Eigentlich kennen wir uns doch überhaupt nicht.«

»Spielt doch keine Rolle. Jedenfalls für mich nicht.«

Eine Zeit lang saßen wir schweigend da. Wenn sie kein Bedürfnis nach einem Gespräch hatte – ich würde sie nicht dazu nötigen.

Schließlich sah sie mich an. »Wie soll es denn jetzt weitergehen? Was soll ich bloß machen?«

»Ich hatte gehofft, dir fällt vielleicht doch jemand ein, der dir beistehen kann. Jemand, der dir vertraut ist. Eine Freundin? Familie? Was ist mit Christians Familie?«

Jenny verzog das Gesicht. »Die hasst mich.«

Hass war ein ziemlich starkes Wort, fand ich. »Wieso das denn?«

»Ganz einfach: Die ist der Meinung, dass ich nur auf Chrissies Geld scharf bin, und das hat sie mich deutlich spüren lassen. Chrissies Schwester Regina, meine ich. Die ist seine Familie. Und sie hat mich nur ein einziges Mal …« Sie zuckte mit den Schultern. »Aber Chrissie wusste, dass sie Unrecht hat. Er stand zu mir.«

»Wo lebst du mit ihm?«

»In einer Wohnung, die der Familie gehört. Ich wette, sie tauscht als Erstes die Türschlösser aus.« Jenny gähnte herzhaft. »Ich bin so müde.«

»Kein Wunder. Leg dich wieder hin. Du kannst schlafen,

so lange du willst, ich habe morgen nichts vor. Möchtest du dich umziehen?«

Erst jetzt schien sie zu bemerken, dass sie noch immer ihre Kleidung vom Vortag trug. Sie nickte. »Ja, das wäre schön. Und … äh … wo ist dein Bad?«

Ich sagte es ihr, und sie verschwand darin. Ich holte ein Nachthemd aus der Kommode – eigentlich nur ein übergroßes, ausgeleiertes Shirt –, legte es aufs Bett und stellte ihr frisch gefülltes Glas auf den Nachtschrank. Dann ging ich zurück ins Wohnzimmer.

Musste sie tatsächlich befürchten, dass sie nicht mehr in die Wohnung zurückkehren konnte, in der sie mit Christian zusammengelebt hatte? Eine schlimme Vorstellung, fand ich. Andererseits könnte es natürlich auch besser sein, an einem Ort ganz neu anzufangen, wo sie nicht alles an ihren toten Liebsten erinnerte. Aber das war ein Thema, mit dem sie sich noch nicht beschäftigen sollte. Um ehrlich zu sein: *Ich* fühlte mich jetzt, mitten in der Nacht, damit überfordert. Hoffentlich wollte sie nicht darüber reden, wenn sie aus dem Bad kam …

Aber sie nickte mir nur stumm zu, als sie an mir vorbeiging. Als die Schlafzimmertür sich hinter ihr schloss, stieß ich einen tiefen Seufzer der Erleichterung aus.

Ich hatte also noch eine kleine Gnadenfrist.

Kapitel 8

Manchmal ist der nächste Morgen wie der Aufbruch
in ein unbekanntes Land, denn niemand kann
vorhersagen, was passieren wird

Gegen acht Uhr stand ich auf. Ich fühlte mich wie gerädert. Vage erinnerte ich mich, geträumt zu haben, kriegte aber kein konkretes Bild zu fassen. War vielleicht auch besser so. Nachdem ich den plärrenden Kater gefüttert hatte, gönnte ich mir eine ausgiebige Dusche.

Schlauerweise hatte ich mir Wäsche zum Wechseln aus dem Schlafzimmer mitgenommen, als ich für Jenny das Nachthemd herausgelegt hatte. So musste ich sie dafür jetzt nicht wecken. Als ich mich abtrocknete, fühlte ich mich schon etwas besser. Ich öffnete die Tür zu meiner kleinen Terrasse, um Baghira hinauszulassen. Es war angenehm warm, und die Sonne schien: der perfekte Morgen, um draußen zu frühstücken.

Ich stellte die große Espressokanne auf den Herd und deckte auf der Terrasse den Tisch für zwei Personen. Zum Glück war mein Kühlschrank gut gefüllt, und ich musste nicht noch einkaufen. Lebensmittel stellte ich noch nicht auf den Tisch; damit wollte ich auf Jenny warten.

Mit dem Telefon und einer Tasse Kaffee ging ich nach draußen. Zuerst rief ich Doris an.

»Wie gut, dass du dich meldest«, sagte sie. »Wie geht es euch? Wie war die Nacht?«

»Ohne besondere Vorkommnisse. Ich habe ihr das Schlafzimmer überlassen, damit sie ihre Ruhe hat, und auf dem Sofa gepennt. Um es kurz zu machen: So gegen vier ist sie aufgewacht, und wir haben uns ein wenig unterhalten. Danach hat sie sich wieder hingelegt.«

»Wie war ihr Zustand?«

»Hm, eigentlich ziemlich stabil. Weder Hysterie noch Weinkrämpfe, wofür ich natürlich dankbar bin. Keine Ahnung, ob das noch die Beruhigungsmittel waren. Das werde ich sehen, wenn sie später wieder aufwacht. Sie war natürlich verwirrt, dass sie bei mir war. Gute Nachricht in schlechten Zeiten: Ihr ist bewusst, dass Christian tot ist.«

Doris seufzte, dann fragte sie: »Ist ihr jemand eingefallen, der ihr Beistand leisten kann?«

»Bisher nicht. Es scheint kompliziert zu sein, vor allem ihr Verhältnis zu Christians Familie beziehungsweise seiner Schwester. Von der wird sie anscheinend strikt abgelehnt, wie sie mir heute Nacht erzählt hat.«

»Wie bitte?«, rief Doris empört. »Was heißt denn das? Steht das arme Ding etwa ganz alleine da?«

»Doris, ich weiß es nicht. Bisher hat sie sich nur bruchstückhaft dazu geäußert, und ich wollte sie heute Nacht in ihrem ersten einigermaßen wachen Moment damit nicht unter Druck setzen. Vielleicht erfahre ich später mehr. Ich halte dich auf dem Laufenden, versprochen.«

»Mach das, Schätzchen. Und wenn du Unterstützung benötigst, bin ich in einer Viertelstunde bei euch. Anruf genügt.«

Wir legten auf, und ich trank ein paar Schlucke Espresso, während ich über die Situation nachdachte.

Dass Doris Gewehr bei Fuß stand, war schon mal gut. Dass heute Samstag war und ich die nächsten beiden Tage ohnehin frei hatte – beinahe noch besser. Blieb die Frage, was wir tun konnten, falls Jenny wirklich auf der Straße saß und niemanden hatte. Ihr Aufenthalt in meiner kleinen Wohnung war allenfalls eine Notlösung. Im Geiste ging ich die verfügbaren Gästezimmer durch: Bei Erwin und Doris gab es eins, in Dennis' Haus ebenfalls. Oder konnte Jenny im Notfall ins Hotel gehen? Verfügte sie überhaupt über entsprechende finanzielle Mittel? Oder hatte Christian immer für beide gezahlt?

Ich wählte Dennis' Nummer, und es klingelte ziemlich lange, bis mein schlaftrunkener Freund sich mit einem Geräusch meldete, das wie »Hmpf?« klang.

»Ich bin's. Guten Morgen, mein Prinz.«

Ich hörte ein Gähnen, dann: »Loretta. Guten Morgen. Wie ist die Lage?«

»Noch entspannt.«

»Heißt?«

»Jenny schläft noch. Heute Nacht haben wir kurz geredet, da war sie einigermaßen okay.«

»Weil sie bis zum Kragen mit feinstem Scheißegal-Zeugs vollgepumpt war. Das kann, wenn sie gleich aufwacht und nüchtern ist, ganz anders aussehen.«

»Mal den Teufel nicht an die Wand. Aber wenn sie schlecht drauf ist, dann ist es eben so«, erwiderte ich. »Und es würde mich nicht wundern. Grund dazu hätte sie jedenfalls. Der Arzt hat mir gestern ein paar Pillen für den Notfall mitgegeben.« Ich drehte mich um, weil ich Jenny aus der Wohnung leise nach mir rufen hörte. »Sie ist gerade aufgestanden. Ich melde mich später noch mal.«

Ich legte auf und atmete tief durch. Ich spürte, dass ich nervös war. Dann rief ich zurück: »Ich bin auf der Terrasse!«

Jenny erschien in der Terrassentür und blinzelte in die Sonne. Ihr Haar war zerzaust, und ihre Wimperntusche war verschmiert: In unregelmäßigen schwarzen Streifen zog sie sich über die Wangen bis fast zu ihren Mundwinkeln. Unter anderen Umständen hätte ich jetzt bestimmt ein paar flapsige Bemerkungen über ihre Ähnlichkeit mit Alice Cooper abgeschossen, aber sogar ich konnte darauf verzichten, wenn es sein musste.

»Guten Morgen«, sagte ich. Die Frage, ob sie gut geschlafen hatte, verkniff ich mir. »Du möchtest bestimmt duschen«, fuhr ich fort, und sie nickte geistesabwesend.

»Kannst du mir was zum Anziehen leihen?«, fragte sie dann.

»Klar. Wenn Jeans und T-Shirt für dich okay sind …? Einen Schlüppi brauchst du bestimmt auch.«

»Das wäre großartig.«

Sie trat aus der Tür und sah sich um, wobei sie die Augen gegen die Sonne beschirmte. »Schön hast du es hier.«

»Ja, die Wohnung ist ein Glücksfall. Magst du vor dem Duschen einen Schluck Kaffee?«

Sie schüttelte den Kopf. »Später.«

»In Ordnung. Warte kurz, ich suche dir ein paar Klamotten zusammen.«

Ich ging ins Schlafzimmer. Sie war minimal größer als ich und ziemlich schmal. Aus der Wäscheschublade suchte ich den Slip heraus, den ich nie anzog, weil er mir zu eng war und kniff. Dann holte ich eine Jeans und eines meiner Ringelshirts aus dem Schrank und brachte die Sachen ins Bad. Ich legte ihr ein frisches Handtuch und eine noch verpackte Zahnbürste dazu und kehrte auf die Terrasse zurück. Jenny saß am Tisch; sie hatte den Sonnenschirm aufgespannt, um sich Schatten zu verschaffen.

»Alles liegt bereit«, sagte ich zu ihr. »Sag, hast du Appetit auf Frühstück?«

Sie runzelte die Stirn, als müsse sie intensiv darüber nachdenken, dann erwiderte sie verwundert: »Ja. Ja, ich habe *tatsächlich* Appetit. Vielen Dank.«

Während sie im Bad war, kümmerte ich mich ums Frühstück und setzte als Erstes frischen Espresso auf. Schinken, Schnittkäse und Camembert arrangierte ich auf einem Teller und legte ein paar Weintrauben dazu. Zum Aufbacken kamen ein paar Brötchen in den Backofen. Was hatte ich noch anzubieten? Zweierlei Marmelade: Hagebutte und Bittere Orange, außerdem Honig. Frische Milch füllte ich in ein hübsches Kännchen. Ob sie Zucker für den Kaffee brauchte? Oder Süßstoff? Ich brachte alles nach draußen und stellte es auf den Tisch. Moment mal … Milch und Schinken ohne Bewachung … wo war Baghira?

Auf der Terrasse konnte ich ihn nicht entdecken. Ich suchte die Wohnung ab und fand ihn tief schlafend im Bett. Ich ließ ihn schlafen und zog die Zimmertür hinter mir zu, als ich wieder hinausging.

Aus dem Bad hörte ich die Dusche rauschen, in der Küche röchelte die Espressokanne. Ich goss den Kaffee in eine Warmhaltekanne, dann holte ich eine kleine Vase aus dem Schrank und füllte sie mit Wasser. Ich hatte plötzlich das dringende Bedürfnis, es Jenny so behaglich wie möglich zu machen – ein kleiner Blumenstrauß auf dem Tisch konnte nicht schaden, dachte ich. In den Töpfen und Kästen auf der Terrasse blühte es verschwenderisch, und rasch hatte ich die Vase gefüllt.

Plötzlich kam Diana mir in den Sinn. Bestimmt wartete sie bereits auf meinen traditionellen Bericht am Samstagmorgen, und vielleicht hatte sie sogar bereits von der Tragödie erfahren und traute sich jetzt nicht, bei mir anzurufen, weil sie nicht stören wollte.

Ich wählte ihre Nummer, und sie hob sofort ab.

»Ich habe schon davon gehört«, sagte sie, bevor ich sie auch nur begrüßen konnte. »Wie geht es dir?«

Also musste ich ihr von den Vorkommnissen in der Tanzschule nichts berichten. Das passte gut, denn ich hatte keine Ahnung, wie viel Zeit mir für das Gespräch blieb. Irgendwann würde Jenny fertig geduscht haben, und dann konnte ich unmöglich weiter mit Diana darüber reden.

»So weit ganz gut. Wie es meinem Gast geht, kann ich allerdings noch nicht beurteilen. Sie ist gerade aufgestanden und momentan unter der Dusche. Viel geredet haben wir also heute Morgen bisher nicht. Ich fühle mich gerade, als würde ich in ein unbekanntes Land reisen. Ich wünschte, ich könnte vorhersehen, was passieren wird. Drück mir die Daumen.«

»Auf jeden Fall. Ich bewundere dich dafür, dass du dich um die Ärmste kümmerst. Keine Ahnung, ob ich mich das getraut hätte. Vermutlich nicht.«

»Quatsch, natürlich hättest du genauso gehandelt. Denkst du etwa, ich hätte rational darüber nachgedacht? Kein Stück, dazu war keine Zeit. Ich habe diese Entscheidung ganz spontan getroffen, als Jenny völlig weggetreten war. Wer weiß, ob sie sich unter anderen Umständen nicht sogar dagegen entschieden hätte. Immerhin bin ich für sie eine Fremde.«

»Aber eine sehr, sehr nette Fremde«, sagte Diana. »Wenn du reden willst oder einen Rat brauchst, kannst du mich jedenfalls jederzeit anrufen. Und wenn ich nichts von dir höre, weiß ich, dass du beschäftigt bist. Pass auf dich auf, Schatz.«

»Das werde ich, versprochen.«

»Gut. Dann lass uns jetzt auflegen, damit du dich um deinen Gast kümmern kannst.«

Der Duft nach Brötchen zog durch die Wohnung. Ich holte sie aus dem Ofen, dann schlug ich ein paar Eier in eine Schale, verquirlte und salzte sie. Gerade, als ich sie in die Pfanne gab, kam Jenny in die Küche. Sie trug meine Klamotten und hatte ein Handtuch um die Haare geschlungen. Ohne Make-up sah sie viel jünger aus, fand ich.

»Hier duftet es gut«, sagte sie.

»Na, das hoffe ich doch. Magst du Rührei?«

Sie nickte, dann hielt sie inne und lächelte verlegen. Auf mich machte sie den Eindruck, als sei es ihr plötzlich peinlich, etwas essen zu wollen.

Ob sie dachte, man müsse in ihrer Situation eigentlich unter Appetitlosigkeit leiden? Befürchtete sie, ich könne sie für gefühllos halten, weil sie trotz ihrer Trauer den Duft von Brötchen wahrnahm und sich auf Rührei freute? Diese Angst musste ich ihr unbedingt nehmen.

»Du musst völlig ausgehungert sein«, sagte ich also. »Und du brauchst jetzt viel Energie. Mir jedenfalls geht es so, wenn ich unter starkem emotionalem Druck stehe. Nicht umsonst heißt es ja, dass leckeres Essen auch ein großer Trost sein kann. Doris jedenfalls schwört darauf.«

Ein trauriges Lächeln blitzte kurz auf und verschwand gleich wieder. Sie hob die Hand, in der sie das Nachthemd hielt. »Ich wollte es nicht einfach im Bad lassen.«

»Du kannst es aufs Bett legen. Erschrick nicht, Baghira ist dort eingesperrt, damit er nicht den Frühstückstisch plündert. Aber jetzt kannst du ihn rauslassen. Übrigens: Innen an der Schranktür hängt eine kleine Auswahl Gürtel.«

Sie war zu höflich gewesen, um danach zu fragen und mich damit darauf hinzuweisen, um wie viel zu groß ihr meine Hose war. Auch bei mir saß die Jeans locker – knalleng besaß ich nicht –, aber ihr würde sie glatt runterrutschen, denn ihre Hüften waren deutlich weniger ausgeprägt als meine.

Während sie ins Schlafzimmer ging, brachte ich den Brotkorb und das Rührei hinaus, goss uns Kaffee ein und setzte mich an den Tisch. Und schon kam Baghira nach draußen getrippelt, gefolgt von Jenny. Sie zog das nasse Handtuch vom Kopf und legte es über die Rückenlehne eines Stuhls, der in der Sonne stand. Mit beiden Händen strich sie das feuchte Haar nach hinten.

»Greif zu«, sagte ich mit einem aufmunternden Nicken, und sie ließ sich nicht lange bitten.

Zu meinem Erstaunen war es keineswegs so, dass sie die Butter millimeterdünn aufs Brötchen kratzte – ganz im Gegenteil. Insgeheim hatte ich ihr unterstellt, eine dieser Frauen zu sein, die geziert an einem Salatblatt knabberten und dann vorgaben, pappsatt zu sein. Ich sah mich eines Besseren belehrt: Sie griff tüchtig zu und verspeiste mit Genuss einen Berg Rührei. Wir redeten nicht, lächelten uns nur von Zeit zu Zeit mal an. Bestimmt fand sie es angenehm, nicht von mir vollgequatscht zu werden.

Baghira hatte die ganze Zeit ein Stückchen entfernt gesessen und uns beobachtet, aber jetzt sprang er auf den freien Stuhl neben Jenny und scannte das Angebot auf dem Frühstückstisch.

»Denk nicht mal dran, Kollege«, sagte ich warnend.

Jenny lachte kurz auf. »Er wird doch wohl nicht auf den Tisch springen, oder?«

»Wenn er alleine mit dem Frühstück wäre, bestimmt. Aber jetzt … nee. Das traut er sich nun doch nicht.«

»Darf ich ihm was geben?«

Ich nickte. »Ein kleines Stückchen Käse ist in Ordnung. Aber wirf es ihm auf den Boden.«

Sie tat es, und der Kater hopste vom Stuhl. Als er den Käse verputzt hatte, schnellte er wie von einem Gummiband gezogen zurück auf die Sitzfläche und himmelte Jenny an.

»Er ist so lieb«, sagte Jenny.

»Er ist ein Schleimer«, erwiderte ich grinsend, »denn er weiß ganz genau, wie er Leute um den Finger wickeln kann. Oder besser gesagt: um die Kralle. Na ja, vielleicht ist Schleimer etwas zu hart. Er ist ein Charmeur.«

Jenny schwieg und streichelte Baghira. Sie ließ es zu, dass der Kater auf ihren Schoß kletterte. »Chrissie war auch ein Charmeur«, sagte sie dann, ohne mich anzusehen.

»Sonst hättest du dich wohl nicht in ihn verliebt, vermute ich mal.«

Was mir sicherlich nicht passiert wäre, denn ich hatte ihn als ziemlich großspurig und seinen Humor als zumindest grenzwertig empfunden. Mir fiel die Szene im Hof der Tanzschule ein, als Christian den fragwürdigen Scherz mit der Blasmusik gemacht hatte. Es kam mir so vor, als sei dieser kleine Vorfall Wochen her, dabei war es erst gestern gewesen.

»Nein, das hätte ich nicht …« Noch immer konzentrierte sie sich ganz auf Baghira.

»Wenn du auch nichts mehr essen willst, räume ich rasch den Tisch ab«, sagte ich. »Bleib sitzen, das geht ganz schnell. Ich mache uns noch einen frischen Kaffee.«

In der Küche setzte ich Espresso auf und nahm ein großes Tablett mit nach draußen. Mir gelang es, alles vom Tisch darauf zu stapeln, und brachte es wieder hinein. Als ich alles weggeräumt hatte, war der Kaffee fertig.

»Ich danke dir sehr, dass du mich aufgenommen hast«, sagte sie ernst, als ich mich wieder an den Tisch setzte.

»Das musst du nicht, wirklich. Aber ewig kannst du nicht in meinen Schlabberjeans rumlaufen. Hast du irgendwelche Pläne? Zumindest müssen wir ein paar Sachen aus deiner Wohnung holen. Dabei begleite ich dich gerne.«

Ich hoffte, sie würde meine Frage nicht als Rausschmiss auffassen. Sie setzte zu einer Antwort an, aber in diesem Moment klingelte mein Handy. Auf dem Display stand Küppers Name.

»Guten Morgen, Frau Küpper«, sagte ich zur Begrüßung.

»Hallo, Frau Luchs«, erwiderte sie. »Ich würde gern mit Jenny Dahlmann sprechen. Ist sie noch bei Ihnen?«

»Jenny? Ja.«

Bei ihrem Namen blickte Jenny mich neugierig an. Ob sie sich daran erinnerte, dass die Kommissarin von gestern Küpper hieß? Kaum.

»Wann kann sie im Präsidium sein?«

Gute Frage, nächste Frage. »Könnten Sie nicht herkommen?«, fragte ich. »Hier ist es weniger einschüchternd als im Präsidium.«

Sie zögerte einen Moment lang, dann erwiderte sie. »Und Sie können schön Ihre Ohren aufsperren, nicht wahr? Also gut. Ich brauche eine halbe Stunde.«

Ich legte auf und sah Jenny an. »Das war die Kommissarin, sie kommt her und möchte mit dir reden.«

Plötzlich sah sie aus wie ein gehetztes Reh.

Kapitel 9

Ein angenehmer Ort macht ein Verhör nicht automatisch
erträglicher, wie nicht nur Loretta feststellt

»Aber ich weiß doch gar nichts«, wisperte Jenny, »was will sie denn von mir?«

Auch für die Kommissarin, wusste ich, gehörte es nicht zu den Lieblingsaufgaben, enge Angehörige direkt nach dem Mord an einem geliebten Menschen mit Fragen zu löchern. Einige reagierten wütend, andere standen unter Schock und konnten kaum sprechen. Dennoch durften die Ermittler niemanden schonen, und Mitleid konnten sie sich nicht leisten.

Leider werden die meisten Morde von engen Angehörigen begangen. Nun hatte Jenny eindeutig nicht selbst geschossen; sie war als aktive Täterin also auszuschließen. Aber sie könnte natürlich den Auftrag dazu erteilt haben. Die Küpper durfte vorerst keine Option ausschließen.

»Dass sie dich möglichst schnell befragen will, ist völlig normal«, sagte ich. »Du bist diejenige, die ihr etwas über Christians Umfeld erzählen kann. Solche Dinge muss sie wissen, um den Mord aufzuklären. Mir ist klar, dass du gerade am liebsten deine Ruhe hättest, und die Kommissarin weiß das ebenfalls.«

»Dann soll sie mich in Ruhe lassen!« Jennys Augen füllten sich mit Tränen.

»Das kann sie nicht, selbst wenn sie es wollte. Sie dürfte noch nicht einmal bis Montag damit warten. Ich lasse dich nicht alleine mit ihr, versprochen.«

Um sie abzulenken, bat ich sie, mir beim Spülen zu helfen. Sie nickte, ging aber zuerst ins Bad, um sich zu kämmen. Ihre Abwesenheit nutzte ich, um hastig den Plan vom Tanzsaal mit dem Handy zu knipsen und an Erwin zu schicken. Ich sandte ihm eine Nachricht, dass ich mich später melden würde.

Die Arbeit in der Küche erledigten Jenny und ich schweigend – bis auf ihre Fragen, in welche Schränke Tassen und sonstiges Geschirr gestellt werden sollten. Danach setzten wir uns wieder auf die Terrasse. Sie wirkte sehr unruhig.

»Jenny, der Arzt hat mir für dich ein leichtes Beruhigungsmittel mitgegeben. Möchtest du …?«

»Nein, auf keinen Fall«, fiel sie mir brüsk ins Wort. »Meine Freundin Lina hat begleitend zu einer Therapie mal Psychopharmaka einnehmen müssen, und sie wurde davon richtig *abhängig!*«

Ich horchte auf – sie hatte eine Freundin erwähnt, darauf hatte ich ja schon gewartet.

»Ist Lina eine enge Freundin von dir?«, fragte ich.

»Ja, das ist sie.« Jenny klang beinahe erstaunt. »Sie wollte eigentlich auch an diesem Tanzkurs teilnehmen, aber ihr Tanzpartner ist in letzter Sekunde abgesprungen.«

Das klang so, als wäre sie mit Lina sehr vertraut – konnte diese Freundin vielleicht helfen?

»Sollen wir Lina nicht einfach mal anrufen? Sie sollte auf jeden Fall wissen, was mit Christian passiert ist, oder? Sie kennt ihn doch?«

»Klar kennt sie ihn. Aber sie ist gerade verreist, ein Ausflug übers Wochenende. Sie ist erst morgen Abend zurück.« Jenny schüttelte den Kopf. »Dass ich bisher nicht an sie gedacht habe … seltsam.«

Das fand ich nicht. Für mich war es nachvollziehbar, dass sie es vorgezogen hatte, sich zunächst bei mir zu verkriechen. Erstens war Lina ohnehin noch unterwegs, und zweitens hatte ich *miterlebt,* was passiert war. Dieser traurige Umstand schuf zwischen Jenny und mir eine Nähe, die Lina ihr spontan nicht hätte bieten können.

»Ich finde das überhaupt nicht seltsam«, sagte ich. »Immerhin musstest du mir nichts erklären. Wie du dich gerade fühlst, meine ich. Und was du erlebt hast. Du hattest andere Dinge im Kopf, als an Lina zu denken.«

»Ich rufe sie morgen an. Ich will ihr den Urlaub nicht verderben. Sie soll nicht extra meinetwegen früher zurückkommen.« Bittend sah sie mich an. »Das ist für dich doch okay, wenn ich noch eine Nacht …?«

Ja, das war es natürlich, wie ich ihr versicherte.

Aber gleichzeitig haderte ich damit, denn ich vibrierte vor Tatendrang. Besonders dringend wollte ich mich mit Erwin beratschlagen, außerdem schnellstens möglichst viel über unsere Tanzlehrer und das dritte Tanzpaar – Helga und Andreas – herausfinden, die sich ebenfalls in der Schusslinie des Täters aufgehalten hatten.

Die Türklingel riss mich aus meinen Gedanken.

»Das ist die Kommissarin«, sagte ich, stand auf und öffnete.

»Ist sie ansprechbar?«, fragte die Kommissarin statt einer Begrüßung.

Ich zuckte mit den Schultern. »Sie ist nicht besonders erpicht auf ein Gespräch mit Ihnen, aber bisher hält sie sich sehr tapfer.«

Ich bot ihr Kaffee an, aber sie lehnte dankend ab. Gut, denn so musste ich Jenny nicht mit ihr allein lassen.

Die Küpper folgte mir auf die Terrasse. »Guten Tag, Frau Dahlmann«, sagte sie zu Jenny. »Küpper mein Name – erinnern Sie sich an mich? Wir sind uns gestern begegnet.«

Stirnrunzelnd sah Jenny sie an. »Ich weiß nicht.«

Die Kommissarin lächelte und setzte sich. »Ich bin die leitende Ermittlerin in diesem Fall. Können Sie mir ein paar Fragen beantworten?«

»Ich weiß nicht, wie ich Ihnen helfen könnte«, erwiderte Jenny brüsk. »Ich habe nichts gesehen.« Ich hatte neben ihr

Platz genommen, und sie wandte sich mir zu. »Du hast doch auch nichts gesehen, oder? *Niemand* hat etwas gesehen. Da war plötzlich dieser Knall, und dann …« Sie brach ab.

»Das weiß ich, Frau Dahlmann«, sagte die Küpper sanft, »aber darum geht es mir nicht. Ich muss wissen, ob es jemanden in Herrn Jansens Umfeld gab, der einen Grund … nein, anders: der *geglaubt* haben könnte, einen Grund zu haben, Herrn Jansen so etwas anzutun. Hatte er Feinde? Hatte er mit jemandem Streit? Oder wurde er vielleicht bedroht?«

»Feinde? Streit? Bedroht? *Chrissie?*« Mit jedem Wort war ihre Stimme schriller geworden. »Chrissie hatte nicht einen einzigen Feind auf der Welt! Er war der netteste und großzügigste Mensch, den Sie sich vorstellen können! Jeder mochte ihn! Jeder!«

Sie atmete so heftig, dass ich befürchtete, sie könnte hyperventilieren und vom Stuhl kippen. Ich nahm ihre Hand, und allmählich beruhigte sie sich.

Ich war der Küpper dankbar, dass sie Jenny ein wenig Zeit ließ. Die Kommissarin beobachtete Baghira bei seinem Kontrollgang über die Terrasse und streichelte ihn, als er zu ihr kam und sie beschnupperte.

Dann sah sie wieder Jenny an. »Sie waren Herrn Jansens Lebenspartnerin?« Auf Jennys Nicken hin fuhr sie fort: »Sie haben mit Herrn Jansen zusammengelebt, sagt seine Schwester.«

Statt darauf zu antworten, fragte Jenny: »Sie haben mit Regina gesprochen?«

»In solchen Fällen ist es unsere traurige Pflicht, die Angehörigen zu informieren.«

»Ich bin Chrissies Angehörige«, blaffte Jenny.

»Mir ist vollkommen klar, dass Sie sich ihm zugehörig fühlen«, erwiderte die Küpper ruhig. »Leider ist es rechtlich so, dass Sie mit Herrn Dahlmann weder verwandt noch verheiratet sind. Es tut mir leid, aber ich konnte nicht anders handeln.«

Jenny sog scharf die Luft ein. »Er hatte zu ihr den Kontakt abgebrochen, weil diese Zicke gegen mich war. Außerdem stritten sie um Geld, weil Chrissie seine Firma verkauft hat.«

So viel also zum Thema, dass der herzensgute Christian mit niemandem auf der Welt Streit hatte. Natürlich schnappte die Kommissarin sofort nach dem Brocken, der ihr gerade so unvermutet vor die Füße gefallen war.

»Wissen Sie, worum es genau bei den Unstimmigkeiten zwischen den beiden ging?«

»Ich ... nein, nicht im Detail.« Jenny schüttelte den Kopf. »Chrissie wollte mich nicht damit belasten. Aber ich habe ein paar Telefonate mitbekommen. Ich glaube, sie wollte einen Anteil am Verkauf der Firma. Er war anderer Meinung, weil er sie bei der Übernahme des Familienunternehmens bereits abgefunden hatte.«

»Verstehe. Wissen Sie zufällig, ob ein Testament existiert, Frau Dahlmann?«

Jenny erstarrte zur Salzsäule. Dann fasste sie sich wieder und erwiderte langsam: »Ich ... er hatte vor, ein Testament zu schreiben. Er wollte mich absichern, hat er gesagt. Wir wollten bald heiraten, aber nicht sofort. Und er sagte immer, falls ihm etwas zustößt ...«

Sie würgte krampfhaft, sprang auf und stürzte ins Haus.

»Damit hat Jenny kein Anrecht auf irgendetwas aus Christians Besitz, richtig?«, sagte ich. »Seine Schwester dürfte alles erben, falls es nicht noch jemand anderen gibt. Jenny hatte mir erzählt, dass auch die Wohnung, in der sie mit ihm lebte, Familienbesitz sei.«

Die Küpper zuckte mit den Achseln. »Wenn es kein Testament gibt, hat sie tatsächlich keinerlei Ansprüche. Hat sie von seinem Geld gelebt?«

»Keine Ahnung. Ich weiß nur, dass sie befürchtet, aus der Wohnung geworfen zu werden. Aber ein Gutes hat die Situation.«

Die Kommissarin hob die Brauen. »Nämlich?«

»Wenn es für sie nichts zu erben gab, hatte sie keinen Grund, sich seinen Tod zu wünschen. Im Gegensatz zu seiner Schwester.«

Aus dem Wohnzimmer hörten wir Jennys Schluchzen, dann knallte die Schlafzimmertür zu.

»Ich schätze, das war es für heute«, sagte die Küpper. »Wird Frau Dahlmann weiterhin bei Ihnen wohnen?«

»Zumindest bis morgen Abend. Ihr ist doch noch eine Freundin eingefallen, eine gewisse Lina, die allerdings zurzeit verreist ist. Ich hoffe sehr, dass Jenny bei ihr Unterschlupf findet.«

Die Kommissarin stand auf. »Richten Sie Frau Dahlmann bitte aus, dass sie sich zur Verfügung halten und mich darüber informieren soll, wo sie sich aufhält.«

Ich begleitete die Kommissarin zur Haustür und verabschiedete mich.

Beim Hinausgehen drehte sie sich noch einmal zu mir um. »Ich weiß, warum Sie Frau Dahlmann loswerden wollen: Damit Sie endlich in Ruhe herumschnüffeln können. Kommen Sie mir nicht in die Quere.«

Damit wandte sie sich ab und ging.

Warum hätte sie auch Zeit damit verplempern sollen, sich meine verlogenen Beteuerungen anzuhören, dass sie unrecht habe? Eben.

Ich klopfte an die Schlafzimmertür und öffnete sie einen Spalt weit. Jenny lag bäuchlings auf dem Bett und weinte.

»Jenny, die Kommissarin ist weg«, sagte ich.

Sie hob den Kopf und schniefte. »Wirklich?«

»Ja. Die Luft ist rein.«

»Ich …« Sie schluchzte wieder auf. »Ich brauche einen Moment. Ist das okay?«

»Natürlich. Lass dir alle Zeit der Welt. Vielleicht schläfst du ein Stündchen. Und wenn du möchtest, fahren wir heute zur Wohnung und holen ein paar Sachen.« Sie antwortete nicht, also fügte ich hinzu: »Aber das kannst du auch später noch entscheiden.«

So blitzartig, wie Erwin ans Telefon ging, hatte er meinen Anruf bereits sehnsüchtig erwartet. Natürlich hatte er das, denn wir hatten seit dem Mord noch keine Gelegenheit gehabt, miteinander zu sprechen.

»Endlich!«, sagte er prompt. »Ich sitze hier schon auf heißen Kohlen.«

»Ist mir klar. Jetzt gerade ist die erste Chance, in Ruhe mit dir zu reden.«

»Gutes Mädchen. Ist Jenny noch bei dir?«

»Ja. Sie hat sich gerade ins Schlafzimmer zurückgezogen. Sie muss sich von deiner Patentochter erholen.«

»Astrid war bei euch?«, fragte er erstaunt.

»Ich hatte sie darum gebeten. Sie war so freundlich, nicht darauf zu bestehen, dass ich Jenny zu ihr ins Präsidium schleife.«

Knapp schilderte ich ihm, was ich in der Zwischenzeit herausgefunden beziehungsweise aufgeschnappt hatte.

»Kein Testament, hm?«, sagte er.

»Zumindest keins, von dem Jenny wüsste. Oder in dem sie als Erbin eingesetzt wäre. Ob das stimmt, wird die Kommissarin ratzfatz rausfinden. Und *falls* es stimmt, kann Jenny von der Liste der potenziell Verdächtigen gestrichen werden. Check!«

»Soll das etwa heißen, er hat sie für den Fall der Fälle nicht abgesichert?«

»Er hatte wohl entsprechende Pläne, aber ...«

»Ha!«, fiel er mir ins Wort. »Was, wenn sie davon ausgegangen ist, dass es dieses Testament bereits gibt? Sie kann uns viel erzählen. Ich fürchte, du bist befangen, was sie betrifft.«

»Quatsch.«

Erwin lachte leise. Mir war klar, dass er recht hatte: Ich *war* befangen. Allein dadurch, dass ich mich um sie gekümmert hatte, war mein objektiver Blick auf sie getrübt. Ich hatte Mitleid mit ihr, das konnte ich nicht leugnen.

»Wie auch immer«, sagte Erwin. »Lass uns über die Skizze sprechen, die du mir geschickt hast. Es war eine gute Idee, aufzuzeichnen, wo sich wer im Moment des Schusses aufgehalten hat.«

»So gern ich mir für diesen Geniestreich einen Lorbeerkranz auf die Locken setzen würde – es war die Idee deiner Patentochter. Hast du nicht sogar danebengestanden, als sie mich darum gebeten hat? Meine Idee war lediglich, flugs eine Kopie davon anzufertigen. Ich hätte sie auch abfotografieren können, aber dabei wollte ich mich von deiner Astrid nicht erwischen lassen. Auf jeden Fall ist die Skizze Gold wert; ich habe nämlich beim Tanzen nicht auf die anderen geachtet.«

»Ich auch nicht. Aber dank des Plans ergibt sich ein interessantes Bild, findest du nicht?«

»Allerdings. Im Schussfeld des Täters befanden sich drei Paare, sprich: sechs potenzielle Opfer. Sechs Ziele, die nicht wie Pappfiguren auf der Stelle standen, sondern sich – wenn auch in einem überschaubaren Bereich – vor und zurück bewegt haben. Tatsächlich stelle ich mir die Frage, ob Christian wirklich das vorherbestimmte Opfer war, auf das es der Täter abgesehen hatte.«

»Darüber habe ich auch schon nachgedacht.« Erwin machte eine nachdenkliche Pause. »Wir brauchen über die Leute mehr Hintergrundinformationen. Über Christian wissen wir ja bereits, dass es Familienstreit um die Firma gab. Das könnte ein Motiv sein. Du wirst sicherlich noch mehr über Jenny herausfinden können, oder? Zum Beispiel, ob sie von seinem Geld gelebt oder selbst welches verdient hat.«

»Klar. Und ich werde mich bemühen, dabei objektiv zu bleiben, versprochen. Was ist mit Helga und Andreas? Die beiden wirken auf den ersten Blick harmlos, finde ich. Ich habe bei den Tanzstunden einige Male gesehen, dass Doris sich mit Helga unterhalten hat.«

»Helga scheint eine typische Hausfrau zu sein«, sagte Erwin, »er geht arbeiten, sie sorgt für ein gemütliches Zuhause. Keine Kinder, soweit ich weiß. Andreas hat ja erzählt, dass er in einer Bank als Kundenberater arbeitet. Könnte natürlich sein, dass es Kunden gibt, die er falsch beraten hat.«

»Du meinst, er hat ihnen Investitionen empfohlen, die sich als Luftnummer herausgestellt haben? Und dass es vielleicht Leute gibt, die ihn für den Verlust ihres Geldes verantwortlich machen?«

»So oder ähnlich.«

Ich überlegte, dann fiel mir Doris' Telefonliste ein. »Sag mal, könnte Doris nicht mal bei Helga anrufen? Offiziell, um sich nach ihrem Befinden zu erkundigen, aber sie könnte Helga unauffällig danach fragen, welche genauen Aufgaben Andreas in der Bank hat.«

»Gute Idee. Was denkst du über Marina und Antonio als potenzielle Opfer?«

»Auch eine Möglichkeit. Konkurrenten, die sie ruinieren wollen, vielleicht? Wobei ein Mord natürlich eine krasse Maßnahme ist. Würde man da nicht erst zu anderen Mitteln greifen? Drohbriefe schicken, üble Gerüchte verbreiten, einbrechen und alles verwüsten, in der Tanzschule Kakerlaken aussetzen oder dergleichen?«

»Kannst du mit Bestimmtheit sagen, dass all diese Dinge

nicht schon längst passiert sind? Mit so etwas gehen die beiden natürlich nicht hausieren, erst recht nicht neuen Tanzschülern gegenüber.«

»Okay. Vorschlag: Ich gehe morgen bei der Tanzschule vorbei und versuche, Marina und Antonio auszuhorchen. Und ihr übernehmt Helga und Andreas. Ladet euch morgen bei ihnen zum Kaffeeklatsch ein oder so.«

»Wie willst du das machen, solange Jenny bei dir ist?«

»Mir wird schon etwas einfallen, irgendwie eise ich mich los. Ich rechne allerdings damit, dass sich ab morgen Abend eine Freundin um sie kümmern wird. Wir könnten uns dann treffen und austauschen.«

Und bis dahin hatte ich hoffentlich einiges zu berichten, das wir zurzeit noch nicht wussten.

Kapitel 10

Ein grandioser Blick über die Stadt entschädigt
nicht unbedingt für eine unangenehme
Auseinandersetzung, wie Loretta feststellt

Ich telefonierte noch kurz mit Bärbel und danach mit Dennis, der in seinem Garten herumpusselte und mich nicht wirklich vermisste, wie sich herausstellte. Am Ende des Tages würde ich bestimmt heiser sein, wenn das so weiterging.

»Nimm dir so viel Zeit, wie du brauchst«, sagte Dennis, nachdem ich ihm alle Neuigkeiten berichtet hatte.

»Witzig, genau das sage ich andauernd zu Jenny. Morgen Vormittag würde ich übrigens gerne mit dir zusammen zur Tanzschule fahren. Du könntest zum Frühstück kommen, und danach statten wir Marina und Antonio einen kleinen Höflichkeitsbesuch ab.«

»Na klar – *Höflichkeitsbesuch.*« Dennis kicherte. »Du willst dort rumschnüffeln, gib es zu.«

»Tss, tss, das klingt aber nicht sehr charmant. Ich bin eine besorgte und nicht zuletzt *betroffene* Kundin, die lediglich wissen möchte, wie es ihnen geht. Wenn dabei das eine oder andere Häppchen an nützlicher Information abfällt, werde ich nicht weghören. Uns erzählen sie garantiert mehr als der Kommissarin.«

»Und was ist mit Jenny? Willst du sie mitnehmen?«

Nein, das wollte ich auf keinen Fall. »Es dürfte sie kaum an den Ort ziehen, an dem ihr Liebster ermordet wurde.«

»Aber was willst du ihr sagen, warum wir hinfahren?«

»Mir wird schon etwas einfallen. Sie muss nicht alles wissen. Ich erzähle dir dann, welche Lüge ich ihr aufgetischt habe.«

Ich war gerade dabei, auf dem Sofa wegzudämmern, als Jenny aus dem Schlafzimmer kam.

»Ich muss eingeschlafen sein«, murmelte sie und rieb sich die Augen. »Wie spät ist es?«

»Kurz vor drei. Wonach ist dir? Hast du Hunger?«

Sie schüttelte den Kopf. »Nee. Du, ich würde dein Angebot gerne annehmen. Also, in die Wohnung zu fahren.« Stirnrunzelnd sah sie sich um. »Hast du eine Ahnung, wo meine Handtasche ist? Hoffentlich nicht noch in der Tanzschule.«

Doris hatte gestern in all dem Chaos souverän den Überblick behalten und sich bei unserem Aufbruch um die Tasche gekümmert – ein absurd kleines Designerdingsda, das vermutlich mehr Geld gekostet hatte als mein Auto.

»Keine Sorge, sie liegt nebenan auf der Kommode«, erwiderte ich. »Ich hoffe, es fehlt nichts.«

Keine Ahnung, warum ich das gesagt hatte. Wer – der nicht gerade an Kleptomanie litt oder über eine sehr ausgeprägte kriminelle Energie verfügte – hätte den gestrigen Tumult dazu nutzen sollen, jemanden aus der Gruppe zu beklauen?

»Solange der Schlüssel noch da ist …«, sagte sie auf dem Weg ins Schlafzimmer. »Ansonsten hätten wir ein Problem, in die Wohnung zu kommen.«

Jenny hatte sich die Tasche umgehängt, als sie wieder herauskam. Ich musterte sie unauffällig. Nur Tasche und Pumps erinnerten an die Jenny, die ich in der Tanzschule kennengelernt hatte. Das Haar, das immer in glänzenden Locken über ihre Schultern gefallen war, war nun glatt und zu einem Zopf geflochten. Stets in sexy Kleidung und aufwendig geschminkt, hatte sie wie eine Barbiepuppe ausgesehen. Davon war nichts übrig, zumindest hatte ich noch nie eine ungeschminkte Barbie in Ringelshirt und viel zu großer Jeans gesehen.

Irgendwie verwirrte mich ihr Anblick, aber vielleicht war es auch nur die unstimmige Kombination aus meinen Alltagsklamotten und teuerstem Design.

Jenny lotste mich durch die halbe Stadt zu einem mehrgeschossigen Gebäude, das für seine luxuriösen, unanständig teuren Wohnungen bekannt war.

»*Das* gehört Christians Familie?«, fragte ich beeindruckt, als wir auf den Eingang zugingen.

Jenny schüttelte den Kopf und schloss die Glastür auf. »Nur die oberste Etage. Das Penthouse.«

Nur die oberste Etage ... aha. Ich hatte mal gehört, dass bereits der Kaufpreis der anderen Wohnungen dieses Hauses an der Siebenstelligkeit kratzte, und wie man wusste, war ein Penthouse das Sahnestückchen.

Das Foyer war zwar recht weitläufig, wirkte aber trotzdem wie eine Grabkammer: anthrazitfarbener Marmor an Wänden, Decke und Fußboden. Die Monotonie wurde lediglich durch Wandlampen – besser gesagt: affige Leuchtobjekte – durchbrochen. Ich konnte keine Treppen entdecken, dafür aber zwei Aufzüge. Jenny ging zur rechten Tür und steckte einen zierlichen Schlüssel in ein unauffälliges Schloss, das ich mit Sicherheit übersehen hätte.

»Wieso ist der denn oben?«, fragte sie erstaunt und musterte stirnrunzelnd einen nun grün blinkenden Pfeil, der nach unten zeigte. Ein leises Surren signalisierte, dass der Aufzug auf dem Weg zu uns war.

»Vielleicht hat ein Nachbar ihn benutzt«, sagte ich.

Beinahe streng sah sie mich an. »Das ist ein Privataufzug. Den benutzt niemand außer Chrissie und mir.«

Ach so, natürlich. Das hätte ich mir eigentlich denken können, ich Dummerchen. Aber vielleicht hatten hochherrschaftliche Privataufzüge ja manchmal Lust, sich ein bisschen zu bewegen, ohne dass sie den Befehl dazu bekamen? Die Vorstellung einer unterbeschäftigten, zu Tode gelangweilten Aufzugkabine amüsierte mich sehr, und ich hatte Mühe, mir ein albernes Kichern zu verkneifen.

Geräuschlos glitten die Türen zur Seite, und wir traten in die golden schimmernde Kabine, die – Überraschung! – voll verspiegelt war. Von der Grabkammer ins Schmuckkästchen. »Herrje – ich sehe ja schrecklich aus!«, rief Jenny, obwohl ich das Licht durchaus schmeichelhaft fand.

Was fand sie wohl so schrecklich? Die Tatsache, dass sie deutlich jünger und frischer – um nicht zu sagen: *lebendiger* – wirkte als sonst?

Mit einem kaum hörbaren Surren glitt der Aufzug hinauf zum Penthouse. Es ruckte minimal, dann stand er still und die Türen glitten beiseite. Wir traten nicht etwa in einen Hausflur, sondern direkt in ein riesiges, auf zwei Seiten verglastes Wohnzimmer mit einer Sofalandschaft, die offenkundig für Riesen entworfen worden war. Der Ausblick über die Stadt war schlicht überwältigend. Bestimmt ließ sich abends vortrefflich auf der Dachterrasse ein leckerer Drink oder ein Pülleken Pils genießen, während das Lichtermeer zu den Füßen geheimnisvoll funkelte.

Aus einer halb geöffneten Tür drang plötzlich ein Geräusch, und wir sahen uns erschrocken an. Dann versteinerte Jennys Gesicht. Ahnte oder wusste sie sogar, wer dort in dem anderen Raum war? Sie streifte die Pumps ab und schlich los, ich folgte ihr. Sie stieß die Tür auf, und wir blieben auf der Schwelle stehen.

Bei dem Raum handelte es sich um eine Art Arbeitszimmer, das allerdings sehr schick eingerichtet war: antiker Schreibtisch, vermutlich maßgefertigte Regale, wuchtige Ledersessel, dazu hochmodernes Computer-Equipment. Auch hier bestand eine Wand komplett aus Glas.

Mit dem Rücken zu uns beugte sich eine Frau über die geöffnete Schublade eines Sideboards und wühlte darin. Auf dem Fußboden lagen um sie herum diverse Ordner und lose Schriftstücke.

»*Was haben Sie hier zu suchen?*«, fragte Jenny in schneidendem Ton.

Die Frau fuhr herum. Ich schätzte sie auf Mitte fünfzig; sie wirkte sehr gepflegt und trug einen schicken Hosenanzug.

Sie musterte uns und gab eisig zurück: »Sieh da, die liebe Jenny. Interessanter Aufzug. Trägt man das heute so?«

»Was haben Sie hier zu suchen?«, wiederholte Jenny und ging zwei Schritte auf die Frau zu.

»Ich verschaffe mir einen Überblick über die Angelegenheiten meines Bruders«, erwiderte die Frau. Ihre Augen waren hart und leblos wie Kieselsteine.

Das war also Christians Schwester. Ganz schön frech, einfach in eine Wohnung einzudringen, die ihr nicht gehörte ... na ja, die sie zumindest nicht *bewohnte*. Aber offenbar hatte sie die Schlüssel, sonst wäre sie ja nicht hier.

»Lassen Sie Ihre dreckigen Pfoten von Chrissies Papieren«, zischte Jenny. »Und verschwinden Sie sofort aus meiner Wohnung.«

»*Deine* Wohnung?« Regina lachte höhnisch. »Hast du etwa einen Mietvertrag mit Christian abgeschlossen? Nein? Schade. Schade für *dich*.«

Interessant: Jenny siezte die Frau, während Regina diese Form der höflichen Anrede offenbar nicht für nötig hielt.

»Wonach suchen Sie?«, fragte Jenny. »Nach einem Testament zu meinen Gunsten, um es vorsichtshalber verschwinden zu lassen?«

Spöttisch schüttelte Regina den Kopf. »Was bist du doch für ein dummes, kleines Mädchen. Gäbe es dieses Testament, hätte unser Anwalt mich längst darüber informiert. Also existiert es nicht. Mal sehen, was das für dich bedeutet.« Theatralisch runzelte sie die Stirn und tat so, als würde sie intensiv nachdenken. Dann hellte sich ihr Gesicht auf. »Genau! Es bedeutet, dass du hier nichts mehr verloren hast.«

»Damit kommen Sie nicht durch, Sie boshafte Hexe!«, fauchte Jenny.

»Ach nein? Du bist nichts weiter als eine dahergelaufene, gierige Goldgräberin, die meinem Bruder das Bett gewärmt hat. Ob er oder ein anderer, ist dir doch völlig egal. Dir reichte die Hoffnung, dadurch ans große Geld zu kommen. Tja, das ist wohl schiefgegangen, Jenny. Und jetzt kannst du in das Loch zurückkehren, aus dem billige Flittchen wie du gekrochen kommen.«

Ich stand immer noch hinter Jenny und sah, dass sie die Fäuste ballte. Um die Situation nicht noch mehr eskalieren zu lassen, trat ich vor und sagte: »Das bringt doch nichts, beleidigend zu werden, Frau … äh …«

Die toten Kieselsteine fokussierten mich. »Wer hat Sie denn nach Ihrer Meinung gefragt? Hier handelt es sich um eine Familienangelegenheit, die Sie rein gar nichts angeht. Halten Sie gefälligst Ihren Mund, ja?« Sie wandte sich wieder Jenny zu. »Ein bisschen Grips scheinst du ja doch zu haben. Immerhin hast du eine Freundin mitgebracht, die dir gleich beim Auszug helfen kann. Viel hast du ja nicht zu packen: ein paar nuttige Stofffetzen und Stöckel, das dürfte in zwei Einkaufstaschen passen. Ich warte so lange, dann kannst du mir gleich den Schlüssel geben.«

Jetzt reichte es mir endgültig.

»Damit kommen Sie nicht durch«, sagte ich. »Sie können Jenny allenfalls eine Frist setzen, aber mehr auch nicht. Sie hat immerhin hier gewohnt. Vielleicht hat sie keine rechtliche Handhabe, hier wohnen zu *bleiben,* aber keinesfalls können Sie verlangen, dass sie innerhalb einer Stunde auszieht. Wir können gerne die Polizei rufen. Oder nein, ich weiß etwas viel Besseres: Mein bester Freund ist Anwalt.«

Ich zog mein Handy aus der Tasche, kam aber nicht mehr dazu, eine Nummer zu wählen, denn sie stoppte mich mit einer Handbewegung.

»Du hast bis zum Monatsende Zeit«, sagte sie zu Jenny. »Und keine Tricks, verstanden? Dir gehört hier rein gar nichts, keine Gabel, kein Teller, kein einziges Möbelstück. Gnade dir Gott, wenn etwas von Christians Sachen fehlt.«

Ohne uns eines weiteren Blickes zu würdigen, schnappte sie sich ihre Handtasche, die auf dem Schreibtisch lag und optisch durchaus als große Schwester von Jennys Exemplar durchgehen konnte. Dann stöckelte sie aus dem Raum. Ich folgte ihr ein paar Schritte und sah ihr zu, wie sie in den Aufzug stieg.

»Das war also Regina«, sagte ich zu Jenny, die aus dem Arbeitszimmer kam.

Sie zuckte mit den Schultern und ging zu einem schlichten Schrank, hinter dessen Türen sich eine Bar mit Kühlfach befand, wie sich herausstellte. Jenny goss eine klare Flüssigkeit, vermutlich Wodka, in ein Glas und warf einige Eiswürfel hinein. Dann setzte sie das Glas an die Lippen und kippte den Inhalt in einem Schwung hinunter. »Den habe ich jetzt gebraucht«, sagte sie. »Diese verfluchte Hexe. Ich hätte nicht übel Lust, sie zu verprügeln.«

»Keine gute Idee. So, wie ich sie einschätze, legt sie sich dann wochenlang in eine sündhaft teure Privatklinik, zeigt dich wegen schwerer Körperverletzung an und zerrt dich vor Gericht. Und obendrein verklagt sie dich auf ein Schmerzensgeld, an dem du dein Leben lang zahlen wirst. Ich muss es sagen, wie es ist: Diese Frau scheißt größere Haufen als du.«

Jenny ließ sich auf das Mammutsofa fallen. »Aber nur, weil die alte Schabracke stinkreich ist.«

»Ist doch schnurzegal, warum.« Ich setzte mich ebenfalls. »Es tut mir wirklich leid für dich, aber du hast keine Chance gegen sie, das ist Fakt. Keine Ahnung, ob du gegen diese kurze Frist rechtlich vorgehen kannst, aber so etwas ist immer mit hohen Rechnungen von Anwälten verbunden, die für dich tätig werden.« Es war an der Zeit, eine wichtige Frage zu stellen. »Hast du eigenes Geld, Jenny?«

Sie schüttelte den Kopf. »Brauchte ich ja nie. Chrissie hat es Freude gemacht, mich zu verwöhnen.«

Na super. Keine Wohnung mehr *und* kein Geld.

»Wie lange wart ihr ein Paar?«

»Zwei Jahre.«

Nicht besonders lange also, aber lange genug, um innig verbunden zu sein.

»Wie seid ihr euch begegnet?«

Sie stieß einen zittrigen Seufzer aus. »Ich habe im Service eines guten Restaurants gearbeitet. Chrissie war dort Stammgast. Er kam oft mit Geschäftsfreunden, manchmal war auch Regina dabei. Er war immer sehr höflich, bedankte sich für den guten Service und gab großzügiges Trinkgeld, auch für die Küche. Das macht nicht jeder Gast, weißt du? In der Gastronomie gibt es eine Regel: Je gehobener das Ambiente, desto herablassender die Kundschaft.«

»Davon habe ich schon gehört. Ätzend.«

»Die nehmen uns gar nicht mehr als Menschen wahr, dachte ich manchmal. Für die sind wir nur Lakaien, die man herumschubsen kann. Chrissie war ganz anders. Das hat mir natürlich gefallen. Er interessierte sich für mich. Dafür, wie mein Leben aussah und was ich mochte. Seine ersten Einladungen habe ich abgelehnt. Ich dachte anfangs natürlich, er will mich nur ins Bett kriegen, und dafür bin ich nicht zu haben.« Sie verstummte und schien ihren Erinnerungen nachzuhängen.

Nach einiger Zeit fragte ich: »Aber er hat nicht aufgegeben, richtig? Er hat dich umworben.«

Ein Lächeln huschte über ihr Gesicht. »Ja, das hat er. Ohne dass ich mich bedrängt fühlte.«

»Weil du ihm wichtig warst.«

»Wahrscheinlich. Irgendwann bin ich mit ihm ausgegangen. Er hat nicht versucht, mich zu beeindrucken, das hat mir imponiert. Wir haben ein Picknick gemacht und sind Tretboot gefahren. Und dann ging es eigentlich ganz schnell. Ich bin zu ihm gezogen und hatte plötzlich ein Leben, von dem ich nie zu träumen gewagt hätte. Anfangs hat er noch die Firma geleitet, wollte dann aber mehr Zeit mit mir verbringen. Wir haben wundervolle Reisen gemacht: in die Südsee, nach Afrika, mit einem Auto kreuz und quer durch Amerika.« Sie seufzte und stand auf. »Irgendwie war ja klar, dass mir das alles irgendwann um die Ohren fliegen würde. Besser, ich finde mich so schnell wie möglich damit ab. Vielleicht könnte ich wieder kellnern.«

Ihre abgeklärte Sicht der Dinge verblüffte mich. Ich hatte mit Verzweiflung gerechnet, mit Weinkrämpfen und damit, dass sie mit ihrem Schicksal hadern würde. Stattdessen: Pragmatismus. Erstaunlich.

»Du könntest mir tatsächlich beim Packen helfen«, sagte sie und ging voraus in ein Ankleidezimmer, das wie eine mittelgroße Boutique aussah. Aus einem Wandschrank holte sie zwei Koffer, die sie aufgeklappt auf den Boden legte. Dann deutete sie auf eine Kommode. »Dort findest du meine Wäsche. Ich brauche die Baumwollsachen, die Seidendessous will ich nicht mitnehmen. Das gilt auch für die Nachthemden.«

Ich schichtete die gewünschten Sachen in einen Koffer und bemerkte, dass sie den anderen mit Jeans, leichten Pullovern, Shirts und einigen Röcken füllte – die teuren und glamouröseren Kleidungsstücke auf den Bügeln ignorierte sie. Auch bei den Schuhen beschränkte sie sich auf Sneakers und Stiefeletten, obwohl die Auswahl an High Heels schier überwältigend war. Selbst vom Schminktisch nahm sie nur wenige Dinge, dann holte sie aus dem angrenzenden Bad ein paar Artikel für die Körperpflege.

Zum Schluss öffnete sie einen Schmuckkasten und blickte nachdenklich hinein. Ich sah ihr über die Schulter: Christian hatte sich wahrlich nicht lumpen lassen. Jenny gab sich einen Ruck und schloss den Kasten wieder, ohne etwas herauszunehmen.

»Das willst du hierlassen?«, fragte ich erstaunt. »Nicht wenigstens ein Stück zur Erinnerung?«

»Dieser hier reicht mir.« Sie streckte die linke Hand aus, an deren Mittelfinger ein silberner Reif steckte. »Er hat das Gegenstück getragen. Ich wette mir dir: Bei den anderen Juwelen würde Regina auf Herausgabe klagen.«

Das würde ich glatt unterschreiben.

»Dann lasse ich sie lieber gleich hier«, fügte Jenny hinzu. »Soll sie doch daran ersticken.« Sie kniete sich hin und schloss die Koffer.

Ich sah mich um. »Bist du sicher, dass du alles hast, was du benötigst? Willst du nicht doch die eine oder andere Jacke mitnehmen? Der Sommer ist beinahe vorbei.«

Jenny lächelte kurz. »Du bist ganz schön vernünftig, weißt du das?«

Aus einem Schrank holte sie einen Parka, den sie anzog, und eine gefütterte Jeansjacke. Dann stellten wir die Koffer auf ihre kleinen Räder und rollerten sie ins Wohnzimmer.

»Es war schön, hier zu wohnen«, sagte Jenny.

»Glaube ich gern. Sag mal, wenn du gar kein Geld hast … Es gibt hier nicht zufällig ein kleines Bargeld-Depot, von dem Regina vielleicht nichts weiß?«

Jenny sah mich erstaunt an und nickte. »Denkst du, ich sollte das Geld nehmen?«

»Allerdings denke ich das. Vermutlich begibst du dich damit in eine rechtliche Grauzone, aber ich werde dich bestimmt nicht an die liebreizende Regina oder sonst wen verpfeifen. Was mich betrifft: Ich habe nichts gesehen.«

»Komm mit«, sagte sie, und ich folgte ihr ins männliche Pendant ihres Ankleidezimmers.

Auf einem Regal stand eine hübsche Kiste aus Holz. Sie öffnete sie, und darin lag ein dickes Bündel Scheine.

Volltreffer.

Kapitel 11

Loretta und Dennis können lügen wie gedruckt –
und das gleich auf mehreren Ebenen

Jenny wechselte sofort die Kleidung, als wir wieder bei mir waren. Sie zog eine ihrer Jeans und einen schlichten Pulli an – beides ziemlich köperbetont –, dazu Sneaker. Und sie schminkte sich. Zwar deutlich dezenter als gestern, aber immerhin.

»Übrigens siehst du ungeschminkt keineswegs *schrecklich* aus, wie du im Aufzug konstatiert hast«, sagte ich, als sie aus dem Schlafzimmer kam.

»Vielleicht nicht, aber wenn du dich sonst immer auftakelst …« Jenny grinste verlegen. »An den Anblick gewöhnst du dich. In meinen Augen wirke ich ungeschminkt richtig verhärmt. Und todmüde.«

Kindchen, du hast gerade deinen Liebsten verloren, dachte ich, da würde ich an deiner Stelle ganz sicher verhärmt und todmüde aussehen.

Tatsächlich hielt sie sich nach wie vor erstaunlich tapfer, fand ich. Auch in der Wohnung, in der sie gemeinsam mit Christian gelebt hatte, hatte sie sich keinerlei Sentimentalitäten hingegeben. Und das, obwohl sie dort mit ihm bestimmt schöne Momente erlebt hatte. Das hatte allerdings sicherlich auch an Reginas Anwesenheit gelegen. Nun ja, Wut war allemal besser als Verzweiflung.

Wir hatten auf dem Rückweg zu mir an einem Imbiss asiatisches Fastfood geholt und saßen jetzt am Esstisch. Die Essstäbchen handhabte sie souverän.

Wie aufs Stichwort sagte sie: »Chrissie und ich sind gerne asiatisch essen gegangen. Durch ihn habe ich die japanische

Küche kennengelernt. Vorher habe ich mich bei der Vorstellung, rohen Fisch zu essen, richtig geekelt.«

»Ich könnte mich bis zum Hirnstillstand mit Sashimi und Sushi vollstopfen. Aber nur, wenn es wirklich hochwertig ist. Leider sehr teuer.«

»Das stimmt. Aber bei Chrissie war das nie ein Thema.« Sie zuckte mit den Schultern. »Beim ersten Mal wäre ich fast vom Stuhl gefallen, als er bezahlt hat. Die Höhe der Rechnung entsprach meinem gesamten Monatsbudget für Lebensmittel. Na ja, nicht ganz, aber nahe dran. Ich war richtig entsetzt. Wie konnte man bloß guten Gewissens derart viel Geld für ein einziges Essen ausgeben?«

Das erstaunte mich. »Waren denn die Preise im Restaurant, in dem du gearbeitet hast, nicht ähnlich hoch?«

»Schon. Ich war dort ja nie zu Gast, und die Preise waren für mich irgendwie abstrakt, verstehst du? Ich wäre doch nie auf die Idee gekommen, für ein Abendessen 400 Euro auf den Tisch zu blättern. Allein eine gute Flasche Wein kriegst du dort nicht unter 100 Euro.«

Und dann trat Christian in dein Leben und hat mit Geld nur so um sich geworfen, dachte ich. Du musst gedacht haben, du bist im Paradies.

Eine Zeit lang aßen wir schweigend, dann fragte ich: »Wirst du den Luxus vermissen? Immerhin musstest du dir um Geld offenbar keine Sorgen machen.«

Sie legte die Stäbchen beiseite und sah mich ernst an. »Darüber denke ich nicht nach. Was würde es mir bringen, mich gegen die Situation aufzulehnen? Oder mich an etwas festzuklammern, das es nicht mehr gibt? Soll ich mich weigern, aus der Wohnung auszuziehen, und mich dort verbarrikadieren? Und darauf warten, bis Regina mich von der Polizei auf die Straße tragen lässt? Ich blicke lieber nach vorn. Ich brauche eine Bleibe und einen Job, und zwar möglichst schnell.«

»Hast du schon eine Idee? Könntest du vielleicht wieder in diesem Restaurant anfangen?«

Vehement schüttelte sie den Kopf. »Dort auf keinen Fall, das ist keine Option. Allenfalls in einem anderen Restaurant. Aber vielleicht kann Lina mir helfen. Sie hat einen Laden mit regionalen Delikatessen und beschwert sich immer darüber, dass keine ihrer Aushilfen wirklich zuverlässig ist. Sie würde gerne einen Stand auf dem Wochenmarkt betreiben, findet aber niemanden dafür. Das könnte meine Chance sein. Drück mir die Daumen.«

Erneut erstaunte mich ihr Pragmatismus. Innerhalb eines Tages von der sorgenfreien Barbie mit stinkreichem Gönner zur potenziellen Verkäuferin auf dem Wochenmarkt – und sie zuckte nicht mal mit der Wimper.

Nach dem Essen teilten wir uns eine Flasche Wein – die deutlich weniger als 100 Euro gekostet hatte –, und sie erzählte mir von ihrem Leben mit Christian: von den schönen Reisen, von seiner liebevollen Großzügigkeit, von ihren vielen Plänen für eine gemeinsame Zukunft. Sogar Kinder hatte er sich von ihr gewünscht.

Zwischendurch vergoss sie viele Tränen, und irgendwann zog sie sich erschöpft ins Bett zurück.

Insgeheim atmete ich auf, denn der Tag mit ihr war anstrengend gewesen.

Baghira stand an der Terrassentür und quäkte, also ging ich mit ihm hinaus. Während er seine Runde machte, setzte ich mich in einen Gartenstuhl, blickte in den sternenklaren Himmel und dachte nach. Spontan holte ich meinen Laptop aus dem Wohnzimmer und fuhr ihn hoch: Es war Zeit, ein paar Gedanken schriftlich festzuhalten.

Ist Jenny wirklich so abgeklärt oder gibt sie sich nur so, weil sie keine Schwäche zeigen will?, tippte ich. *Falls es wirklich Christian treffen sollte: Könnte sie die Auftraggeberin sein? Falls ja: Wäre es dann nicht wesentlich schlauer, seinen Verlust permanent tränenreich zu beklagen, um unschuldig zu wirken? Aber was wäre ihr Motiv für den Mord?*

Ich hielt inne. Erwin hatte gesagt, es könne doch sein, dass Jenny längst von einem neuen Testament ausgegangen war. Wir wussten bisher nicht, ob es existierte oder nicht. Sicherlich hatte Jenny zu Recht vermutet, dass Regina in Christians Unterlagen danach gesucht hatte.

Apropos Regina …

Könnte Regina die Täterin sein?, tippte ich weiter. *Was, wenn sie das Familienerbe für sich retten und eigentlich Jenny hatte abknallen wollen? Was, wenn sie es tatsächlich war und ihren Bruder nur aus Versehen erwischt hat? Das wäre nur ein Grund mehr, um Jenny abgrundtief zu hassen.*

Ich lehnte mich im Stuhl zurück.

War das wirklich eine Option? War Regina dazu fähig? Sie hatte nicht gerade warmherzig auf mich gewirkt, da war nicht die geringste Spur von Empathie für Jenny gewesen, die immerhin gerade ihren Lebensgefährten verloren hatte. Natürlich konnte ich nicht von jedem verlangen, Jenny zu mögen. Aber Reginas Plan, Jenny mit sofortiger Wirkung auf die Straße zu setzen, sprach für ein besonders hohes Maß an Kaltschnäuzigkeit. War sie kaltschnäuzig genug, um zur Waffe zu greifen und einen Menschen zu töten? Immerhin hielt sie Jenny für ein geldgieriges Flittchen, das ihr wegzunehmen drohte, worauf sie einen Anspruch zu haben glaubte.

Es ging um viel Geld – traditionell nicht das ungewöhnlichste Motiv, um Konkurrenz aus dem Weg zu räumen.

Als ich am nächsten Morgen erwachte, war Jenny bereits damit beschäftigt, auf der Terrasse den Frühstückstisch zu decken. Sie musste auf Zehenspitzen herumgeschlichen sein, um mich nicht zu wecken. Ich setzte mich auf und rieb mir die Augen. Herrje, schon halb zehn; Dennis war vermutlich bereits auf dem Weg hierher.

»Deckst du bitte für drei?«, sagte ich, als sie hereinkam und mir einen guten Morgen wünschte. »Dennis kommt gleich.«

»Ich hab mich schon gewundert, dass ich ihn gestern nicht gesehen habe«, erwiderte sie.

»Ach, er hatte zu tun. Außerdem wollte er uns nicht auf den Wecker gehen.«

Plötzlich fiel mir ein, dass ich mir noch keine Ausrede überlegt hatte, wohin wir später ohne sie wollten. Oder sollte ich einfach die Wahrheit sagen? Besser nicht.

»Dennis und ich müssen später etwas erledigen«, fügte ich also hinzu. »Ist schon lange geplant. Wir haben zwei alten Damen zugesagt, einen Schrank aufzubauen. Weder Dennis noch ich haben gestern daran gedacht, diesen Termin zu verschieben. Ich hoffe, es macht dir nichts aus, zwei Stunden oder so alleine in meiner Bude zu hocken.«

Plapper, plapper, plapper. Wie immer, wenn ich log, redete ich viel zu viel.

»Aber natürlich nicht«, erwiderte sie. »Baghira wird mir Gesellschaft leisten. Und ich kann in Ruhe darüber nachdenken, was ich als Nächstes zu tun habe.«

Ich war ziemlich erleichtert, dass sie mir nicht sofort ihre Hilfe beim Zusammenschrauben des nicht existierenden Schranks anbot.

Ich sauste ins Bad und duschte in Überschallgeschwindigkeit, um bloß nicht Dennis' Eintreffen zu verpassen. Kaum war ich abgetrocknet und angezogen, klingelte es auch schon. »Ich lasse ihn rein!«, rief ich in Richtung Küche und öffnete die Tür.

»Brötchendienst!« Strahlend schwenkte Dennis eine Papiertüte, aus der es appetitlich duftete.

Ich umarmte ihn. »Du bist der Beste«, sagte ich leise. »Übrigens: Wir müssen gleich zu Cäcilie und Käthe, um einen Schrank aufzubauen.«

Prompt hob er den Daumen. »Kapiert.«

Beim Frühstück schafften wir es, den Mord an Christian nicht zu erwähnen. Dennis schwadronierte darüber, was er Großartiges im Garten geschafft hatte, und zeigte Beweisfotos, die er mit dem Handy geknipst hatte. Ich sah zwar keine großartige Veränderung zum vorherigen Zustand, bejubelte aber trotzdem, wie hübsch die Beete nun aussähen. Auch Jenny zeigte sich vom Garten beeindruckt. Zufrieden sonnte er sich in unserer wortreichen Bewunderung.

»Diese beiden alten Damen, zu denen ihr gleich fahrt … ist das Verwandtschaft?«, fragte Jenny.

Ich schüttelte den Kopf. »Weder verwandt noch verschwägert. Cäcilie und Käthe sind gute Bekannte. Wir haben sie ganz zufällig im Supermarkt kennengelernt, vor einem Jahr oder so …«

Äh … und dann?

Dennis übernahm. »Sie hatten eine Menge eingekauft, und wir haben ihnen angeboten, sie in ihre Seniorenresidenz zu fahren. Sie haben uns einen Kaffee serviert, wir sind ins Schwatzen geraten …«

Er blieb stecken und warf mir einen hilfesuchenden Blick zu.

»Seither sind wir irgendwie befreundet«, plapperte ich munter weiter. »Sie sind echt goldig, wir mögen sie sehr. Wenn sie Hilfe brauchen, sind wir zur Stelle. So wie heute.«

»Das ist aber nett von euch«, sagte Jenny.

Im Supermarkt kennengelernt, also wirklich. Das war zwar reichlich an den Haaren herbeigezogen, aber immer noch besser als die wahre Geschichte: dass wir die beiden alten

Damen von gleich zwei Mordfällen kannten. Beim ersten – in einem Café – waren sie zufällig vor Ort gewesen und hatten mir sogar ein wenig bei meinen Ermittlungen geholfen. Der zweite hatte in ihrer Seniorenresidenz stattgefunden, in die sie mich als Küchenhilfe eingeschleust hatten, weil ihrer Meinung nach einer ihrer Mitbewohner nicht nur beklaut, sondern auch ermordet worden war.

Und momentan wollte ich Jenny wahrlich nichts von weiteren Morden erzählen.

Sie hatte mit einem schon genug zu tun.

In einem der Schaufenster hing ein großes Schild: *Die Tanzschule ist zurzeit geschlossen.* Darunter stand eine Telefonnummer.

»Reichlich knappe Info«, sagte Dennis.

»Sollen sie etwa schreiben, dass hier jemand beim Tanzen durchs Fenster erschossen wurde?«, gab ich zurück. »Außerdem – wen müssen sie schon groß informieren? Sie werden wohl kaum Laufkundschaft haben. *Guten Tag, ich denke darüber nach, tanzen zu lernen. Darf ich mich hier mal unverbindlich umsehen?* Auf die Idee käme ich bei einer Tanzschule jedenfalls nicht.«

Wir gingen in die Toreinfahrt und stießen dort auf Antonio, der gerade an der Haustür eine hohe Leiter an die Wand lehnte. Auf dem Boden lag neben einer noch im Karton verpackten Außenleuchte diverses Werkzeug.

Verblüfft sah er uns an. »Was macht ihr denn hier?«

»Wir wollten nachsehen, wie es euch geht«, erwiderte ich. »Wir machen uns Sorgen.«

Ups – hoffentlich war das nicht zu dick aufgetragen.

»Wir … na ja, wie soll es uns schon gehen? Reichlich beschissen. Aber es ist nett von euch, dass ihr an uns denkt.«

Dennis deutete auf die zerbrochene Lampe über der

Haustür. Nun, bei Tageslicht, war zu erkennen, dass sowohl die Glaskuppel der Lampe als auch die Glühbirne zerstört waren. »Du willst die gerade reparieren?« Als Antonio nickte, fuhr er fort: »Ich helfe dir. Ich kann die Leiter halten und dir Werkzeug hochreichen.«

»Marina ist in der Tanzschule; sie wird sich über deinen Besuch freuen«, sagte Antonio zu mir. »Sagst du ihr bitte Bescheid, dass Dennis mir hilft und ich sie hier nicht brauche?«

Das Flatterband der Polizei war vom Hof verschwunden, und am Türrahmen klebten die Reste eines polizeilichen Siegels. Die beiden wussten es vermutlich nicht, aber sie hatten verdammtes Glück, dass sie ihre Räumlichkeiten bereits nach einem Tag wieder betreten durften.

Marina saß an der Bar und telefonierte; gerade verabschiedete sie sich. Ich wartete diskret, bis sie das Gespräch beendet hatte, dann klopfte ich an den Türrahmen.

Sie wandte sich zu mir um. »Loretta. Das ist ja eine Überraschung. Komm rein.« Sie seufzte und rieb sich die Schläfen.

Auch wenn Jenny weder verhärmt noch todmüde aussah – Marina tat es für zwei. Sie wirkte um mindestens zehn Jahre älter als zuvor.

Ich schwang mich auf den Barhocker neben ihrem. »Dennis hilft Antonio bei der Reparatur. Du wirst draußen nicht benötigt, soll ich dir ausrichten.« Sie nickte geistesabwesend, und ich fuhr fort: »Wie geht es dir? Euch beiden?«

»Es ist ein einziger Alptraum.« Sie stöhnte. »Wir haben absolut keine Ahnung, wie wir mit dieser grauenvollen Situation umgehen sollen.«

»Was meinst du?«

»Wenn sich erst einmal herumspricht ... Ich meine, dieser Vorfall ist eine Katastrophe für unsere Tanzschule. Herrgott,

Loretta, hier kann man immerhin erschossen werden, oder nicht? Du warst doch selbst dabei! Hättest du denn etwa bei der nächsten Tanzstunde keine Angst um dein Leben?«´

Grinsend schüttelte ich den Kopf. »Nicht, wenn die Lampe im Hof funktioniert. Oder wenn es an den Fenstern in Zukunft blickdichte Vorhänge gibt.« Als ich ihre schockierte Miene sah, wurde ich wieder ernst. »Das war ein dummer Scherz, entschuldige bitte. Jemand ist hergekommen und hat Christian erschossen. Damit habt ihr oder eure Tanzschule rein gar nichts zu tun.«

Sie wandte den Blick ab, als sie murmelte: »Nein, natürlich nicht.«

Sofort wurde ich aufmerksam. Warum hatte sie mich bei ihrer Antwort nicht angesehen? Was verschwieg sie mir?

»Ist das eigentlich ein hartes Geschäft?«, fragte ich. »So eine Tanzschule, meine ich. Ist es schwer, sich auf dem Markt durchzusetzen? Gibt es viel Konkurrenz?«

»Selbstständigkeit ist niemals einfach«, erwiderte Marina. »Oder berechenbar. Natürlich ist die Konkurrenz immer groß, aber gerade im Ruhrgebiet ist die Dichte an Tanzschulen recht hoch.«

Ich musterte die großformatigen Fotos an den Wänden des Foyers. Die meisten zeigten Marina und Antonio in vollem Ornat als Tanzpaar, wie sie in glitzernden Outfits und mit betoniertem Lächeln übers Parkett schwebten. Auf anderen war ihre Formationstruppe zu sehen, bei den Damen und Herren jeweils exakt gleiche Kostüme, Frisuren und Kriegsbemalung. Von Weitem waren weder Marina noch Antonio in der Gruppe identifizierbar. Auf drei der Fotos gruppierten sie sich strahlend um einen Pokal.

»Aber es ist doch bestimmt von Vorteil für euer Geschäft, dass ihr Profitänzer seid.« Ich deutete auf ein Bild an der Wand hinter der Bar, auf dem Marina und Antonio einen

Tango tanzten, wie ich an ihrer Pose, Mimik und Aufmachung erkannte.

Marina zuckte mit den Schultern. »Die meisten Schulen werden von Tänzern gegründet, die Erfahrungen als Profis haben. Was soll man auch sonst nach dem Ende der Karriere machen, die ohnehin kurz ist? Irgendwann lassen die körperlichen Kräfte nach, das gilt für jeden Hochleistungssport. Zwar hast du vielleicht mit vierzig deutlich mehr Kondition als andere Leute deines Alters, aber du kannst auf Dauer keinesfalls mit diesen ehrgeizigen Zwanzigjährigen mithalten, die ununterbrochen nachrücken und auf deinen Platz in der Formation scharf sind. Und Deutsche Meister im Standardtanz werden wollen. Oder sogar Weltmeister.«

»Verstehe. Der Profi entscheidet also irgendwann, seine Karriere zu beenden. Was kommt danach?«

»Man kann versuchen, einen Posten als Trainer oder Wertungsrichter bei Turnieren zu ergattern. Die gibt es aber nicht gerade wie Sand am Meer, und reich werden kann man damit auch nicht. Also wird man Tanzlehrer mit eigener Schule. Oder man kehrt halt in seinen früheren Beruf zurück, falls das überhaupt möglich ist.«

Klang für mich nach einem wirklich hart umkämpften Markt. Wenn jeder potenzielle Kunde die freie Wahl zwischen mehreren Angeboten pro Stadt hatte, konnte es höchstens noch eine Preispolitik herausreißen, die bis an die absolute Schmerzgrenze ging. Auch nicht so doll.

»Wie akquiriert ihr eure Kunden?«, fragte ich.

Marina musterte mich von der Seite. »Du bist ganz schön neugierig.«

Oha – war ich bereits zu weit gegangen?

Entschuldigend hob ich die Hände. »Tut mir leid. Bisher habe ich mir nie Gedanken über Tanzschulen gemacht, weißt du? Aber jetzt, da ich euch kenne, interessiert es mich.

Außerdem gucke ich schon seit Jahren *Let's Dance*. Faszinierend.«

»Gutes Stichwort.« Marina lächelte. »Tatsächlich hat diese Sendung eine breite Öffentlichkeit auf uns aufmerksam gemacht. Das merken wir nach jeder Staffel. Die Schwierigkeit ist, die Leute über einen Anfängerkurs hinaus bei der Stange zu halten.«

»Reicht das, oder müsst ihr zusätzlich Anzeigen schalten und dergleichen?«

»Klar. Das ist auch der Grund, warum wir jeden Auftritt bei allen noch so popeligen Stadtfesten und Weihnachtsmärkten mitnehmen. Das ist immer eine Möglichkeit, um für uns Werbung zu machen.«

»Ihr müsst also ständig am Ball bleiben, damit die Konkurrenz euch nicht ...«

Ich brach ab, weil Dennis und Antonio auftauchten.

»Beide Lampen sind repariert!«, verkündete Antonio aufgeräumt. »Allmählich reicht es mir. Endgültig. Beim nächsten Mal kommen die Lampen in einen Gitterkäfig aus Stahl. Aber fürs Erste kann sich keiner mehr heimlich anschleichen.«

Allmählich reichte es ihm? Beim nächsten Mal? Die zerstörten Lampen hatten also eine Vorgeschichte. Ich warf Dennis einen Blick zu, doch er schüttelte unmerklich den Kopf. Aha, ich sollte dieses Thema also nicht aufgreifen.

»Wie geht es eigentlich der armen Jenny?«, fragte Antonio mich. »Du hast sie doch mit zu dir genommen, oder?«

Ich nickte. »Sie ist immer noch bei mir, aber wahrscheinlich nur noch bis heute Abend. Sie ist sehr tapfer, finde ich.«

»Aha. Hm.« Marina nickte langsam, dann sah sie mich an. »Hat sie irgendetwas über ... äh ... über uns gesagt?«

Die Frage verblüffte mich. »Kein Wort. Was sollte sie denn über euch gesagt haben?«

»Nun ja ...« Antonio räusperte sich umständlich.

»Immerhin ist ihr Lebensgefährte hier erschossen worden. Unter *unserem* Dach. Wenn sie nun der Meinung ist, dass wir nicht in ausreichendem Maße für die Sicherheit unserer Kunden gesorgt haben … Nun, sie könnte ja darüber nachdenken, uns zu verklagen.«

»Was hättet ihr denn machen sollen?«, erwiderte ich. »Panzerglas in die Fensterrahmen einsetzen? Einen Bodyguard vor die Tür stellen? Natodraht und Selbstschussanlage rund ums Gebäude? Das ist doch Mumpitz. Wie hättet ihr denn ahnen sollen, dass jemand erschossen wird?«

»Genau«, sagte Marina. »Wie hätten wir das ahnen sollen? Hat denn die Polizei schon irgendetwas herausgefunden?«

Komisch, dass sie ausgerechnet mir diese Frage stellte. Wegen meiner Nähe zu Erwin, dem Ex-Bullen? Oder wegen Jenny, die gerade bei mir war?

»Ich habe keinen Schimmer«, erwiderte ich. »Allerdings fragt die Polizei sich, ob Christian wirklich das Ziel des Schützen war.«

Entgeistert starrten die beiden mich an. Schließlich krächzte Antonio: »Wie … wie meinst du das?«

Ich zuckte mit den Schultern. »Na ja, könnte ja sein, dass er nur zufällig erwischt wurde. Überlegt mal, wer zum Zeitpunkt des Schusses sonst noch im Blickfeld des Mörders war.«

Kapitel 12

Loretta und Dennis bestellen im Café zwar
keinen Kuchen, bekommen aber trotzdem ein
paar saftige Leckerbissen aufgetischt

Nach meiner letzten Bemerkung hatten Marina und Antonio uns ratzfatz hinauskomplimentiert. Huch, so spät schon … völlig die Zeit vergessen … man wolle nicht unhöflich sein, aber es gäbe Dringendes zu erledigen … Ja, klar.

Meine Anregung, über die Verteilung der Tanzpaare im Raum nachzudenken, hatte sie in Schockstarre versetzt.

Dennis und ich hatten eindeutig Gesprächsbedarf, und zwar unter vier Augen – ohne Jenny. Also gingen wir zwei Häuser weiter in ein Café. Es war klein und jetzt, am Sonntagmittag, nur spärlich besucht. Lediglich drei Leute saßen im Hintergrund in einer Nische, und wir wählten einen Tisch mit Blick auf die Straße.

Eine nette Dame mittleren Alters nahm die Bestellung auf und ging wieder hinter die Theke. Schon nach kurzer Zeit servierte sie unseren Kakao mit Sahne.

Dennis bedankte sich mit einem schmelzenden Lächeln und fragte: »Sagen Sie, ist das hier eigentlich eine gefährliche Gegend?«

»Hier? Gefährlich?« Sichtlich erstaunt schüttelte die Frau den Kopf. »Wer sagt denn so was?«

Zack – und schon saß sie bei uns am Tisch.

Messerscharf schloss ich, dass die freundliche Lady sich gerne mit ihren Gästen unterhielt. Und ganz nebenbei bemerkte ich, dass sie ganz auf Dennis fokussiert war. Ich rührte also entspannt die Sahne unter meinen Kakao und entschied, ihm diese kleine Fragestunde zu überlassen.

»Och …« Beschwichtigend hob Dennis die Hände. »Wir haben nur gehört, in der Tanzschule soll etwas *passiert* sein. Stimmt das?«

Ganz kurz zögerte sie. Hielt sie uns für sensationsgeile Katastrophen-Touristen, die sie auszuhorchen versuchten? Oder für Journalisten, die sich hintenrum ein bisschen saftigen Tratsch aus der Nachbarschaft besorgen wollten? Ich hielt den Atem an: Würde sie aufstehen und gehen? Oder hatten wir in ihr zufällig eine neue Informationsquelle gefunden?

»Es ist nämlich so«, fuhr er fort, »wir wollen eigentlich einen Tanzkurs belegen, weil wir bald heiraten, und diese Tanzschule hat man uns wärmstens empfohlen.« Er grabschte nach meiner Hand und verschränkte seine Finger mit meinen. »Aber jetzt hängt dort ein Schild im Fenster, dass geschlossen ist. Und da fragen wir uns natürlich …«

»Heiraten …« Sie presste die Hand auf den Busen, der unter dem Latz ihrer altmodischen Blümchenschürze wogte. »Wie romantisch!« Sie beugte sich vertraulich vor und raunte: »In der Tanzschule hat es vor zwei Tagen eine Schießerei gegeben. Mit einem *Toten.*«

Dennis riss die Augen auf. »Eine Schießerei? Hast du das gehört, Loretta?«

Natürlich, du Honk, dachte ich amüsiert, ich sitze schließlich neben euch am Tisch und bin nicht taub.

Aber ich passte meinen Gesichtsausdruck hastig dieser schockierenden Information an – *Achtung! Entsetzt gucken!* – und schüttelte ungläubig den Kopf.

»Und das haben Sie mitgekriegt?«, fragte Dennis. »Das mit der Schießerei, meine ich?«

Die Frau nickte. »Allerdings. Ich wohne über meinem Café, wissen Sie? Und die Tanzschule ist ja praktisch nebenan. Also: Es war Freitagabend, ich hatte schon Feierabend. Ich schließe immer so gegen sieben, halb acht, danach lohnt es sich einfach nicht mehr für mich. Kaum jemand geht am Abend in ein Café; Kuchen ist halt nichts für abends. Und ehe ich mir hier für einen Milchkaffee und eine Cola bis um zehn die Beine in den Bauch stehe, mache ich doch lieber Feierabend und setze mich oben schön gemütlich vor den Fernseher. Das habe ich auch am Freitag so gemacht. Meine Balkontür stand offen. Der Balkon geht nach hinten raus, müssen Sie wissen.«

Innerlich verdrehte ich die Augen. Ihr Monolog mäanderte weiter ums eigentliche Thema herum, mal näherte er sich, dann entfernte er sich wieder.

Dennis lächelte sie so unverdrossen an, dass ich befürchtete, seine Gesichtsmuskeln könnten in naher Zukunft verkrampfen, wenn die Frau nicht bald zum Punkt kam. Von Zeit zu Zeit nickte er oder machte irgendwelche Geräusche, um sie seiner ungeteilten Aufmerksamkeit zu versichern.

Ich klinkte mich aus, stützte das Kinn auf die Hand und blickte aus dem Fenster. Nach und nach verwandelte sich ihr Geplapper in eine Art einschläferndes Hintergrundrauschen. Erst als das Wort ›Freitag‹ fiel, wurde ich wieder aufmerksam und horchte kurz hin, ob es interessant werden würde. Falls nicht, würde ich mich wieder verabschieden – es interessierte mich zum Beispiel nur mäßig, ob ein Südbalkon Fluch oder Segen war.

»... wie gesagt, am Freitagabend stand die Balkontür offen, und plötzlich fiel ein Schuss.«

Schlagartig war ich hellwach. Jetzt mussten wir sie unbedingt festnageln.

»Woher wussten Sie, dass es ein Schuss war?«, fragte ich also rasch, bevor sie thematisch erneut abdriften konnte.

»Na, wie ein Schuss sich anhört, weiß doch wohl jeder!«, erwiderte sie im Brustton der Überzeugung. »Zumindest jeder, der schon mal einen Krimi gesehen hat. Lustigerweise dachte ich zuerst, dieser Schuss käme aus dem Fernseher; ich habe nämlich gerade einen Krimi geguckt. Aber dann fiel mir auf, dass dort gerade gar nicht geschossen wurde, die haben sich einfach nur unterhalten, da war weit und breit kein Schießeisen zu sehen.« Sie machte eine Pause, um Luft zu holen.

Himmel, würde sie uns nun die gesamte Krimihandlung erzählen? Ich warf Dennis einen Blick zu, und er nickte unmerklich.

»Und deshalb war Ihnen sofort klar, dass der Schuss von draußen kommen musste? Wow!«, sagte er und gab sich in Tonfall und Mimik angemessen beeindruckt.

Die Frau nickte. »Ich also raus auf den Balkon. Ich hörte jemanden wegrennen. Ich blickte nach rechts und links, und irgendwas war anders als sonst. Dann fiel der Groschen: Der Hinterhof der Tanzschule war dunkel. Jedenfalls viel dunkler als sonst. Was ist da denn los?, dachte ich bei mir, da findet doch freitags um diese Zeit immer ein Kurs statt. Und während ich noch überlegte, was da los sein könnte, hörte ich auch schon die Martinshörner der Polizei.«

»Wahnsinn.« Dennis schüttelte den Kopf. »Das muss aufregend gewesen sein.«

»O ja, das war es.« Ihre Augen glitzerten. »Wann spielt schon mal ein Krimi direkt vor deiner Haustür? Also: Ich bin sofort rüber in die Küche geflitzt; die Fenster da gehen nämlich zur Straße raus. Da war vielleicht was los! Ein Einsatzwagen nach dem anderen kam angerauscht. Da waren Polizeiautos, Krankentransporter, Blaulichter, lauter uniformierte Typen … und alle rennen durch die Einfahrt zur Tanzschule. Tja, und irgendwann …«

Sie brach ab und drehte sich kurz zu den drei Gästen in der Nische um, die sich miteinander unterhielten, ohne uns auch nur die geringste Beachtung zu schenken.

Dann beugte sie sich wieder weit über den Tisch und flüsterte: »Stellen Sie sich vor: Irgendwann haben sie eine *Leiche* herausgebracht.«

»Tatsächlich?«, japste Dennis. »Und woher wussten Sie, dass es sich um eine Leiche handelte?«

Die Frage schien sie zu amüsieren, denn sie grinste verschmitzt. »Hm ... mal überlegen: Eine menschliche Gestalt liegt auf einer Krankentrage und steckt in einem schwarzen Plastiksack. Einem *komplett geschlossenen* Plastiksack. Da muss man kein Raketenwissenschaftler sein, um zu erkennen, dass es sich um eine Leiche handelt.«

Sie lehnte sich auf dem Stuhl zurück und sah uns triumphierend an. Offenkundig war sie hochzufrieden, dass sie uns eine derartig spektakuläre Geschichte hatte servieren können. Aber sie hatte ihr Pulver noch nicht gänzlich verschossen, wie sich umgehend herausstellte.

»Soll ich Ihnen was verraten?«, fuhr sie fort, als sie offenbar zum Schluss gekommen war, dass ihre Kunstpause lange genug gedauert hatte. »Ich habe ja schon darauf *gewartet,* dass etwas noch Schlimmeres passiert.«

Bumm – diese Bombe detonierte uns mitten ins Gesicht.

»Etwas noch Schlimmeres als *was?*«, fragten Dennis und ich synchron.

»Na ja, *noch* schlimmer als all die anderen schlimmen Dinge, die vorher geschehen sind.« Betont lässig zuckte sie mit den Schultern. »Erst wurden Beschimpfungen auf die Schaufenster gesprüht, dann die Bepflanzung auf dem Hinterhof rausgerissen und zertrampelt, dann die Schlösser mit Sekundenkleber zugeschmiert, dann mit Steinen die Fenster eingeschmissen – solche Dinge eben. Sabotage. Seit ein paar Wochen geht das so. Irgendwer will die beiden fertigmachen.« Sie runzelte die Stirn und fügte hinzu: »Nageln Sie mich nicht auf die Reihenfolge fest, aber das ist alles passiert.

Und vielleicht noch mehr, von dem ich nichts mitgekriegt habe.«

Ich musste an Antonio denken. *Allmählich reicht es mir* hatte er nach der Reparatur der Lampen gesagt. Recht milde Worte für den Terror, unter dem sie offenbar schon seit einiger Zeit zu leiden gehabt hatten. Nicht nur die diversen Anschläge dürften sie gebeutelt haben, sondern auch die Ausgaben für die Reparaturen.

»Woher wissen Sie von diesen Angriffen auf die Tanzschule?«, fragte ich.

Sie sah mich an, als hätte ich sie gerade gefragt, ob Hundewelpen niedlich sind. »Na, ich kann doch von meinem Balkon in ihren Hof gucken! Also habe ich nicht nur die zerstörte Bepflanzung gesehen, sondern auch, wie sie den Mist aufgeräumt und neue Pflanzen in die Kübel gesetzt haben. Außerdem haben alle auf der Straße die beschmierten und später zerstörten Fenster mitgekriegt. Der Glaser stand vor der Tür, der Schlosser musste neue Schlösser einsetzen. Also wirklich, um das nicht mitzukriegen, müsste man schon blind und taub sein.«

Was sie eindeutig nicht war.

Und stumm erst recht nicht.

»Wir hätten sie noch fragen sollen, *was* die auf die Schaufenster gesprüht haben«, sagte Dennis später, als wir zurück zu mir fuhren. »Sie hat was von Beschimpfungen gesagt.«

»Können wir zur Not ja noch nachholen«, erwiderte ich. »Ich bin immer noch damit beschäftigt, zu verarbeiten, was die Kuchenlady uns gerade erzählt hat.« Grübelnd blickte ich aus dem Seitenfenster. »Aber irgendwie hat es mich nicht wirklich überrascht. Ich hatte schon beim Gespräch mit Marina den vagen Verdacht, dass sie mir etwas verschweigt.«

Dennis prustete. »Dir etwas *verschweigt?* Warum sollte sie dir davon erzählen, Schatz? Du bist nicht die Polizei, schon vergessen? Du hast keinerlei Anspruch auf die Wahrheit, wie auch immer sie aussehen mag.« Ich wollte protestieren, aber er hob die Hand und fuhr fort: »Du bist momentan lediglich eine Tanzschülerin. Marina wird den Teufel tun, ausgerechnet dir gegenüber auszupacken. Sie muss befürchten, dass diese unschönen Interna durch dich an die Öffentlichkeit gelangen und so dazu beitragen, dass ihnen die Kunden scharenweise weglaufen. Herrje – die beiden müssen verzweifelt sein. Immerhin geht es um ihre Existenz, die sie sich mühsam aufgebaut haben.«

»Und durch mich ist ihnen vermutlich mittlerweile aufgegangen, dass Christian vielleicht wirklich nur ein zufälliges Opfer ist und der Schuss einem von ihnen galt. Kein schöner Gedanke, daran werden sie ordentlich zu knacken haben.«

Dennis parkte den Wagen bei mir vorm Haus, stellte den Motor ab und sah mich an.

»Was denkst du? Wen wollte der Mörder treffen?«

Ich zuckte mit den Schultern und seufzte. »Je mehr wir herausfinden, desto diffuser wird es. Denk an Christians Hintergrundgeschichte: die zornige Schwester, der Streit ums Familienerbe, Jenny – das ist doch ein plausibles Szenario für einen Mord, oder etwa nicht?«

»Allerdings. Und jetzt kommt noch ein zweites hinzu, wie es scheint.«

»Wie es *scheint?*« Ich schnaubte. »Du beliebst zu scherzen. Ganz offenbar will irgendjemand der Tanzschule – beziehungsweise Marina und Antonio – schaden. Aber wer? Ein Nachbar, der von der Musik genervt ist? Ein ehemaliger Schüler, der beim Tanzen eine Verletzung erlitten hat und der Schule die Schuld daran gibt? Oder ein Konkurrent, der ihnen den Erfolg neidet und sie ruinieren will? Aber würde der so weit gehen? Von zertrampelten Blümchen bis zum Mord – das ist eine enorme Eskalation. Klingt das nicht vielmehr nach etwas Persönlichem? Nach etwas, das über geschäftliche Differenzen hinausgeht?«

»Hm … vielleicht hatte der Schütze ja gar nicht geplant, jemanden zu treffen«, erwiderte Dennis. »Vielleicht wollte er die beiden nur erschrecken, und der arme Christian ist zufällig in die Schussbahn geraten.«

»Dann wäre es aber deutlich cleverer gewesen, die Waffe in eine Ecke des Tanzsaals zu richten, in der sich niemand befand. Überleg doch mal: Bevor ich riskiere, jemanden umzulegen, würde ich doch lieber einen gefahrlosen Warnschuss abgeben. Dann wäre trotzdem ein Loch im Fenster, das wäre doch als Botschaft durchaus wirkungsvoll. Und absolut ausreichend.«

Aber das hatte der Schütze vielleicht ganz anders gesehen.

Ich wollte gerade die Haustür aufschließen, als eine fremde Frau die Einfahrt heraufkam und uns begrüßte. Sie war ungefähr Mitte dreißig und schien sehr aufgewühlt.

»Sind Sie Loretta und Dennis?«, fragte sie.

Ich nickte. »Können wir Ihnen helfen?«

Sie holte tief Luft. »Ich … ich bin wegen Jenny hier. Ich bin Lina. Hat sie von mir erzählt?«

»Jennys Freundin! Wir haben noch gar nicht mit Ihnen gerechnet.«

»Ja, aber ich bin schon früher …« Sie sah erst mich, dann Dennis an. »Stimmt das mit Chrissie? Dass er erschossen wurde?«

Ihr Blick war irgendwie flehend, als hoffte sie, dass wir die Geschichte abstreiten würden. *Christian erschossen? Quatsch, hahaha, das war nur ein schrecklicher Irrtum, alles ist gut.*

»Nein, leider stimmt es. Wir waren dabei. Es passierte

während der Tanzstunde«, erwiderte Dennis sanft. »Gut, dass Sie jetzt hier sind. Jenny braucht Sie.«

Linas Augen hatten sich mit Tränen gefüllt, und sie strich sich fahrig durchs Haar. »Ja ... ja, natürlich kümmere ich mich um sie. Sie kann bei mir wohnen, solange sie will. Wie nett von Ihnen, dass Sie sie aufgenommen haben. Wie ... äh ... wie geht es ihr denn?«

»Sie hält sich sehr tapfer«, sagte ich. »Leider hat sie nicht nur unter Christians Tod zu leiden. Seine Schwester hat Jenny aus der Wohnung geworfen.«

»Regina, dieses Biest«, zischte Lina. »Das ist so typisch für sie.«

»Das kann ich nicht beurteilen«, sagte ich. »Ich habe sie nur einmal kurz getroffen.«

»Das reicht normalerweise«, murmelte Lina. »Mein Gott, Chrissie ist *tot*. Das ist so schrecklich. Wer tut denn bloß so etwas?«

Ja, das fragten wir uns auch.

Kapitel 13

Was wird im Profisport eigentlich aus abgesägten
Tanzpartnern?, fragt sich Loretta, nachdem sie endlich
eine große Verantwortung losgeworden ist

»Jenny! Wir sind wieder da. Und wir haben Lina mitgebracht!«, rief ich, als wir die Wohnung betraten.

»Lina!« Jenny kam von der Terrasse ins Wohnzimmer
gerannt und stürzte sich in Linas Arme. Sie umklammerte
ihre Freundin und brach in Tränen aus.

»Ist ja gut. Ich bin ja jetzt bei dir«, murmelte Lina und
wiegte die weinende Jenny sanft.

»Chrissie ist tot«, wimmerte Jenny schluchzend. »Ich bin
so verzweifelt ... Ich weiß nicht, wie ich ohne Chrissie weiter-
leben soll.«

Urplötzlich sackte sie zu Boden – zu schnell, als dass Lina
sie hätte halten können. Ich half Lina, Jenny aufzuheben und
zum Sofa zu bringen, dann holte ich rasch eine Box mit
Papiertaschentüchern. Ich gab sie Lina, die neben Jenny auf
dem Sofa saß und sie zu trösten versuchte.

Mit einer Kopfbewegung dirigierte ich Dennis in die
Küche und schloss die Tür hinter uns.

»Puh«, sagte er, »damit hatte ich nicht gerechnet.«

»Womit?«

»Dass Jenny plötzlich zusammenbricht. Sie war doch so
unglaublich stark.« Er schüttelte den Kopf. »Ich bin richtig
erschrocken.«

Ich war schon damit beschäftigt, Kaffee aufzusetzen, und
drehte mich nun zu ihm um. »Dennis, wir sind Fremde für
Jenny. Bisher hat sie sich zusammengerissen, aber jetzt ...«
Ich zuckte mit den Achseln. »Lina ist eine enge Freundin. Sie

kannte Christian. Sie kann viel besser verstehen, was in Jenny vorgeht, Lina gegenüber kann sie sich weitaus mehr öffnen. Ganz ehrlich: Ich bin froh, dass sie endlich weinen kann. Jennys Selbstbeherrschung war mir beinahe schon unheimlich. Hattest du dich nicht darüber gewundert?«

»Ich … keine Ahnung. Wahrscheinlich war ich einfach froh, dass sie kein Theater gemacht hat.«

»*Theater?*«

»Zugegeben, das klang jetzt deutlich fieser, als ich es gemeint habe.« Verlegen sah er mich an. »Du hast dich spontan um sie gekümmert, und ich hatte mir Sorgen um euch gemacht. Um *dich,* Loretta. Du warst alleine mit Jenny und hattest eine große Verantwortung übernommen. Und zwar für eine Frau, die vor Trauer und Verzweiflung vielleicht vollkommen außer sich ist, die so durchdrehen könnte, dass sie Beruhigungsmittel braucht oder mitten in der Nacht einen Notarzt. Oder sich sogar etwas antut. Insofern war ich heute beim Frühstück wahnsinnig erleichtert, dass Jenny so ruhig und abgeklärt wirkte.« Während er redete, holte er Tassen aus dem Schrank und stellte sie auf ein Tablett, dazu kamen der Zuckertopf, vier Löffel und eine kleine Kanne mit Milch. »Wir haben nicht zufällig Plätzchen im Haus?«

Hatten wir. Ich arrangierte sie dekorativ auf einem Teller und füllte den Kaffee in eine Warmhaltekanne.

»Wir gehen auf die Terrasse«, sagte ich dann. »Wenn Jenny und Lina wollen, können sie mitkommen. Wenn nicht, ist es auch okay.«

Die beiden saßen noch immer auf dem Sofa, aber Jenny hatte sich mittlerweile beruhigt. Ja, eine Tasse Kaffee wäre jetzt schön, befanden sie und folgten uns nach draußen.

Dennis übernahm den Service, und eine Zeit lang saßen wir schweigend in der warmen Sonne, nippten an unseren Tassen und knabberten Plätzchen. Jeder hing seinen Gedanken nach. Die Stille war keineswegs unangenehm, sondern friedlich.

»Loretta«, sagte Jenny schließlich, »ich weiß gar nicht, wie ich dir danken soll. Du hast so viel für mich getan.«

Ich schüttelte den Kopf. »Es gibt nichts, wofür du dich bedanken müsstest. Du brauchtest jemanden, ich war da. Ganz einfach. Und eine Selbstverständlichkeit.«

»Für dich vielleicht, aber ganz sicher nicht für jeden.« Jenny lächelte, aber es wirkte traurig. »Ich bin unglaublich froh, dass ich nicht allein war, als Regina in der Wohnung so … so …« Sie brach ab.

»So unglaublich beleidigend und kaltherzig dir gegenüber war?«, soufflierte ich freundlich. »So etwas sollte niemand alleine aushalten müssen, und ich war sehr froh, dass ich dich in die Wohnung begleitet habe. Immerhin hat sie Dinge von dir verlangt, gegen die du dich sonst vielleicht nicht hättest wehren können.«

»Dinge verlangt?«, fragte Lina und sah Jenny stirnrunzelnd an. »Was für Dinge?«

»Dass ich eine Stunde Zeit habe, um mit meinen Sachen aus der Wohnung zu verschwinden«, erwiderte Jenny leise. »Sie wollte mir sofort den Schlüssel abnehmen, aber Loretta hat eingegriffen.« An mich gewandt, fügte sie hinzu: »Eigentlich hätte ich ihr den Schlüssel auch geben können. Ich will gar nicht mehr zurück in die Wohnung.«

»Nein, hättest du *nicht*«, sagte Lina. »Sie hat deine Schwäche schamlos ausgenutzt, um dich zu überrumpeln.«

Jenny zuckte mit den Schultern. »Ich habe bereits alles eingepackt, was mir wichtig ist. Beziehungsweise was mir gehört.«

Lina schien es nicht fassen zu können. »Wie bitte? In dieser Extremsituation willst du sortiert genug gewesen sein, um an alles zu denken? Dir fallen bestimmt noch Dinge ein. Was ist mit dem Schmuck, den Chrissie dir geschenkt hat?«

Oha, heikles Thema.

»Der bedeutet mir nichts«, sagte Jenny. »Jedenfalls zu wenig, als dass ich mich mit Regina darum streiten möchte. Sie hat ja recht: Ich habe weder Anspruch auf die Wohnung noch auf irgendetwas darin. Ich bin damals mit praktisch *nichts* bei meinem Chrissie eingezogen. Und jetzt? Jetzt bin ich wieder bei nichts.«

»Nein, das stimmt nicht.« Lina schüttelte den Kopf. »Du hast ein Heim: Du kannst bei mir wohnen, solange du willst. Und das mit dem Job kriegen wir auch hin. Vielleicht können wir zusammen ja wirklich das Ding mit dem Marktstand durchziehen.«

Ich war froh, dass es sich für Jenny momentan positiv entwickelte – von dem Marktstand hatte sie ja bereits gesprochen. Das würde ihr eine Aufgabe geben und sie von ihrer Trauer ablenken.

Mir fiel das dicke Geldbündel ein, das Jenny auf meinen Rat hin eingesteckt hatte. Wie viel mochte es sein? Sicherlich einige Tausend Euro. Für mich war es nach wie vor vollkommen in Ordnung. So war sie immerhin nicht gänzlich von Linas Wohlwollen und Großzügigkeit abhängig.

»Hat noch jemand außer mir Hunger?«, fragte Dennis plötzlich. »Wir könnten etwas kochen. Oder bestellen.«

»Ich habe eure Gastfreundschaft schon viel zu lange in Anspruch genommen«, erwiderte Jenny und stand auf. »Ich brauche nur ein paar Minuten, dann können wir los.« Sie ging in die Wohnung.

Als sie außer Hörweite war, sagte Lina: »Können Sie mir bitte erzählen, was eigentlich genau passiert ist? Als Chrissie ermordet wurde, meine ich. Eigentlich hatte ich mich vorhin nur telefonisch bei Jenny zurückmelden wollen, und dann erfahre ich, dass *Chrissie* erschossen wurde. Eigentlich kann ich es immer noch nicht glauben. Und Sie waren dabei?«

Dennis nickte. »Nicht nur wir, sondern der gesamte Tanzkurs. Es passierte während des Unterrichts.«

»Ich kann es kaum glauben. Ich habe immer gedacht, so etwas kann nur *anderen* Leuten passieren.« Sie schüttelte langsam den Kopf. »Und der Mörder? Wurde er gefasst?«

»Nein«, erwiderte Dennis. »Bisher nicht. Er konnte unerkannt flüchten.«

»Aber Sie müssen ihn doch gesehen haben! Da kommt jemand rein, richtet eine Waffe auf Chrissie und schießt.« Lina blickte von Dennis zu mir. »Und dann will niemand etwas gesehen haben? Das ist doch absurd!«

»Leider war es so, dass der Mörder – oder die Mörderin – nicht hereinkam, sondern von draußen durchs Fenster geschossen hat«, sagte ich. »Draußen war es dunkel, das kommt erschwerend hinzu. Aber selbst wenn es hell gewesen wäre – niemand hat im entscheidenden Moment zum Fenster gesehen. Wir hatten gerade neue Tanzschritte gelernt und waren damit beschäftigt, nicht übereinander zu stolpern. Plötzlich ein Knall, und Christian fiel um.«

»Mein Gott, die arme Jenny«, murmelte Lina fassungslos. »Gerade tanzen sie noch, und im nächsten Moment ist er tot. Das ist grauenhaft. Wie soll ein Mensch damit fertigwerden? Ich an ihrer Stelle würde vermutlich wimmernd in einer Ecke liegen und wäre zu nichts imstande. Sie hält sich tapfer, finde ich.«

»Ja, das stimmt. Aber wie stabil sie wirklich ist – keine Ahnung«, erwiderte ich. »Vielleicht ist sie noch viel zu betäubt von diesem schrecklichen Ereignis, um rational denken zu können. Oder um ernsthaft zu begreifen, was passiert ist. Gut, dass Sie sich um sie kümmern. Und ihr vielleicht sogar eine Art Perspektive für die Zukunft bieten können. Eins noch: Die ermittelnde Kommissarin muss möglichst schnell erfahren, dass Jenny bei Ihnen zu erreichen ist; das ist wichtig. Und sie wird sicherlich noch mal mit Jenny reden wollen.«

»Muss das wirklich sein?« Lina runzelte die Stirn. »Kann die Polizei sie nicht in Ruhe lassen? Ihr sagt doch selbst, sie hat nichts gesehen.«

»Das ist die normale Vorgehensweise bei derartigen Ermittlungen«, sagte ich. »Nicht zuletzt kann Jenny so als potenzielle … äh … Verdächtige von der Liste gestrichen werden.«

Linas Gesichtsausdruck sprach Bände: Ich hatte offensichtlich nicht alle Sinne beisammen, eine derartige Ungeheuerlichkeit laut auszusprechen. Zornig funkelte sie mich an.

Dennis schaltete sich hastig ein, ehe sie mir an die Gurgel gehen konnte. »Hören Sie zu, Lina: Niemand von uns denkt, dass Jenny etwas damit zu tun haben könnte. Aber die Kripo muss erst einmal alle Möglichkeiten in Betracht ziehen. Dazu gehört leider auch eine Beziehungstat.«

»Aber sie hat mit ihm getanzt, als er von draußen erschossen wurde!« Linas Stimme klang schrill.

»Das ist richtig.« Dennis nickte. »Allerdings könnte sie theoretisch jemanden beauftragt haben. Bitte verstehen Sie: Die Kommissarin *unterstellt* es ihr nicht, aber sie will es definitiv ausschließen können.«

Lina brütete vor sich hin, dann fragte sie mit dezent misstrauischem Unterton: »Wieso wissen Sie eigentlich so viel darüber? Wie die Kripo vorgeht und so?«

Damit hatte sie die Masterfrage gestellt.

Ich fing Dennis' hilfesuchenden Blick auf und übernahm. »Einer unserer besten Freunde, Erwin, war mal Polizist. Erwin war vorgestern auch dabei, und … äh … er weiß halt über solche Sachen Bescheid.«

»Hat er mit Jenny gesprochen und sie darauf vorbereitet?«

»Dazu gab es bisher leider keine Gelegenheit«, erwiderte ich. »Sie könnte ihn anrufen, dann wird er ihr alles erklären. Ich schreibe ihr seine Nummer auf. Und meine. Wann immer sie Gesprächsbedarf hat …«

In diesem Moment kam Jenny heraus auf die Terrasse und sagte: »Ich bin fertig. Von mir aus können wir fahren, Lina.«

Wir gingen gemeinsam hinein, und dann ging es sehr schnell: Jenny drückte mir einen Zettel mit ihrer Handynummer in die Hand; ich gab ihr den mit Erwins und meiner Nummer. Dann umarmte sie erst Dennis und dann mich – und schon waren sie zur Tür hinaus.

»Holla.« Ich lehnte mich an Dennis, der mich in eine feste Umgarnung zog. »Jetzt bin ich doch erleichtert, dass Lina sich um Jenny kümmern kann.«

Dennis lachte leise. »Aber du würdest sie in Kripo-Fragen besser beraten können.«

Ich machte mich los und nickte. »Tatsächlich ärgere ich mich, dass ich diesen unangenehmen Aspekt nicht längst ausführlich mit ihr besprochen habe.«

»Du wolltest sie schonen, und jetzt ist es ohnehin zu spät. Kommen wir zu einem anderen Thema«, sagte Dennis und rieb sich die Hände. »Also, ich habe Hunger. Was wollen wir zwei Hübschen denn nun essen?«

Irgendwie beneidete ich ihn in diesem Moment um die Fähigkeit, etwas, das nicht mehr zu ändern war, abzuhaken und sich einem anderen Thema zuzuwenden.

Nach einer schier endlosen Diskussion einigten wir uns auf Döner, und Dennis erklärte sich bereit, zu unserem bevorzugten Imbiss zu fahren.

Als er weg war, setzte ich mich an den Esstisch, startete meinen Laptop und öffnete das Dokument mit den Notizen zu diesem Fall. Es gab einiges nachzutragen.

Was hat die Tanzschule mit dem Mord zu tun?, tippte ich. *Die Betreiberin des Cafés hat erzählt, dass es in der jüngeren Vergangenheit offenbar diverse Anschläge in Form von Vandalismus gegeben hat – Marina und Antonio haben allerdings nichts davon erwähnt. Logisch, denn sie wollen keinesfalls mit Christians Tod in Verbindung gebracht werden.*

Ich lehnte mich zurück und dachte nach. Sie hatten doch beide professionell getanzt, wie Marina bei der ersten Tanzstunde erzählt hatte. Von einer Formationstanztruppe war die Rede gewesen, soweit ich mich erinnerte, und dass sie und Antonio sich dort kennengelernt hätten.

Hatten diese Formationstänzer eigentlich feste Partner innerhalb des Teams? Führte es gar zu Unruhe und Eifersüchteleien, wenn sich innerhalb dieses durchstrukturierten Gefüges ein Liebespaar fand und zusammen tanzen wollte? Mussten die vorherigen Tanzpartner dafür über die Klinge springen? Was wurde aus denen? Ich konnte mir nicht vorstellen, dass Partner einfach so ausgetauscht werden konnten … Noch schlimmer: Was, wenn Marina – oder Antonio oder *beide* – zuvor mit jemand anderem aus der Truppe liiert gewesen waren?

Ist der Täter also im Umfeld der Tanzschule zu suchen?, tippte ich weiter. *Ein Konkurrent aus der Branche? Oder jemand aus ihrer (oder seiner) privaten Vergangenheit? Wie genau sind die beiden zusammengekommen? Was ist mit Expartnern? Waren die ebenfalls Profitänzer, also nicht nur private, sondern auch berufliche Partner, deren Karriere dadurch eventuell gelitten hat? Und irgendwer hegt deswegen bis heute einen Groll gegen Marina und Antonio?*

Das musste ich unbedingt genauer recherchieren. Wenn sie als Profis so erfolgreich gewesen waren, wie Marina gesagt hatte, musste doch im Netz etwas über sie zu finden sein.

Ich hörte einen Schlüssel in der Haustür, dann kam

Dennis herein und legte zwei dick verpackte Döner auf den Tisch. Ich legte den Finger an die Lippen und deutete hoch zu Baghiras Schlafplatz. Wann würde er den Duft bemerken und aufwachen?

Wir mussten nicht lange warten: Abrupt brach Baghiras leises Schnarchen ab, und sein Kopf fuhr ruckartig hoch. Die Augen noch geschlossen, hob er die Nase und schnupperte – offenbar hatten die verführerischen Duftschwaden die oberste Etage seines Kratzbaums erreicht. Zack – schon waren die Augen offen, und der Kater machte sich steifbeinig an den Abstieg. Wie immer, wenn es etwas zu schnorren gab, machte er sich nicht erst die Mühe, seine Gliedmaßen zu strecken und geschmeidig zu machen, das war vergeudete Zeit.

Baghira hatte den Fußboden erreicht, setzte sich neben Dennis' Stuhl – und der Lärmterror begann.

Es lag etwas Beruhigendes darin, dass seine Konditionierung bei allem Chaos um uns herum einwandfrei funktionierte.

Kapitel 14

Von Stullen in Briefmarkengröße und Dingen,
die aus guten Gründen verschwiegen werden –
die Tafelrunde sitzt zusammen

Für den frühen Abend hatten wir uns bei Doris und Erwin verabredet; Bärbel und Frank wollten ebenfalls kommen. Es war das erste Mal seit dem Mord an Christian, dass wir wieder in dieser Konstellation zusammenkamen und über das gemeinsam Erlebte sprechen konnten.

Doris fand ich in der Küche. Sie war damit beschäftigt, eine monumentale Servierplatte mit Schnittchen aller Art zu füllen, und summte dabei fröhlich vor sich hin.

»Du sollst dir doch nicht immer so viel Arbeit machen«, sagte ich und checkte das Angebot.

Eins musste man ihr lassen: Was das leibliche Wohl ihrer Lieben und Liebsten anging, war auf sie unbedingt Verlass. Ob jemals irgendwer ihre Wohnung hungrig verlassen hatte? Kaum vorstellbar.

Es gab Pumpernickel mit Schmalz, Käsestullen mit klassischer Salzstangendeko und Leberwurst auf Graubrot-Dreiecken. Um Letzteren geschmacklich ein bisschen Pfiff zu verleihen, schnitt sie gerade Cornichons in dünne Scheiben. Fehlten bloß noch der Igel aus Mett, hart gekochte Eier mit mayonnaisiger Füllung und Tomaten-Fliegenpilze. Ach so, und Käsewürfel mit Weintrauben, natürlich – fertig wäre das passende Büfett zu Dennis' Schlaghose aus den Siebzigern.

»Ach was«, erwiderte Doris, »das macht mir doch Spaß. Mehr gibt es aber nicht; ich konnte Erwin gerade noch davon abhalten, den Grill anzuwerfen.«

»Du bist eine kluge Frau«, erklärte ich salbungsvoll. »Ich

bin eigentlich noch satt von dem Döner, den wir vor gerade mal zwei Stunden hatten.«

»Und uneigentlich? Herrje, die Schnittchen sind doch kaum größer als Briefmarken. Niemand ist zu satt für ein winziges Leberwurstschnittchen mit Cornichons. Hab ich jedenfalls noch nie erlebt. «

Ich kicherte. »Aber ein erwin-mäßiger Mount Everest aus gegrilltem Fleisch wäre definitiv zu viel.«

»Sag ich doch.« Doris nickte zufrieden. »Erwin, hab ich gesagt, du kannst nicht einfach tonnenweise Fleisch auftischen, ohne dass unsere Gäste vorher davon wissen. Die haben doch bestimmt schon gegessen, hab ich gesagt. Gerade Bärbel und Frank, die essen doch sonntags mit ihren Kindern, da wird ordentlich gekocht.«

»Darauf kannst du wetten«, sagte Bärbel, die in diesem Moment die Küche betrat. »Soll ich euch mal neidisch machen? Es gab einen riesengroßen Topf Gulasch, dazu selbst gemachte Klöße und Blumenkohl – Frank hat sich selbst übertroffen. Und zum Nachtisch hat er Schokoladenpudding mit Vanillesauce gekocht. Ich glaube, er hat absolut jeden Topf und jede Schüssel benutzt, die wir besitzen. Und sämtliche Pfannen, um das Gulasch anzubraten.«

Natürlich hatte er das, denn Frank duldete in seiner Küche Fertigprodukte nur im äußersten Notfall. Pudding und Vanillesauce wurden selbstredend aus feinsten, frischen Zutaten gekocht und nicht etwa aus schnödem Pulver und Wasser zusammengerührt.

Bärbel inspizierte die Servierplatte und griff zu. »Hmm, Leberwurst mit Cornichons! Köstlich!«

Siehste, teilte mir Doris' Blick mit, dann beugte sie sich wieder über die Platte, um dem Gebirgszug aus Stullen mithilfe einiger Petersiliensträußchen den letzten optischen Schliff zu verpassen.

»So«, sagte sie abschließend und musterte sichtlich zufrieden ihr Werk. »Ich wäre dann so weit.«

Bärbel und Frank hatten Getränke mitgebracht, und nun saßen wir um den großen Esstisch herum und ließen es uns schmecken.

Es war beinahe wie immer, wenn wir uns in dieser Runde einfanden. Doch eines war neu: Nie zuvor waren wir alle gemeinsam Zeugen eines Mordes gewesen, und dieser Umstand hing wie eine Gewitterwolke über uns. Trotz mehreren Anläufen wollte das Gespräch zunächst nicht so recht in Gang kommen.

Schließlich blickte Erwin uns nacheinander an, und dann fragte er Bärbel: »Wie geht es dir nach dieser Sache?«

Welche Sache er meinte, war allen klar.

Sie seufzte und legte die Schmalzstulle, in die sie gerade hatte beißen wollen, auf ihren Teller. »Ich bin froh, dass es mich nicht um den Schlaf bringt, falls du das gemeint hast. Dazu habe ich vermutlich zu viel zu tun. Aber es war ein schreckliches Erlebnis.« Sie griff nach Franks Hand. »Es klingt vielleicht bescheuert, aber dass ihr alle dabei wart, macht es mir leichter.«

»Geteiltes Leid ist halbes Leid.« Doris nickte. »Da zeigt sich mal wieder, dass in diesem lahmen Spruch viel Wahres steckt.«

Ich war kein Freund von Plattitüden, aber ich musste ihr zustimmen. Keiner von uns musste den anderen erklären, wie es sich angefühlt hatte, als mitten unter uns ein Mensch erschossen worden war. Vielleicht war das der Grund, warum es darüber momentan hier am Tisch nichts zu reden gab.

»Weißte, wat mir eingefalln is, Loretta?« Frank erwartete nicht wirklich eine Antwort, denn er fuhr direkt fort: »Von alle Fälle, mit die du zu tun hattes, hab ich ausgerechnet bei die beiden, bei die einer erschossen wurde, direkt daneehmgestanden. Weißte noch – der olle Dscheehms mit sein Luxuspuff?« Weitschweifig erzählte er der Runde von dem Fall damals, obwohl natürlich sämtliche Anwesende darüber Bescheid wussten.

Während er plapperte, klinkte ich mich aus und reiste gedanklich ein paar Jahre zurück.

Der Dscheehms – er meinte natürlich James, den etwas zu kurz geratenen Schmalspurgangster, der das ganz große Ding hatte drehen wollen. Der Typ hatte keine Ahnung gehabt, mit wem er sich anlegte, als er versucht hatte, sich Dennis' Callcenter unter den Nagel zu reißen. Der Plan dahinter war durchaus clever gewesen, die Ausführung allerdings reichlich dilettantisch. Und trotz polizeilicher Überwachung war ein Undercover-Einsatz dramatisch aus dem Ruder gelaufen. Bis heute erinnerte ich mich an die Schmerzen und die Todesangst, die Frank und ich bis zu unserer Befreiung hatten aushalten müssen. Andernfalls säßen wir beide heute nicht gesund und munter hier am Tisch.

Aber es stimmte: Bei den vierzehn Fällen – mit dem aktuellen waren es fünfzehn –, in die ich während der letzten paar Jahre geraten war, war zweimal das Opfer erschossen worden, und beide Male hatten Frank und ich danebengestanden. Diesmal allerdings außer uns noch einige Leute mehr.

»Der Torben und die Schischi, die warn übrigens gestern bei uns einkaufen«, erzählte Frank gerade.

Das interessierte mich. »Wie kam es denn dazu? Zufall?«

»Nein.« Bärbel schüttelte den Kopf. »Gigi und ich haben uns vor zwei Wochen oder so über gesunde Ernährung unterhalten. Es stellte sich heraus, dass sie auf der Suche nach einem Laden sind, wo sie gute, regionale Biolebensmittel bekommen. Na, bei uns, hab ich gesagt. Und gestern standen sie plötzlich im Laden. Sie wollten wissen, wie es uns geht. Und ob wir mit den Tanzstunden weitermachen wollen.«

»Wollen sie das denn?«, fragte Erwin.

»Die ham Schiss«, erwiderte Frank grinsend. »Die denken, inne nächste Stunde wird wieder einer abgeknallt. Oder gleich 'ne Bombe reingeschmissen, und wir gehen alle hops. Dat is doch Quatsch, habbich gesacht, wenn einer den Christian ermorden wollte, is dat doch jetz erleedicht. Also kann uns nix passiern. Stimmt doch, oder?«

Er sah mich an, und ich rang mir ein Lächeln ab.

Was sollte ich ihm antworten? Dass wir in der Tanzschule nicht gefährdet waren, weil Christian nicht mehr unter den Lebenden weilte? Dazu müssten wir erst wissen, ob es wirklich ihn hatte erwischen sollen. Und so weit waren wir noch längst nicht.

»Wir müssen das nicht jetzt entscheiden«, erwiderte ich lahm. »Marina und Antonio lassen uns bis Mittwoch Zeit, um darüber nachzudenken.«

Frank nickte nur und stopfte sich mit Schnittchen voll, aber Bärbel hatte die Botschaft hinter meinen Worten sehr wohl gewittert, wie ich dem fragenden Blick ansah, den sie Doris zuwarf. Spontan beschloss ich, hier am Tisch nicht alles preiszugeben, was ich inzwischen erfahren hatte. Andererseits konnte ich sie nicht guten Gewissens an der nächsten Tanzstunde teilnehmen lassen, solange mit weiteren Anschlägen zu rechnen war. Ich steckte in einem moralischen Dilemma.

»Erwin und ich waren übrigens gestern auf ein gemütliches Käffchen bei Helga und Andreas«, sagte Doris. »Die beiden sind ziemlich durch den Wind, kann ich euch sagen. Sie haben sich sehr gefreut, mit uns über den Vorfall reden zu können, nicht wahr, Erwin?«

»Ich als ehemaliger Polizist konnte ihnen einiges zu den Ermittlungen erklären.« Erwin grinste. »Besser gesagt: Sie haben mich ausgequetscht wie eine Zitrone.«

Aha? Das fand ich interessant. »Und worüber genau?«

»Inwieweit sie in die Sache reingezogen würden, das schien Andreas besonders wichtig« erwiderte Erwin. »Es behagte ihm eindeutig nicht, mit einem Mord in Verbindung gebracht zu werden. Wegen seiner Vertrauensstellung in der Bank sei das schwierig, meinte er.«

»Verstehe ich nicht.« Dennis hob die Brauen. »Was hat denn das eine mit dem anderen zu tun?«

»Vertrauliche Daten, finanzielle Transaktionen …« Erwin zuckte mit den Schultern. »So richtig habe ich es nicht verstanden. Aber offenbar arbeitet er dort als Anlageberater. In höherer Position. Ist doch richtig, Täubchen? Du hast mit Helga doch auch unter vier Augen geplaudert?«

Doris nickte. »Helga ist sehr stolz auf ihren Andreas und darauf, wie wichtig er für die Bank ist. Er scheint ganz gut zu verdienen; sie besitzen ein sündhaft teures Wohnmobil. Sie ist Hausfrau, sie haben keine Kinder.«

Aha – so viel zum Thema Camping und Gemeinschaftsdusche. Moment: Andreas hatte schon bei der ersten Unterrichtsstunde von einem Wohnmobil gesprochen, die Gemeinschaftsdusche von zweifelhafter Sauberkeit war *meine* Fantasie zu diesem Thema gewesen. Andererseits war Wohnmobil nicht gleich Wohnmobil. Wenn sie richtig viele Scheinchen auf den Tresen des Händlers geblättert hatten, war ihr fahrbarer Untersatz mit allen Schikanen ausgestattet.

»Hat sie gesagt, wie teuer ihr Wohnmobil war?«, fragte ich prompt.

Erwin drohte mir scherzhaft mit dem Finger. »Na, na, na, so etwas fragt man doch nicht. Aber es stand neben dem Haus in einem Carport. In einem *großen* Carport. Selbst wenn sie die Kutsche gebraucht gekauft haben – das war kein Pappenstiel, garantiert nicht.«

»Es sei ihnen gegönnt«, sagte ich. »Ich habe nie das Bedürfnis verspürt, mit so einem Ding durch die Weltgeschichte zu fahren.«

»Sollten wir vielleicht mal ausprobieren, Schatz«, warf Dennis ein. »Heute hier, morgen dort … Könnte spaßig sein. Man kann die Teile übrigens auch leihen, weißt du? Mal unauffällig checken, ob und wie es uns gefällt. Falls ja, könnten wir einen alten Bus zum Wohnmobil umbauen und damit auf Weltreise gehen.«

Woher kam diese verrückte Idee denn so plötzlich? Meinte er das etwa ernst? Beinahe schien es so, aber ich war nicht sicher. Und was war mit seinen geliebten Hühnchen? Sollten wir die vielleicht in einem speziellen Käfig-Anhänger mitnehmen? Und schon sah ich uns in Hippieklamotten durch irgendwelche Wüsten geistern und an einsamen Stränden hocken. Meldete sich da etwa seine verklärte Erinnerung an die Zeit, die er in jungen Jahren auf Ibiza verbracht hatte? Sehnte er sich plötzlich nach diesem freien Leben zurück? Beruhigend fand ich immerhin, dass er diese Reise mit mir zusammen machen wollte.

Mein Name fiel, und ich schreckte aus meinen Gedanken hoch. »Wie bitte? Ich habe gerade nicht zugehört.«

»Wir wolln gerne wissen, wie et die Dschenny so geht«, sagte Frank. »Wie die letzten zwei Tage so warn.«

Stimmt, darüber hatten wir noch nicht gesprochen. Also erzählte ich in groben Zügen von meiner Zeit mit Jenny und dass sie jetzt in der Obhut einer engen Freundin sei. Ich berichtete auch, wie wir ihre Sachen aus der Wohnung geholt hatten. Als ich zu der unschönen Szene mit Regina kam, herrschte am Tisch allgemeine Empörung.

»Wat?«, blökte Frank in meinen Vortrag hinein. »Wat is dat denn für 'ne Hexe? Die kann doch die Dschenny nich einfach ausse Wohnung kicken!«

»Doch, kann sie«, erwiderte ich. »Zwar nicht innerhalb

einer Stunde, wie sie es vorhatte, aber doch innerhalb einer gesetzten Frist. Jenny hat keinen Mietvertrag oder dergleichen. Sie hat schlicht bei Christian gewohnt, und das Penthouse gehört der Familie. Abgesehen davon könnte Jenny sich ohnehin niemals die Miete dafür leisten.«

»Aber hat Christian denn keine schriftlichen Verfügungen hinterlassen?«, fragte Bärbel. »Er muss doch irgendwie vorgesorgt haben. Er kann nicht gewollt haben, dass Jenny auf der Straße steht. Die beiden wollten *heiraten,* das war kein belangloses Techtelmechtel.«

»Zumindest hat Jenny das erzählt«, sagte ich. »Christians Schwester schien gänzlich anderer Meinung zu sein. Ob es ein Testament zu Jennys Gunsten gibt …« Ich zuckte mit den Schultern. »Laut Jenny hat er eines verfassen *wollen.* Und wahrscheinlich war Regina auf der Suche danach, als wir sie in der Wohnung erwischten. Zumindest war sie gerade dabei, die Papiere ihres Bruders zu durchwühlen.«

»Die wollte dat bestimmt verschwinden lassen«, sagte Frank grimmig. »Wat 'ne gemeine Hexe.«

»Für sie ist Jenny nur eine gierige junge Frau, die sich dem stinkreichen, doppelt so alten Christian an den Hals geworfen hat, um auf seine Kosten ein luxuriöses Leben zu führen«, erwiderte ich. »Regina glaubt nicht an die große Liebe zwischen den beiden, also will sie Jenny so schnell wie möglich loswerden. Und die arme Jenny hat keine Chance gegen sie. Ist leider so.«

»Bestimmt is die Hexe die Mörderin«, grummelte Frank. »Und die wollte die Dschenny treffen und nich den Christian. Könnter mich für ankucken.«

Ja, das war tatsächlich eine der Optionen.

»Hat denn jemand in der Zwischenzeit mit Marina und Antonio gesprochen?«, fragte Doris.

Ich hob die Hand. »Dennis und ich waren heute dort. Es

geht ihnen nicht sonderlich gut, wie ihr euch vorstellen könnt. Sie befürchten natürlich, dass der Mord sich herumspricht und dass ihnen die Kunden weglaufen.«

»Dann sollten wenigstens wir uns solidarisch zeigen und den Tanzkurs weiterhin besuchen«, sagte Doris.

Erwin zog sie an sich. »Das ist mein Täubchen. Du willst ihnen zur Seite stehen.«

An dieser Stelle stand für mich fest, dass ich in dieser Runde kein Sterbenswort von dem erzählen würde, was ich vor der Betreiberin des kleinen Cafés erfahren hatte. Das musste ich zuerst mit Erwin besprechen. Vielleicht war die Gefahr für uns viel zu groß.

»Wir haben ihnen einiges verschwiegen«, sagte Dennis, als wir später wieder bei mir waren.

»Wir sollten das alles zuerst mit Erwin diskutieren; vielleicht sogar mit der Küpper. Bevor wir nicht wissen, wem die Kugel tatsächlich galt, müssen wir die Pferde nicht scheu machen.«

»Aber wie sollen wir es herausfinden? Willst du noch einmal mit Marina und Antonio reden?«

»Wir könnten es versuchen. Und sie mit dem konfrontieren, was wir im Café erfahren haben. Aber vorher stelle ich im Netz noch einige Recherchen an. Außerdem glaube ich, dass auch Erwin vorhin nicht alles erzählt hat. Mich interessiert der *Eindruck,* den er von Helga und Andreas hat. Von ihrem Verhalten. Jongliert unser biederer Kundenberater vielleicht mit dem Geld anderer Leute und hat dabei Unsummen in den Sand gesetzt?«

»Vielleicht ja, vielleicht nein. Aber wie sollen wir derartige Dinge herausfinden? Du kannst nicht einfach in seine Bank marschieren und Kollegen danach fragen, das ist dir hoffentlich klar.«

Ja, das war es, und ich runzelte unwillig die Stirn, weil es mich gewaltig nervte.

Dennis zog mich an sich. »Jetzt hör auf zu grübeln. Lass uns ins Bett gehen. Immerhin mussten wir zwei Nächte aufeinander verzichten, und das ist mir ganz schön schwergefallen, habe ich festgestellt.«

Kapitel 15

Verschiedenfarbige Stifte helfen auch nicht unbedingt dabei, sich Klarheit zu verschaffen, stellt Loretta fest

Dennis stand sehr früh auf, da er vor der Arbeit noch zu sich fahren und seine Hühnchen versorgen wollte. Er hatte sich sehr bemüht, mich nicht zu wecken, aber diesen durchaus ritterlichen Plan hatte Baghira durch sein Gib-mir-Frühstück-Geschrei vereitelt.

Grinsend lag ich im Bett und hörte zu, wie Dennis flüsternd versuchte, den Kater zum Schweigen zu bringen. Als würde es auch nur das Geringste nützen, ihn darum zu *bitten* … Irgendwann war der Kater endlich still – aha, Dennis hatte Baghiras Fressnapf gefüllt. Kurz danach wurde die Wohnungstür leise ins Schloss gezogen.

Einmal wach, konnte ich nicht mehr einschlafen, also ging ich in die Küche und setzte mir einen Espresso auf. Baghira, der schmatzend über seinem Napf kauerte, nahm keinerlei Notiz von mir.

»Na, Dicker? Alles senkrecht?«, fragte ich ihn, aber er zuckte nicht einmal mit den Ohren.

So viel zur großen Liebe des Haustiers zu seinem Besitzer – das ist einer der größten urbanen Mythen, die es gibt, scheint mir. Gut, er umschmeichelt mich nach allen Regeln der Kunst, und wie andere Tierbesitzer auch interpretiere ich das gerne als tiefe Zuneigung zu mir. Ach, wie süß, wenn er den Kopf an meinem Bein reibt … Ja, Pustekuchen: Er markiert mich dann lediglich als seinen Besitz.

Der Kater liebt immer denjenigen, der gerade den Dosenöffner bedient. Ob ich es bin oder der Postbote, das ist vollkommen wurscht.

Mindestens so wurscht, wie es Reginas Meinung nach Jenny war, welchen großzügigen älteren Herrn sie um sein Geld erleichterte. Nur um den Luxus sei es ihr gegangen, nicht um Christian. *Ob er oder ein anderer, ist dir doch völlig egal*, hatte sie gesagt.

Mit einem Becher Kaffee ging ich hinaus auf die Terrasse. Es dämmerte, und die längst erwachte Vogelwelt zwitscherte sich die Seele aus dem Leib. Erkennen konnte ich aber nur den Gesang der Amseln, einzigartig lieblich und melodiös.

Ich schloss die Augen und lauschte. Es klang wunderbar. Aber sang der Amselmann aus purer Lebensfreude und begrüßte die aufgehende Sonne? Nein, er markierte sein Revier. Vermutlich brüllte er wüste Drohungen und Verwünschungen in die Welt, um sich Konkurrenten vom Hals zu halten. *Bleibt bloß weg, sonst schlage ich euch zu Brei!* So etwas in der Art.

Aber hatten wir Menschen nicht auch das Bedürfnis, unser Revier zu markieren? Beispiel Regina: *Mein* Bruder, *meine* Familie, *mein* Besitz, *mein* Erbe – du, Jenny, bist ein Eindringling. War es beim Schuss durchs Fenster der Tanzschule auch darum gegangen? Wollte der Schütze jemanden dafür bestrafen, dass er sein Revier verletzt hatte?

Baghira kam heraus und strich mir schnurrend um die Beine. Alles klar, ich war frisch markiert. Dann begab er sich auf seinen Patrouillengang: zunächst immer an der Hecke entlang, dann von Blumenkübel zu Blumenkübel. Ausgiebig wurde alles beschnuppert – nicht, dass ein dreister Eindringling es während der Nacht gewagt hatte, irgendwelche Duftmarken zu hinterlassen.

Ich ging hinein, setzte mich an den Tisch und startete meinen Rechner. Kurz überflog ich meine bisherigen Notizen, dann tippte ich: *Verdient Andreas so viel Geld, dass er sich ein teures Wohnmobil leisten kann? Falls nicht: Woher hat er die Kohle? Was genau ist sein Job bei der Bank? Spekuliert er vielleicht mit dem Geld anderer Leute? Gibt es Kunden, die ihn dafür verantwortlich machen, dass sie Geld verloren haben?*

Ich starrte auf das Geschriebene, dann speicherte ich das Dokument und schickte es an meinen Bürorechner. Gerade wollte ich ins Bad gehen, als mein Telefon klingelte. Es war Diana.

»Guten Morgen, Schatz. Wie geht es dir beim Start in die neue Woche?«

Ich verzog das Gesicht, was sie natürlich nicht sehen konnte, also setzte ich noch einen Seufzer obendrauf. »Die gute Nachricht: Ich habe meine Wohnung wieder für mich. Jenny um mich zu haben, war doch ziemlich … hm …«

»Herausfordernd?«, soufflierte sie freundlich. »Kann ich mir vorstellen. Letzten Endes ist sie für dich ja doch ein fremder Mensch. Zwischen euch existiert keine *echte* Nähe. Das, was sich gerade wie Nähe anfühlt, ist nur dadurch entstanden, dass ihr die Erfahrung dieses schrecklichen Erlebnisses teilt.«

»Danke, Frau Professorin, das ist mir durchaus bewusst. Und deshalb weiß ich, dass meine Möglichkeiten begrenzt sind. Ich bin nicht die Person, die sie jetzt an ihrer Seite braucht. Das ist Lina, und bei ihr ist sie jetzt.«

»Eine Freundin?«

»Genau. Bei Lina kann sie wohnen und zur Ruhe kommen. Das ist perfekt: eine neue Umgebung, in der sie nichts an ihr Zusammenleben mit Christian erinnert.«

»Ach, sie will also nicht mehr in der gemeinsamen Wohnung leben?«

»Das ist nicht die Frage. Sie *darf* nicht. Es gibt da nämlich Christians Schwester, Regina …« Ich beschrieb ihr die Szene, die ich in der Wohnung erlebt hatte.

»Wow, das ist starker Tobak«, sagte Diana. »Und du mittendrin im Zickenkampf. Halte dich da bloß raus, Loretta, sonst wirst du zwischen den Fronten zu Staub zerbröselt. Gibt es schon Neuigkeiten in Sachen Mördersuche?«

Ach herrje – wir hatten bisher ja nur ganz kurz am Samstagmorgen telefoniert. Also verpasste ich ihr einen Schnelldurchlauf der Dinge, die sich seither ereignet hatten.

Diana kicherte. »Und das waren nur 48 Stunden? Unglaublich. Ihr seid also nicht sicher, ob dieser Christian nicht vielleicht nur aus Versehen getroffen wurde?«

»Korrekt. Wenn ich allein an die Storys der Dame aus dem Café denke … und dann die Sache, dass insgesamt sechs Personen theoretisch hätten getroffen werden können …«

»Dann hat die Küpper ja ordentlich zu tun. Halte mich auf dem Laufenden, Schatz.«

Wir beendeten das Gespräch, und ich sah auf die Uhr. Es wurde allmählich Zeit, zu duschen, zu frühstücken und zum Callcenter zu fahren.

»Was hast du gestern verschwiegen?«

Wie aus dem Nichts schien Erwin vor meinem Schreibtisch aufgetaucht zu sein; ich hatte tatsächlich nicht bemerkt, dass er in mein Büro gekommen war.

»Du hast es also bemerkt?«, fragte ich zurück.

Erwin grinste. »Ja, auch das. Aber Dennis hat vorhin ganz beiläufig erwähnt, dass ihr gestern in einem Café in der unmittelbaren Nachbarschaft der Tanzschule wart. Und dass ich dich danach fragen soll.«

Ich war gerührt, dass mein Liebster mir die Verkündung der spektakulären Informationen überließ. »Gib mir zwei Minuten, ich komme rüber zu dir.«

Erwin nickte und ging. Ich druckte meine Notizen aus und streckte auf dem Weg zu ihm den Kopf in Dennis' Büro: »Kommst du mit? Ich setze mich mit Erwin zusammen.«

»Gleich.« Er deutete auf die Papiere vor sich. »Ich muss das hier kurz erledigen.«

Ich schlenderte weiter und betrat Erwins Büro. Er stand an der großen Flipchart, die wir immer benutzten, wenn wir einen kniffligen Fall zu knacken hatten. Drei Namenspaare hatte er in unterschiedlichen Farben untereinander auf das Blatt geschrieben: *Marina + Antonio* in Rot, *Jenny + Christian* in Grün und *Helga + Andreas* in Blau.

»Hui, das sind ja ganz neue Methoden«, sagte ich.

»So können wir den einzelnen Paaren die jeweiligen Infos zuordnen«, entgegnete er. »Dazu müssen wir die Infos natürlich in den entsprechenden Farben aufschreiben.«

»Wie süß, dass du denkst, du müsstest es mir erklären. Tatsächlich finde ich die Idee ziemlich clever.«

»Nicht wahr?« Strahlend drückte er mir drei dicke Filzstifte in die Hand. »Du schreibst.«

Das zumindest hatte sich nicht geändert – ich war immer diejenige, die schreiben musste. Angeblich, weil ich eine schöne Schrift hatte. Mumpitz. Er war dazu einfach zu faul, und Dennis erst recht. Die Herren fläzten sich lieber gemütlich in den bequemen Sesseln, während ich alles Wissenswerte für uns aufs Blatt krickelte.

So auch diesmal: Mit einem zufriedenen Seufzen ließ Erwin sich in einen Sessel sinken und griff nach der Tasse Kaffee, die auf dem Beistelltischchen bereitstand. »Du nimmst dir selbst zu trinken …?«

»Ich brauche nichts, vielen Dank.«

Er schlürfte einige kleine Schlucke, dann fragte er: »Also, was ist mit diesem Café?«

»Dennis und ich sind ganz spontan auf einen Kaffee dort eingekehrt. Jenny war zu diesem Zeitpunkt noch bei mir, und wir wollten uns unter vier Ohren unterhalten. Wir hatten nämlich die Tanzschule besucht. Beziehungsweise Marina und Antonio. Wir waren neugierig, wie sie mit dem Vorfall umgehen ...«

»Wer bist du – Frank?«, unterbrach er mich. »Komm zur Sache, an belanglosem, weitschweifigem Geplapper bin ich nicht interessiert. Dennis hat bestimmt nicht ohne Grund gesagt, ich solle dich nach dem *Café* fragen.«

Ich musterte ihn amüsiert und dachte kurz darüber nach, ob ich ihn noch ein wenig ärgern sollte, entschied mich dann aber dagegen.

»Schon gut. Also: Im Café trafen wir auf eine sehr aufmerksame Bürgerin, ihres Zeichens die Betreiberin des Etablissements. Wir hatten die Tanzschule kaum erwähnt, als sie auch schon bei uns am Tisch saß und auspackte. Sie wohnt über dem Café und hat von ihrem Balkon einen exzellenten Blick auf den Hof der Tanzschule, wie es der glückliche Zufall will.«

Ich machte eine Kunstpause, und Erwin blaffte: »Was hat sie gesehen? Herrgott, Loretta! Willst du mich wahnsinnig machen?«

»Sie wusste zu berichten, dass es während der letzten Zeit eine Reihe von Anschlägen auf die Tanzschule gegeben hat.« Ich fasste knapp zusammen, was sie alles beobachtet hatte. »Sie sagte, sie habe praktisch darauf gewartet, dass etwas ›noch Schlimmeres‹ passieren würde.«

Mit dem roten Stift notierte ich eine Auflistung der Anschläge auf dem Blatt an der Flipchart: *Tanzschule sabotiert → Bepflanzung zerstört, Scheiben besprüht, Sekundenkleber in Schlössern, Scheiben eingeworfen.*

Ich wandte mich zu Erwin um, der mit gerunzelter Stirn nachdachte. Schließlich sagte er: »Also waren eventuell Marina oder Antonio Ziel des Schusses? Haben wir es mit einer Reihe von Einschüchterungsversuchen zu tun, die letztendlich total eskaliert sind?«

»Könnte sein. Aber aufgepasst – ich habe noch etwas ganz Feines für dich.«

Mit dem grünen Stift schrieb ich: *Heftige Streitigkeiten zwischen Christian und seiner Schwester Regina.*

»Ach, tatsächlich?« Erwin hob die Brauen. »Weißt du, um was es bei diesem Streit ging?«

»Selbstverständlich – wenn auch nur in groben Zügen. Sagen wir so: Ich weiß das, was Jenny aufgeschnappt hat. Also: Christian hatte die Fima der Familie geerbt und geleitet. Als er sie übernommen hat, wurde Regina wohl ausgezahlt. Vor Kurzem hat er allerdings die Firma verkauft, um mehr Zeit mit Jenny verbringen zu können.«

»Ich meine mich zu erinnern, dass er davon gesprochen hat. Als wir in der ersten Tanzstunde diese Vorstellungsrunde hatten«, sagte Erwin nachdenklich.

»Stimmt. Aber offenbar war Regina der Meinung, dass ihr von dem Erlös ein ordentlicher Batzen zusteht. Christian sah das natürlich anders. Und noch etwas.« Ich schrieb *Was steht in Christians Testament?* aufs Blatt und wandte mich wieder Erwin zu. »Wie ich schon gestern erzählt habe: Tatsächlich hatte er wohl die Absicht geäußert, sein ursprüngliches Testament zu Jennys Gunsten zu ändern, um sie abzusichern.«

»Du denkst, Regina war auf der Suche danach, als ihr sie in der Wohnung ertappt habt?«

Ich nickte. »Allerdings denke ich das. Sie behauptete, *falls* es eine Änderung gegeben hätte, dann würde sie längst durch den Familienanwalt davon wissen. Aber das habe ich ihr nicht abgekauft. Damit wollte sie lediglich Jenny vorsorglich mundtot machen, glaube ich. Eine reine Vorsichtsmaßnahme für den Fall, dass sie, Regina, doch noch ein geändertes Testament findet und verschwinden lassen muss. Der Gedanke, dass Jenny irgendetwas erben könnte, bringt sie um den Verstand. Herrje, Jenny hat nicht einmal etwas von dem Schmuck mitgenommen, den Christian ihr geschenkt hat. Sie ist definitiv keine Goldgräberin, wie Regina ihr unterstellt.«

»Ich weiß, du hältst große Stücke auf Jenny, aber sie hat nach wie vor den Schlüssel zur Wohnung, richtig?« Erwin bedachte mich mit einem sonnigen Lächeln. »Sie kann sich den Schmuck immer noch holen, wenn sie will. Ihr Verzicht könnte reine Pose gewesen sein.«

Ich schüttelte den Kopf. »Nein, diese Gelegenheit hat sie verpasst, sie wird nicht an den Schmuck kommen. Ich wette, Regina hat sich nach ihrem Abgang aus der Wohnung irgendwo versteckt und darauf gelauert, dass Jenny und ich verschwinden. Dann ist sie garantiert wieder hochgegangen und hat alles Wertvolle rausgeholt, also auch den Schmuck. Besonders falls Familienerbstücke darunter waren.«

Die Tür ging auf, und Dennis kam herein. Lässig warf er sich aufs durchgesessene Ledersofa und las sich durch, was ich auf der Flipchart notiert hatte. »Was ist mit Helga und Andreas?«, fragte er.

»Ja genau, was ist mit den beiden?« Ich sah Erwin an. »Was habt ihr noch herausgefunden? Außer, dass sie ein teures Wohnmobil benutzen, meine ich. Wie können sie sich derartigen Luxus leisten?«

»Provisionen, sagt mein Täubchen«, erwiderte Erwin. »Das behauptet zumindest Helga. Die Damen haben sich unterhalten, während Andreas mir das Wohnmobil gezeigt hat. Unsere Helga ist offenbar sehr stolz auf den beruflichen Erfolg ihres Gatten. Für das Geld, das er Kunden für Investitionen aus den Rippen leiert, kassiert er angeblich anteilig Provisionen. Und das nicht zu knapp. Das Wohnmobil ist nagelneu, hat Andreas erzählt. Preis: vermutlich sechsstellig.«

»Dieser Mann muss als Kundenberater ein absolutes Genie sein«, sagte Dennis. »Waren seine Anlagetipps denn immer erfolgreich?«

Erwin schüttelte den Kopf. »Nein. Helga erzählte, drei- oder viermal während der letzten Monate habe ein Mann vor ihrem Haus gestanden und Krach geschlagen, weil Andreas' Tipps ihn angeblich ruiniert hätten.«

Ach, das war ja interessant.

»Immer derselbe Mann? Oder verschiedene?«, hakte ich sofort nach.

»Das wusste sie wohl nicht«, erwiderte Erwin. »Andreas habe stets zu verhindern gewusst, dass sie den Mann sieht. Er hat sie vom Fenster weggeschickt und die Rollläden herabgelassen, sagte sie. Dann sei er aus dem Haus gegangen und habe mit dem Mann geredet. Ihr gegenüber habe er jeweils behauptet, es handle sich lediglich um ein Missverständnis, das sich am nächsten Tag im Büro klären werde.«

Noch während er redete, hatte ich mit dem blauen Stift geschrieben: *Welcher Kunde denkt, dass Andreas schuld an seinem finanziellen Ruin ist?*

Ich legte den Stift weg, setzte mich in den freien Sessel und deutete auf die Flipchart. »Drei Paare, in deren Leben es schwer zu rumoren scheint. Und genau diese drei Paare hielten sich in der Schusslinie des Mörders auf. Also haben wir es mit sechs potenzielle Opfern zu tun.«

»Sechs?«, fragte Dennis erstaunt. »Wieso sollte zum Beispiel unsere harmlose Helga ein potenzielles Opfer sein?«

»Okay, ich lasse mal meiner Fantasie völlig freien Lauf«, sagte ich. »Mal angenommen, durch Andreas wurde tatsächlich jemand ruiniert. Viel Geld wurde angelegt, viel Geld ist jetzt weg. Menschen sind verzweifelt und wissen nicht mehr weiter. Vielleicht ist eine Ehefrau depressiv geworden und hat sich umgebracht. Wie könnte sich ein vor Kummer und Zorn halb wahnsinniger Witwer am eindrucksvollsten rächen? Indem er Andreas ebenfalls die Ehefrau nimmt. *Deshalb* könnte auch Helga ein potenzielles Opfer sein.«

Erwin nickte langsam. »Klingt verwegen, ist aber schon vorgekommen. Menschen morden aus den absonderlichsten Gründen. Ganz erstaunlich, wie sie ihre Tat vor sich selbst und vor der Polizei rechtfertigen. Für jemanden in einem psychischen Ausnahmezustand mag es zum Beispiel vollkommen logisch sein, Helga abzuknallen.«

»Oder Andreas selbst«, sagte Dennis. »Von Marina und Antonio ganz zu schweigen, da sie wohl schon länger … äh … *belästigt* werden. Leider wissen wir nicht, ob es Drohbriefe gibt. Komischerweise haben wir bisher keinen Grund dafür gefunden, das tatsächliche Opfer umzubringen.«

»Wir wissen aber auch nicht wirklich viel über ihn«, erwiderte Erwin. »Nur das, was Jenny uns erzählt hat. Vielleicht hat auch er Leichen im Keller. Wir haben keine Ahnung, wie er sich geschäftlich verhalten hat. Und was ist mit Jenny? Wir wissen, dass Christians Schwester sie hasst. Aber reicht das, um sie erschießen zu wollen?«

Ich lachte. »Für Frank schon. Erinnert euch, was er gestern gesagt hat: Regina wollte eigentlich sie umbringen und hat aus Versehen ihren Bruder getroffen.«

Es war wie üblich: Je mehr wir herausfanden, desto undurchsichtiger wurde der Fall. Konnte es nicht ein einziges Mal ganz klar und deutlich sein?

Kapitel 16

Wenn das meiste bereits aufgeflogen ist,
kann man auch gleich alles erzählen, spekuliert Loretta

Wir vertagten uns auf später, und ich kehrte an meinen Schreibtisch zurück. Eine Zeit lang grübelte ich vor mich hin, dann machte ich mich daran, mehr über Marina und Antonio herauszufinden. Ich begann mit allgemeinen Informationen über den Formationstanz und erfuhr verblüfft, dass es eine 1. und eine 2. Bundesliga gab sowie drei Regionalligen – Nord, West und Süd –, die sich wiederum in Oberligen und Landesligen aufteilten. In Turnieren wurde um den Aufstieg gekämpft. Erfolgreiche Formationen nahmen an Europa- und Weltmeisterschaften teil.

Eine Formation bestand aus acht Paaren. Besser gesagt: Acht Paare traten zu den Turnieren an; mit Sicherheit saßen weitere auf der Ersatzbank. Ich fragte mich, wie hart umkämpft die Turnierplätze sein mochten. Bestimmt machte es keinen Spaß, darauf zu hoffen, dass sich ein Konkurrent verletzte. Oder war der Teamgeist stärker als der persönliche Ehrgeiz? Hauptsache, das Team gewinnt? Oder war man vielleicht froh, nicht mitgetanzt zu haben, wenn das teilnehmende Team es vermasselt hatte? Das war vermutlich eine Frage des Charakters.

Natürlich gab es im Internet Hunderte Filme von Auftritten, die ich mir ansehen konnte. Beim Standardtanz trugen die Herren Frack und die Damen schwingende Roben; bei Lateinformationen war deutlich mehr Haut zu sehen – auch bei den Herren waren Transparenz und Glitzer offenbar schwer angesagt. Da waren sie wieder, die männlichen Brustwarzen. Geschmackssache.

Tatsächlich war ich von den Choreografien fasziniert; das Training war sicherlich knüppelhart. Hände, Arme, Köpfe und Beine mussten sich absolut synchron und exakt auf dem Takt der Musik bewegen, damit man bei den Wertungsrichtern Punkte kassierte. Immer am Rand der Tanzfläche: die Trainer, die ekstatisch auf dem Stuhl herumzappelten wie Wassertropfen, die auf eine heiße Herdplatte fallen. Im Sitzen tanzten sie die Choreografie mit, was mir beinahe noch besser gefiel als die virtuose Darbietung der Tänzer.

Und immer dieses strahlende, wie festgemeißelte Lächeln der Formation, das auf mich irgendwie unheimlich wirkte. Hatten sie Schmerzen? Waren sie erschöpft? Zumindest war es den Tänzern nicht anzusehen. Obwohl die Auftritte sieben Minuten oder sogar länger dauerten, waren ihre Bewegungen bis zum Schluss von einer scheinbaren Leichtigkeit, die nicht von dieser Welt schien. Eine Latein-Choreografie setzte sich aus mehreren Tänzen zusammen, und man hob sich nicht etwa den am wenigsten anstrengenden für das Ende auf, wenn die Luft knapp wurde. Ganz im Gegenteil: Da wurde noch einmal richtig Gas gegeben.

Wenn sie nach ihrem Auftritt die Tanzfläche verlassen hatten, sanken sie hinter den Kulissen vermutlich röchelnd zu Boden und mussten von Sanitätern mit Sauerstoff versorgt werden. Also, für mich wäre das nichts. Ich wäre schon nach einer Minute alle.

Erwin kam herein, als aus meinem Rechner gerade fetzige Sambarhythmen dudelten. Sofort machte er einige Tanzschritte, ließ verwegen die Hüften kreisen und schwirrte armrudernd durch den Raum.

Das war alles Mögliche, aber keine Samba. Aber Hauptsache, er hatte Spaß.

»Was guckst du dir an?«, fragte er, tänzelte um meinen

Schreibtisch herum und spähte mir schnaufend über die Schulter.

»Formationstanz. Latein«, erwiderte ich. »Erwin, das sind *Tiere*. Nein, programmierte Roboter. Kein normaler Mensch kann das durchhalten.«

»Training, Training, Training«, sagte er und verließ den Posten hinter mir, um sich japsend auf den Besucherstuhl vor meinem Schreibtisch plumpsen zu lassen. »Und vierzig Jahre weniger, als ich auf dem Buckel habe. Guck mich an, ich bin nach dreißig Sekunden aus der Puste.«

»Ich krieg schon vom Zugucken Schnappatmung. Wusstest du, dass die eine Bundesliga haben?«

»Nee.« Er schüttelte den Kopf. »Danke für die Info, aber deswegen bin ich nicht hier.«

»Hm …« Fasziniert verfolgte ich die herumwirbelnden Figürchen auf dem Monitor. Wie die sich abrackerten, unglaublich.

»Hey! Loretta!« Er schnippte mit den Fingern. »Hier bin ich! Kannst du mir bitte mal kurz deine Aufmerksamkeit schenken?«

Mühsam riss ich meinen Blick vom Monitor los und sah Erwin an. »Hm?«

»Würdest du das da bitte wegmachen?« Er wedelte mit der Hand in meine Richtung. »Das klingt wie ein kaputtes Kofferradio.«

Ich kicherte und stoppte das Video. »Ich bin ganz Ohr, mein Bester.«

»Geht doch.« Er nickte. »Einen wichtigen Punkt haben wir vorhin nicht besprochen: Wie gefährlich ist es für uns, die nächste Tanzstunde zu besuchen? Natürlich habe ich bereits gestern gemerkt, dass du diesem Thema ausgewichen bist. Jetzt weiß ich, warum.«

»Ich wollte Doris und Bärbel nicht beunruhigen. Zuerst

müssen wir mehr über die Vorkommnisse an der Tanzschule herausfinden.«

»Marina und Antonio haben euch nichts darüber erzählt, richtig?«

»Kein Sterbenswort. Zuerst war ich sauer deswegen, aber Dennis hat mich daran erinnert, dass ich nicht die Polizei bin und sie mir nicht die Wahrheit sagen müssen.«

Erwin lachte. »Stell dir vor: Sie sind nicht einmal der Polizei gegenüber zur Wahrheit verpflichtet.«

»Weißt du zufällig, ob sie der Kommissarin davon berichtet haben?«

»Astrid ist verschlossen wie eine Auster. Ich habe sie vorhin angerufen und versucht, sie auszuhorchen, aber sie mauert. Sie darf ja ohnehin nicht über den Stand der Ermittlungen reden, aber erst recht nicht Zeugen gegenüber. Das macht es diesmal besonders schwierig.«

»Ob sie aufgrund der Skizze wohl auch zu dem Schluss gekommen ist, dass Christian nicht zwangsläufig das geplante Opfer war?«

Erwin zuckte mit den Schultern. »Sollte mich wundern, wenn nicht. Dass drei Paare in der Schusslinie standen, dürfte ihr nicht entgangen sein; Astrid ist schließlich nicht auf den Kopf gefallen. Außerdem können wir davon ausgehen, dass die Ermittler sich in der Nachbarschaft umhören. Schon alleine, um herauszufinden, ob zufällig jemand den flüchtenden Mörder gesehen hat. Also wird auch Astrid früher oder später von dem erfahren, was die Café-Betreiberin zu berichten hat. Es sei denn, sie hält sich der Polizei gegenüber mit dieser Art von Tratsch zurück. Aber wenn sie so ein großer Krimifan ist, wird sie darauf brennen, zur Aufklärung beizutragen.«

Mist, das ärgerte mich. Ich hatte gerne einen Wissensvorsprung der Polizei gegenüber.

Mein Gesicht musste Bände gesprochen haben, denn Erwin sagte streng: »Loretta, das ist kein Wettbewerb darum, wer den Fall zuerst aufklärt. Wir müssen unbedingt alles, was wir herausfinden, an Astrid weitergeben. Sag mal, wissen Marina und Antonio, dass wir mittlerweile von den Anschlägen gehört haben?«

»Nee, wir waren ja erst *nach* unserem Gespräch mit ihnen im Café.« Ich schüttelte den Kopf. »Allerdings befürchten sie ohnehin schon, dass ihr Geschäft unter Christians Tod leiden wird. Also gehen sie mit den Angriffen auf ihr Tanzstudio nicht gerade hausieren.«

»Ich finde, du solltest sie damit konfrontieren.«

»Warum gerade ich?«

»Weil du sie gestern schon spontan besucht und befragt hast. Und am besten packst du alles direkt auf den Tisch. Vielleicht knicken sie dann ein. Und *vielleicht* ergibt sich daraus eine Einschätzung, ob und wie gefährlich unsere nächste Tanzstunde wird. Ich würde nämlich sehr gerne damit weitermachen.«

Das war natürlich ein guter Grund, den Mord so schnell wie möglich aufzuklären, hahaha.

Richtig spannend würde es allerdings werden, wenn sich herausstellte, dass der Mord rein gar nichts mit der Tanzschule zu tun hatte, denn die Sabotage-Aktionen hatten ja trotzdem stattgefunden. Die Preisfrage lautete also: War das hier ein Fall, oder waren es zwei? Sabotage *und* Mord oder Sabotage *durch* Mord?

Erwin hatte recht: Ich sollte so schnell wie möglich noch einmal mit den beiden reden. Warum eigentlich nicht sofort? Ich schnappte mir meine Tasche und schaute auf dem Weg hinaus in Dennis' Büro vorbei, um ihn zu informieren. Sein Angebot, mich in die Tanzschule zu begleiten, lehnte ich ab.

»Psychologie«, sagte ich und tippte mir an die Stirn. »Wenn wir dort zu zweit aufkreuzen und nur einer der beiden da ist, sind wir in der Überzahl. Ich will auf keinen Fall, dass jemand sich bedrängt fühlt. Oder unterlegen.«

Diesmal parkte ich mein Auto nicht auf der Straße, sondern fuhr auf den Hinterhof der Tanzschule. Dort stand bereits der Transporter eines Glasers, der gerade damit beschäftigt war, die Scheibe mit dem Einschussloch auszutauschen. Also würde ich zumindest einen der Tanzlehrer antreffen.

Tatsächlich – Marina saß an der Bar im Foyer. Sie hatte einige Papiere vor sich ausgebreitet, die sie zusammenschob und hinter den Tresen legte, als ich mich vom Eingang aus bemerkbar machte.

Ich wollte ihr nicht einfach plump auf die Pelle rücken, sondern abwarten, ob sie mich hereinbat. Lieber defensiv vorgehen als zu forsch. Wie gesagt: Psychologie. Ich kam mir vor wie ein hungriger Vampir, der auf der Schwelle eines Hauses ausharren muss, da er die Einladung des Bewohners benötigt, um hineinzudürfen. *Du kannst mir vertrauen, ehrlich …*

»Loretta«, sagte sie lächelnd. »Komm doch rein.«

»Aber nur, wenn ich dich nicht störe«, erwiderte ich und setzte mich neben sie an die Bar.

Sie schüttelte den Kopf. Mit der Hand machte sie eine Geste, die die gesamte Tanzschule umfasste. »Tust du nicht. Du siehst ja: Hier herrscht Totentanz. Wir werden erst am Freitag wieder öffnen.« Sie hüpfte vom Hocker und ging hinter die Bar. »Auch einen Milchkaffee?«

»Ja, gerne. Vielen Dank.«

Ich beobachtete sie unauffällig, während sie unsere Getränke zubereitete. Ihr war anzusehen, dass sie Sorgen hatte. Sie hatte vermutlich seit einigen Nächten nicht besonders gut geschlafen. Nein, wenn sie etwas *nicht* ausstrahlte, war es Optimismus.

Sie stellte zwei große Milchkaffee und einen Zuckerstreuer auf die Bar, dann setzte sie sich wieder neben mich. In einem Café hätte ich jetzt über den schlappen Milchschaum gemeckert, denn der Zucker sank viel zu schnell hindurch. Aber Marina dürfte zurzeit andere Sorgen haben, als mir eine perfekt standfeste Schaumkrone zu kredenzen.

»Was führt dich her?«, fragte sie, nachdem wir eine Zeit lang schweigend in unseren Tassen gerührt hatten. »Ist es wegen der Tanzstunde am Freitag? Willst du für die Gruppe absagen? Ich würde es verstehen.«

»Ich weiß. Aber wir haben uns noch nicht endgültig entschieden«, erwiderte ich.

Ich war unsicher, wie ich das Thema angehen sollte. Also trank ich ein paar Schlucke, um Zeit zu gewinnen. Dann aber entschied ich, gleich zum Punkt zu kommen.

»Der Glaser ist nicht zum ersten Mal hier, richtig?«

Sie fuhr zurück und starrte mich erschrocken an. »Was … woher … wie … äh … wie meinst du das?«, stammelte sie dann. Ihre Stimme war brüchig.

»Es gibt Gerüchte, dass es bereits einige Anschläge auf euer Tanzstudio gab«, erwiderte ich. »Vandalismus, um eingeworfene Scheiben, verklebte Türschlösser und einige Dinge mehr unter einem Oberbegriff zusammenzufassen.«

»Woher …?« Sie brach ab und musterte mich. Dann schien es ihr zu dämmern, und sie fuhr fort: »Alles klar. Bettina hat getratscht.«

»Bettina? Wer ist das?«

»Ihr gehört das Café im übernächsten Haus.«

Ich nickte. »Ja, stimmt, sie hat uns davon erzählt. Reiner Zufall, dass Dennis und ich gestern dort waren.«

Marina war stinksauer, das war nicht zu übersehen.

»Ihr seid also *irgendwelche* Gäste, und Bettina erzählt euch, also zwei fremden Leuten, völlig grundlos von eingeschlagenen Scheiben? Einfach so? Merkwürdig. Warum sollte sie? Nein, anders: Warum habt ihr sie ausgequetscht?«

Verdammt, ich hatte mich mit dem Hintern an die Wand manövriert; das war mir dann doch ein wenig *zu* defensiv. Mir blieb nichts anderes übrig, als zu lügen.

»Zwei Leute kamen rein und fragten danach, ob sie zufällig wisse, wann die Tanzschule wieder öffnet. Dennis meinte dann, wir wären Kunden bei euch und würden damit rechnen, dass zumindest am Freitag wieder geöffnet ist. Denn Antonio und du … ihr wolltet ja von uns wissen, ob wir Freitag weitermachen wollen. Ich gab ihnen den Rat, bei euch anzurufen, dann sind sie wieder abgezischt.«

»Sehr interessant, aber das beantwortet meine Frage nicht, Loretta.«

»Schon klar. Als die anderen weg waren, kamen wir mit Bettina ins Gespräch. Sie hatte natürlich das Trara mitgekriegt, das am letzten Freitag hier herrschte. Blaulicht, Martinshörner, Einsatzwagen …« Ich zuckte mit den Schultern. »Du weißt schon. Irgendwie kam dann zur Sprache, dass Dennis und ich live dabei gewesen sind. Und sie sagte, dass es bereits mehrere Vorfälle gegeben habe.«

»Diese verfluchte Klatschtante!«, fauchte Marina. »Muss sie denn unbedingt dazu beitragen, unseren Ruf zu ruinieren? Der werde ich was erzählen!«

Besänftigend hob ich die Hand. »Stopp mal. Bettina hat nichts Falsches getan. Oder hat sie dir gegenüber auf die Bibel geschworen, niemals über irgendwelche eingeworfenen Scheiben zu reden, die jeder sehen konnte?«

Verdattert schüttelte Marina den Kopf.

Gerade wollte sie etwas erwidern, als der Handwerker aus dem Tanzsaal rief: »Frau Helgenberger? Ich wäre dann fertig! Könnten Sie mal kurz rüberkommen?«

Marina schnaubte unwillig, ging aber nach nebenan. Sofort kniete ich mich auf meinen Barhocker und beugte mich über die Theke, um mir die Papiere anzusehen, die sie bei meinem Eintreffen hatte verschwinden lassen. Zugegeben, ›verschwinden lassen‹ war vielleicht etwas dramatisch formuliert – warum hätte sie auch Rechnungen und dergleichen offen vor meinen Augen herumliegen lassen sollen?

Hastig fächerte ich den flachen Stapel Blätter auf. Auf den ersten Blick war zu erkennen, dass es sich um Drohbriefe handelte, denn es stand jeweils nur ein Satz darauf. *Habt ihr immer noch nicht genug?*, las ich, und auf einem anderen Blatt: *Ich bin noch nicht fertig mit euch.* Ich nestelte mein Handy aus der Tasche und knipste, so schnell ich konnte. Als ich die Stimmen aus dem Nebenraum näher kommen hörte, schob ich die Blätter wieder zusammen, steckte mein Handy weg und tat so, als hätte ich die ganze Zeit brav auf meinem Hocker gesessen, ohne mich zu rühren. Marina begleitete den Handwerker zur Tür, dann kam sie wieder zur Bar und setzte sich neben mich.

»Teuer?«, fragte ich.

Sie zuckte mit den Schultern. »Lange nicht so teuer wie die eingeworfene Frontscheibe. Drei mal vier Meter – das geht *richtig* ins Geld. Dagegen war das hier Killefit.« Sie seufzte und fügte nach einer Pause hinzu: »Zumindest, was den finanziellen Aspekt angeht.«

Dass sie mit ›Killefit‹ nicht den Mord gemeint hatte, war mir auch ohne ihre Erklärung klar gewesen.

»Ihr bekommt Drohbriefe, nicht wahr?«, fragte ich sie.

Sie schnappte nach Luft, und ich hätte schwören können, dass sie drauf und dran war, es abzustreiten. Unwillkürlich warf sie einen Blick hinter den Tresen, und ihr wurde klar, dass ich ihre Abwesenheit ausgenutzt hatte, um mir die Briefe anzusehen. Sie blickte auf ihre Knie und nickte.

»Habt ihr eine Ahnung, wer sie euch schickt?«

Sie sah mich an und nickte wieder. »Wir denken, dass sie von meinem Ex…« Ihr Blick ging über meine Schulter und wurde starr. »Oh nein … die Kommissarin.«

Forschen Schrittes kam die Küpper durchs Foyer auf uns zu.

»Du musst ihr unbedingt alles sagen«, flüsterte ich Marina zu.

Die Kommissarin blieb vor uns stehen und musterte mich. »Na, haben Sie Frau Helgenberger noch schnell eingeschärft, mich zu belügen?«

Ich schüttelte den Kopf. »Ganz im Gegenteil, Frau Kommissarin.« In Marinas Richtung machte ich die Wir-telefonieren-Geste und sah zu, dass ich fortkam.

Kapitel 17

Bäumchen-wechsel-dich in einer Tanzformation –
wie lange brodelt es unter der Oberfläche,
bevor der Vulkan ausbricht?

»Sie haben Drohbriefe bekommen!«, verkündete ich so triumphierend, als hätte ich gerade meinen ärgsten Feind besiegt.

Erwin sah mich erstaunt an. »Und das hat Marina dir einfach so erzählt?«

»Jein. Warte, ich schicke dir die Fotos.«

Kaum eine Minute später spuckte sein Drucker einige Blätter aus, die wir gemeinsam studierten. Viel gab es ja nicht zu lesen: je einen Satz mittig auf fünf Blättern, offenbar auf dem Computer getippt.

»*Habt ihr immer noch nicht genug?*«, murmelte ich halblaut. »*Ich habe nicht vergessen, was ihr mir angetan habt ... Ich bin noch nicht fertig mit euch ... Ich werde euch ruinieren ... Ich will euch leiden sehen.* Nicht sehr einfallsreich, wenn du mich fragst. Und sie enthalten keine Forderungen. Interessant.«

»Und die hat sie dir einfach so gezeigt?«, fragte Erwin. »Ganz erstaunlich.«

»Äh ... nee, nicht wirklich.« Ich erzählte ihm, wie ich zu den Fotos gekommen war. »Und dann habe ich sie damit konfrontiert.«

»Verstehe. Wissen Marina und Antonio, wer die Briefe geschickt hat?«

»Nicht mit Sicherheit. Aber sie glauben wohl, dass Marinas Ex der Absender ist.«

»Und wer ist der Typ? Wie heißt er?« Erwin ging zur

Flipchart und pinnte die Blätter daran fest. Dann drehte er sich zu mir um. »Wann fand der erste Anschlag statt? Wie viel Zeit lag zwischen den Anschlägen? Haben sie Anzeige erstattet? Warum haben sie keine Kamera installiert? Oder gibt es eine und wir haben sie nicht bemerkt?«

Für ihn war sonnenklar, dass ich sämtliche Antworten parat hatte, denn er zog die Kappe vom roten Filzstift und sah mich erwartungsvoll an. Er war bereit, die neuen Erkenntnisse in der unseren Tanzlehrern zugeteilten Farbe zu notieren.

Es tat mir in der Seele weh, ihn zu enttäuschen. »So viele Fragen – aber ich kann leider keine einzige davon beantworten.«

»Wie bitte?« Er war derart fassungslos, dass er nicht mehr herausbrachte als diese zwei Worte. Diese Option hatte er nicht auf dem Schirm gehabt.

»Tja, tut mir leid.« Ich zuckte mit den Schultern. »Dafür kannst du dich gerne bei deiner Patentochter bedanken. Ich hatte Marina gerade so weit gebracht, dass sie über die Briefe auspacken wollte, als die Kommissarin plötzlich in der Tür stand und unser Gespräch unterbrach. Ich hätte schreien können!«

»Mist.«

»Da sprichst du ein großes Wort gelassen aus. Aber ich konnte Marina noch zuflüstern, dass sie der Kommissarin die Drohbriefe nicht verheimlichen soll. Und dass ich sie später noch anrufen werde.«

»Hm. Hm.« Grübelnd zupfte Erwin an seinem Schnäuzer herum, dann sagte er: »Du willst das Gespräch mit ihr also fortführen? Aber bitte nicht telefonisch; ich möchte nämlich unbedingt dabei sein. Selbst wenn sich herausstellen sollte, dass die Drohbriefe nichts mit dem Mord zu tun haben, muss es im Interesse der beiden liegen, diesen Kerl zu stoppen. Das wäre doch eine hübsche Aufgabe für uns.«

»In Ordnung.« Ich nickte und stand auf. »Ich rufe sie später an und frage sie, ob wir vorbeikommen können. Und bis dahin werde ich mal ein bisschen recherchieren, wer dieser ominöse Ex ist.«

Seit zehn Jahren sei sie mit Antonio zusammen, hatte Marina erzählt. Wenn ich sie nicht dramatisch missverstanden hatte, waren beide zu diesem Zeitpunkt Turniertänzer in einer Formation.

Schnell hatte ich herausgefunden, um welche Formation es sich handelte, und netterweise gab es auf deren Website ein ausführliches Archiv mit vielen Fotos. Dank akribischer Aufzeichnungen war auch nachvollziehbar, wer wann mit wem getanzt hatte. Da – bis zu einem bestimmten Zeitpunkt hatte Marina mit einem gewissen Stefan Döring ein Tanzpaar gebildet; in der darauffolgenden Saison dann mit Antonio Lopez. Ab da tauchte Dörings Name nicht mehr auf. Weil er den Verein verlassen hatte? Oder hatte er sich einer anderen Formation angeschlossen?

Mit wem hatte Antonio vor Marina getanzt? Verblüfft starrte ich auf den Namen der Partnerin: Annette Helgenberger. Das konnte kein Zufall sein. War Annette etwa Marinas Schwester? Hatte Marina der eigenen Schwester den Tanzpartner weggeschnappt? Oder vielleicht sogar … den Freund ausgespannt?

Ich wühlte mich weiter durchs Archiv und stellte fest, dass Annette Helgenberger Mitglied der Formation geblieben war. War Antonios Wechsel von einer Schwester zur anderen eventuell doch friedlicher über die Bühne gegangen, als ich es mir vorstellte?

Weiter ging es mit der Frage, was aus Stefan Döring geworden war. Aha, er war eine Zeit lang als Showtänzer aufgetreten und hatte dann mit einem Kollegen eine Tanzschule aufgemacht. Hier in der Stadt.

So ein Zufall.

Ich rief Marina an und erfuhr, dass die Kommissarin gerade zehn Minuten zuvor wieder abgedackelt war. Ja, Erwin und ich dürften gerne vorbeikommen. Ich hatte das Gefühl, dass sie dringend jemanden zum Reden brauchte. Nun, an mir sollte es nicht liegen.

Und wieder einmal war ich unterwegs zur Tanzschule – diesmal von Erwin chauffiert. So konnte ich von den Ergebnissen meiner Recherche berichten, ohne mich gleichzeitig auf den Straßenverkehr konzentrieren zu müssen.

Zu meinen Ausführungen nickte Erwin dann und wann. Als ich allerdings zum Namen von Antonios vorheriger Tanzpartnerin kam, fuhr sein Kopf zu mir herum.

»Helgenberger?«, fragte er verdutzt.

»Sei bitte so gut und guck nach vorne«, erwiderte ich. »Sonst werde ich nervös. Ja, besagte Dame heißt Annette Helgenberger.«

»Verwandt oder verschwägert?«

»Alles andere wäre wohl zu viel des schnöden Zufalls, findest du nicht auch? Was hältst du von der Möglichkeit, dass sie Schwestern sind?«

»Gibt es denn äußerliche Ähnlichkeiten zwischen Marina und dieser Annette?«

Unwillkürlich musste ich lachen. »Auf den Fotos der Website waren die Damen immer in vollem Ornat. Heißt, sie haben sich dann mehr Schminke ins Gesicht gespachtelt als jeder handelsübliche Zirkusclown. Erschwerend kommt hinzu, dass sämtliche Damen exakt gleich geschminkt, frisiert und dekoriert sind. Mit anderen Worten: Sie sind kaum voneinander zu unterscheiden. Alle Damen ähneln sich wie ein Ei dem anderen. Als wären sie eineiige Achtlinge.«

»Macht ja nix«, sagte Erwin und bog in die Toreinfahrt zur Tanzschule ein. »Wir werden es ja gleich herausfinden.«

Marina erschien in der Eingangstür, als wir aus dem Auto stiegen. »Antonio ist noch unterwegs«, sagte sie, »aber er beeilt sich.« Sie führte uns zu einer der gemütlichen Sitzgarnituren im Foyer.

»Wie war das Gespräch mit meiner ... äh, mit Kommissarin Küpper?«, fragte Erwin.

Dieser kleine Versprecher war ihr nicht entgangen. »Mit *deiner ...*? Was bedeutet das?«

Erwin lächelte schmelzend. »Die Kommissarin ist zufällig meine Patentochter. Leider erfahre ich deshalb aber nicht mehr über den Stand der Ermittlungen als du oder Loretta.«

»Ach so.« Marina nickte nachdenklich. »Das Gespräch mit ihr? Na ja, ich habe deinen Rat befolgt, Loretta, und ihr die Drohbriefe gezeigt. Sie war ziemlich sauer, dass wir die Briefe nicht schon vorher erwähnt hatten. Aber wir hatten doch solche Angst, dass Christian *deshalb* erschossen wurde!«

»Hast du ihr auch gesagt, dass ihr Stefan Döring für den Absender haltet?«, fragte ich.

Verlegen wich sie meinem Blick aus. Dann schüttelte sie den Kopf.

Ich konnte es kaum fassen. »Wie bitte? Aber warum denn nicht?«

Marina rang die Hände. »Ich ... ich weiß es nicht! Ich war völlig überfordert. Irgendwie hörte ich mich plötzlich sagen, dass wir nicht wissen, wer die Briefe geschickt hat. Ich kann ihn doch nicht einfach eines Mordes beschuldigen!«

Erwin beugte sich zu ihr, fing ihre flatternden Hände ein und hielt sie fest. »Schau, Marina, die Kommissarin muss den Namen wissen. Schon allein, um ihn gegebenenfalls als Verdächtigen *ausschließen* zu können. Außerdem: Auch, wenn er nicht der Schütze ist, glaubt ihr ja, dass er diese Anschläge auf eure Tanzschule unternommen hat, nicht wahr?« Auf ihr Nicken hin fuhr er fort: »Siehst du? Auch das müssen wir herausfinden, damit wir den Terror endlich stoppen können. Ganz unabhängig vom Mord an Christian.«

»Wir?«, flüsterte sie.

»Also, ich persönlich bin sehr daran interessiert, hier gefahrlos tanzen zu können«, erwiderte Erwin. »Ich bin nicht erpicht darauf, dass uns dein Ex – oder wer auch immer – bei der nächsten Tanzstunde einen Molotow-Cocktail vor die Füße wirft.«

»Marina, bist du ganz sicher, dass Stefan Döring dahintersteckt?«, fragte ich. »Hinter den Anschlägen auf eure Tanzschule, meine ich.«

Sie zuckte mit den Schultern. »Wer soll es denn sonst gewesen sein? Er war so wütend auf mich, als ich ihn ... äh, als ich mich für Antonio entschied.«

Ha. Beinahe hätte sie gesagt: *als ich ihn gegen Antonio ausgetauscht habe.* Oder vielleicht auch: *als ich ihn fallen gelassen habe.* Was auch immer sie hatte sagen wollen – ihr war sonnenklar, dass Stefan Döring der Verlierer gewesen war und deshalb einen Groll gegen sie hegte.

»Erstaunlich, dass er mehr als zehn Jahre damit gewartet hat, euch zu terrorisieren«, murmelte ich mehr zu mir selbst als an Marina gerichtet. Dann sah ich sie an. »Und was ist mit deiner Schwester?«

Sie fuhr zurück, als hätte ich ihr eine gescheuert. »Mit Annette? Was ... was soll mit ihr sein?«

Sie wirkte derart durcheinander, dass Erwin und ich einen Blick wechselten und damit unausgesprochen entschieden, ihr ein wenig Zeit zu lassen. Plötzlich sprang sie auf und rannte zur Eingangstür. Irritiert fragte ich mich, ob sie flüchten wollte, aber dann sah ich, dass Antonio das Foyer betrat. Marina warf sich weinend in seine Arme.

Er hielt sie fest umschlungen und musterte uns zornig. »Was ist hier los? Warum weint Marina? Was habt ihr getan?«

Erwin hob die Hände. »Wir haben sie gerade auf ihre Schwester angesprochen. Ohne zu ahnen, dass dieses Thema sie so aufregt. Es tut mir wirklich leid.«

Die beiden redeten leise miteinander. Zu leise, als dass wir etwas hätten verstehen können. Dann ging Marina nach draußen, und Antonio setzte sich zu uns.

»Marina braucht kurz frische Luft, sie kommt gleich zurück«, sagte er und seufzte. »Annette ist ein heikles Thema.«

»Stefan Döring ebenfalls, nehme ich an«, erwiderte ich. »Immerhin haltet ihr ihn für den Absender der Briefe. Und für denjenigen, der eure Scheiben einwirft.«

»Hat man je Geld von euch verlangt?«, fragte Erwin. »Oder gab es nur diese Drohungen und dann irgendwelche Zerstörungen?«

»Kein Geld. Nie«, sagte Antonio.

»Dann scheint es ja tatsächlich um Rache zu gehen.« Erwin nickte. »Klar, in einem der Briefe stand ja: *Ich habe nie vergessen, was ihr mir angetan habt.* Es geht also um etwas, das vor längerer Zeit passiert ist. Und wir dürfen getrost vermuten, dass das etliche Jahren her ist. Als ihr ein Paar wurdet. Und als zwei Leute auf der Strecke blieben: Marinas Schwester und Stefan Döring.«

Antonio war das Thema sichtlich unangenehm. Er starrte auf seine Knie und schwieg.

»Niemand kann euch vorwerfen, dass ihr euch ineinander verliebt habt«, sagte ich sanft. »Diese Dinge passieren einfach, das lässt sich nicht steuern. Waren Marina und Stefan vorher ein Liebespaar?«

»Nein, niemals!« Antonio schüttelte vehement den Kopf. »Sie hatten allerdings schon als Jugendliche miteinander getanzt. Also viele Jahre lang. Sie haben es sich gemeinsam erarbeitet, in der Formation zu tanzen.«

»Nur, damit ich es verstehe: Es kommt doch bestimmt häufiger vor, dass Mitglieder eines Vereins sich ineinander verlieben, oder?«, fragte Erwin. »Ist es üblich, dass sie dann auch ein Tanzpaar bilden? Passiert das automatisch?«

Marina war wieder hereingekommen und hatte Erwins Worte gehört. Sie legte den Arm um Antonios Schultern und erwiderte: »Nein, nicht automatisch. Dass man sich ineinander verliebt, bedeutet nicht gleichzeitig, dass man auf dem Tanzparkett harmoniert. Aber bei uns war das so. Wir empfanden es als schicksalhaft. Es wäre dämlich gewesen, nicht auch zusammen zu tanzen.«

»Sah Annette das genauso?«, fragte ich.

Marina zuckte leicht zusammen. »Nein, sie war furchtbar enttäuscht von uns. Sie hat den Kontakt zu uns abgebrochen, was ich sehr bedaure.«

Erwin wandte sich an Antonio. »Du und Annette – wart ihr ein Liebespaar?«

»Nein! Das war nie ein Thema zwischen uns.«

»Nicht für dich«, sagte Marina leise. »Ich bin sicher, dass sie in dich verliebt war.«

Antonio blickte sie erstaunt an. »Aber sie hat nie ein Wort gesagt! Immerhin haben wir noch einige Zeit im selben Verein getanzt. Bist du sicher?«

»Annette war viel zu stolz, um über ihre Gefühle dir gegenüber zu sprechen.« Marina gab ihm einen flüchtigen Kuss. »Erst recht, nachdem wir ein Paar geworden waren.«

Und wieder hatten wir es mit einer zornigen und enttäuschten Schwester zu tun, genau wie bei Christian.

»Habt ihr je in Betracht gezogen, dass Annette die Briefe geschrieben haben könnte? Und für diese Anschläge verantwortlich ist?«, fragte Erwin.

Nein, hatten sie nicht, wie ihren entgeisterten Mienen deutlich anzusehen war.

»Was macht sie jetzt?«, fragte Erwin weiter. »Wo lebt sie? Hat sie den Beruf gewechselt?«

Zu unserem Erstaunen erfuhren wir, dass Annette Helgenberger als Tanzlehrerin arbeitete. Und zwar in der Tanzschule, an der Stefan Döring beteiligt war. Wieso war mir diese Tatsache entgangen, als ich mich mit der Website der Tanzschule beschäftigt hatte?

Rache und Konkurrenz an einem Ort vereint. Zwei Leute, die sich von Marina und Antonio betrogen fühlten, arbeiteten zusammen. Interessant. Hatte einer von ihnen am vergangenen Freitag versucht, Marina oder Antonio zu erschießen? Konnten Enttäuschung, Frust und Hass sich über Jahre derart aufstauen, dass jemand zur Waffe griff, im Glauben, erst dann wieder Ruhe zu finden, wenn das Objekt seines – oder ihres – Hasses tot war?

»Müssen wir unbedingt weiter auf diesem Thema herumreiten?« Antonio sah erst mich, dann Erwin flehentlich an. »Wir müssen erst einmal verarbeiten, was ihr uns gerade an Theorien präsentiert habt.«

»Verständlich.« Erwin nickte. »Wir wollten euch nicht unnötig in Aufruhr versetzen, aber es ist noch immer nicht geklärt, ob Christian wirklich das geplante Opfer war. Das müssen wir schnellstens herausfinden, damit wir wissen, ob ihr in Gefahr seid oder nicht.«

»Zwei Dinge würde ich gerne noch wissen«, sagte ich, »dann seid ihr uns los. Erstens: Warum habt ihr wegen der Zerstörungen nie Anzeige erstattet? Und zweitens: Warum habt ihr keine Kamera installiert?«

»Wir sind nicht zur Polizei gegangen, weil wir gehofft haben, dass Stefan irgendwann genug hat und damit aufhört«, erwiderte Marina. »Wir waren ja sicher, dass er es war. Wir hatten sogar schon geplant, mit ihm zu reden. Aber dann passierte das mit Christian.«

»Und zweitens«, fuhr Antonio fort, »es gibt eine Kamera. Hinten auf dem Hof. Vorne konnten wir sie nicht anbringen, weil wir sonst Passanten gefilmt hätten, und das ist nicht erlaubt. Für die Einfahrt gilt dasselbe, da nicht nur wir die Haustür benutzen, sondern auch andere Hausbewohner. Es blieb nur der Hof.«

»Und? Was hat eure Kamera am letzten Freitagabend aufgezeichnet?«

Antonio zuckte mit den Achseln. »Praktisch nichts, es war ja sehr dunkel auf dem Hof. Der Täter hatte doch die Lampen zerstört. Man kann eine Gestalt erahnen, aber das ist auch schon alles. Die Polizei hat die Aufzeichnung schon ausgewertet, konnte aber leider nichts damit anfangen.«

Blöder, mistiger Mist. Das wäre auch wirklich zu schön gewesen.

Kapitel 18

Egal, ob man es Schnelle Eingreiftruppe
oder Blauhelme nennt – Lorettas Abendgestaltung
sieht anders aus als geplant

»Drama, Liebe, Wahnsinn«, sagte ich zu Dennis. »Es wird immer komplizierter, je mehr wir herausfinden.«

Wir standen in seiner Küche und bereiteten das Abendessen zu. Nach Feierabend war er vorausgefahren, während ich noch Baghira gefüttert und danach bei Frank und Bärbel eingekauft hatte: frische Möhren, Kartoffeln und Bio-Mettwürstchen.

Mir stand der Sinn nach etwas Deftigem, nach echter Nervennahrung, die mich von innen wärmte. Ich hatte gerade das Gefühl, bis zum Kinn in einem Sumpf aus menschlichen Dramen und verhängnisvollen Verstrickungen zu versinken. So viel Kummer, so viel Hass.

Was es für mich noch komplizierter machte, war die Tatsache, dass ich mich allen Beteiligten verbunden fühlte. Jenny, die vom Schicksal so hart durchgeschüttelt wurde, tat mir unendlich leid. Ehrlicherweise sollte ich erwähnen, dass ich für Christian noch mehr Mitleid empfand, denn Jenny *lebte* immerhin noch.

Dann Marina und Antonio: Sie bangten um ihre Existenz und wurden von jemandem terrorisiert, der auf dem besten Wege war, sie zu ruinieren. Und alles nur, weil sie sich ineinander verliebt hatten? Immer vorausgesetzt, der anonyme Sender der Briefe war tatsächlich Stefan Döring. Oder Marinas Schwester Annette?

»Du träumst, Prinzessin«, sagte Dennis.

Ich schreckte aus meinen Gedanken hoch. »Hm?«

»Du stehst seit geraumer Zeit regungslos am Tisch und gaffst die Möhren an. Oder willst du sie mit purer Gedankenkraft dazu bringen, von selbst in Scheiben zu zerfallen? Wie nennt sich das? Telekinese? Teleportation?«

»Weder noch. Was du meinst, ist Zaubern. Das würde ich allerdings gerne beherrschen. Dann würde ich so etwas sagen wie: ›Simsalabim – der Mörder soll erscheinen!‹ Und schon würde jemand hier in der Küche stehen und reichlich dumm aus der Wäsche gucken. Und wir wüssten, wer Christian erschossen hat. Zack. Fall erledigt. Kann es nicht ein einziges Mal ganz einfach sein?« Wütend hackte ich auf die Möhren ein.

»Du bist richtig genervt«, stellte Dennis messerscharf das Offensichtliche fest.

»Allerdings. Herrje, wir wissen noch nicht einmal, ob Christian wirklich derjenige war, der sterben sollte! In wessen Umfeld sollen wir also nach dem Täter suchen? War die Tat geschäftlich motiviert oder privat? Ging es um Geld oder Rache aus verschmähter Liebe?«

»Du sprichst von den ehemaligen Tanzpartnern«, sagte er nachdenklich. »Denkst du wirklich, Annette würde auf ihre Schwester schießen? Oder wahlweise auf Antonio?«

Ich zuckte mit den Schultern. »Was weiß ich. Ich kenne sie nicht. Könnte doch sein, dass der Schuss nur als Warnung gedacht war und eigentlich niemanden treffen sollte. Und plötzlich liegt da ein Toter. Noch dazu jemand, der mit der ganzen Sache überhaupt nichts zu tun hat! Nur, weil er sich beim Tanzen zufällig in die Schussbahn bewegt hat. Auch, wenn es nur um einige Zentimeter geht.«

Dennis gab die Kartoffeln, die er, während wir redeten, gewürfelt hatte, in einen Topf mit Salzwasser und stellte ihn auf eine Herdplatte. Dann drehte er sich zu mir um. »Aber wer ist so bescheuert und schießt auf Leute in der Hoffnung, *niemanden* zu treffen? Als wir im Café waren, hast du selbst gesagt, dass der Schütze dann wohl eher in einen Bereich geschossen hätte, in dem sich gerade niemand aufhielt.«

Stimmt, das hatte ich gesagt. Allerdings verblüffte mich sehr, dass Dennis sogar noch wusste, wo und wann ich es gesagt hatte.

»Wow, du hörst ja tatsächlich zu. Wer hätte das gedacht?« Er kam zu mir und umschlang mich von hinten mit den Armen. »Natürlich höre ich dir zu. Und warum? Weil du stets superkluge Sachen sagst, mein Schatz.«

Lachend befreite ich mich aus der Umarmung. »Das ist glatt gelogen, aber Komplimente kannst du, das muss ich dir zugestehen. Und jetzt lass uns mit dem Essen weitermachen, sonst wird das heute nix mehr.«

Pappsatt schob ich eine Stunde später meinen leeren Teller von mir weg und seufzte zufrieden. Dennis übernahm es, den Tisch abzuräumen, und kehrte mit zwei Portionen Schokoladeneis aus der Küche zurück.

»Boah, ich kann nicht mehr«, sagte ich.

Dennis hob die Brauen. »Ein paar kleine Löffelchen Eis? Du willst mich wohl verhohnepiepeln. Das ist doch nicht einmal richtiges Essen.«

Genau das hätten auch Erwin oder Doris sagen können, aber er hatte recht – ein paar Löffelchen Eis gingen immer. Ich hatte mein Schüsselchen gerade genüsslich geleert, als mein Handy klingelte.

»Lass es bimmeln«, sagte Dennis, »du hast Feierabend.«

Aber ich war bereits zu meiner Tasche gesprintet und hatte das Handy herausgeholt. Die Nummer auf dem Display war mir nicht vertraut, trotzdem nahm ich das Gespräch an.

»Hallo?«

Zuerst kam nur Schniefen durch die Leitung, dann fragte eine Frau leise: »Loretta? Bist du das?«

»Ja. Und mit wem …?«

Weiter kam ich nicht. »Hier ist Jenny«, schluchzte die Frau. »Ich war heute … Regina hat gesagt …«

Dann hörte ich nur noch Schluchzen, bis jemand im Hintergrund sagte: »Lass mich mal.« Undefinierbare Geräusche, dann: »Loretta, hier ist Lina. Jennys Freundin. Wir hatten heute einen Zusammenstoß mit Regina. In der Wohnung. Jenny ist vollkommen fertig. Sie will unbedingt mit Ihnen reden. Ich weiß, es ist viel verlangt, aber können Sie bei mir vorbeikommen? Bitte, Loretta. Nur kurz, damit Jenny sich beruhigt.«

Innerlich rollte ich mir den Augen. So viel zu meinem Feierabend. Andererseits war ich viel zu neugierig, was sich zwischen Regina und Jenny abgespielt hatte, als dass ich hätte ablehnen können.

»In einer Viertelstunde bin ich da.« Ich ließ mir von Lina erklären, wo sie wohnte, dann beendete ich das Gespräch und drehte mich zu Dennis um.

»In einer Viertelstunde bist du *wo*?«, fragte er und winkte dann ab. »Ach, ich muss es gar nicht so genau wissen; bestimmt geht es um Jenny. Loretta, die Schnelle Eingreiftruppe, hat mal wieder einen Einsatz, weil Jenny eine Krise hat. Die Blauhelme sind einen *Scheiß* gegen dich.«

Seine Miene sprach Bände. *Und ich sag noch: Lass es bimmeln,* teilte sie mir mit.

Der Zug war wohl abgefahren.

Lina wohnte in einem schmucken Bungalow in einem Vorort. Kaum hatte ich geklingelt, als sie mir auch schon die Tür öffnete und mich in den offenen Koch-/Ess-/Wohnbereich führte. Alles sah verdammt *hyggelig* aus, war also nach dem letzten Schrei im sparsam-skandinavischen Stil bis ins kleinste Detail durchgestylt. Bis hin zu den Pflanzen, die heutzutage möglichst grafisch aussehen mussten, um den reduzierten Stil zu unterstützen. Der gute, alte Ficus? Viel zu wuschelig. Jetzt musste es Bogenhanf sein. Oder andere Pflanzen, deren Blätter steif und hochglanzpoliert in die Gegend ragten.

Ich kam mir vor, als wäre ich mitten in einem dieser Wohnmagazine gelandet, die ihre geneigten Leser stets darüber auf dem Laufenden hielten, welcher Einrichtungsstil gerade schwer angesagt war. *Shabby Chic* war Schnee von gestern, jetzt war *Hygge* der heiße Scheiß.

Lina würde durchdrehen, wenn sie Dennis' Haus sehen würde, das mit *authentischen* skandinavischen Möbeln aus den Siebzigern eingerichtet war, und das schon seit etlichen Jahren. Und noch mehr würde sie durchdrehen, wenn sie wüsste, wie viele der Möbel er für minikleines Geld auf Flohmärkten oder bei Haushaltsauflösungen erworben hatte.

Wie auch immer.

Eingewickelt in eine Decke hockte die weinende Jenny zusammengekauert in einem Sessel.

»Loretta ist da«, sagte Lina.

Jenny sah mich an, das nasse Gesicht vom Weinen rotfleckig und angeschwollen. »Loretta … Regina hat … Du musst mir helfen, bitte …« Sie schluchzte so sehr, dass es ihren gesamten Körper schüttelte.

Ich seufzte innerlich. Wenn das so weiterging, würde es Stunden dauern, bis sie auch nur einen zusammenhängenden Satz über die Lippen brachte. Und ich hatte keineswegs vor, die halbe Nacht hier zu verbringen. Ich war müde und wollte mich zusammen mit meinem Freund ins Bett kuscheln. Oder war das zu egoistisch von mir? Ich hatte immerhin noch einen Liebsten, während Jenny ihren gerade erst verloren hatte.

Um die Sache zu beschleunigen, wandte ich mich an Lina. »Sie waren dabei, oder? Was ist passiert?«

Lina bedeutete mir, auf dem Sofa Platz zu nehmen, und fragte: »Kann ich Ihnen etwas anbieten?«

Ich schüttelte den Kopf. Bloß nicht, dann würde mein Aufenthalt hier noch länger dauern.

Lina setzte sich neben mich. »Heute Nachmittag waren wir in der Wohnung, weil Jenny noch einige Dinge holen wollte. Natürlich tauchte prompt Regina dort auf und zettelte einen Streit an.«

»Worum ging es?«

»Darum, was Jenny einpackte. Sie wollte jedes einzelne Teil sehen, das muss man sich mal vorstellen. Dabei will Jenny gar nichts von den Designerklamotten haben. Kein Kleid, keinen Pelz, keine Schuhe, nichts.« Sie schnaubte empört. »Regina bestand darauf, Jennys Koffer zu kontrollieren. Also, ich hätte der Bitch ordentlich den Marsch geblasen, aber Jenny trat nur zur Seite und sah zu, wie Regina ihre Sachen durchwühlte. Ohne etwas zu finden, natürlich.«

»Wonach hat sie gesucht? Hat sie etwas gesagt?«

»Die Schmuckschatulle war bereits leer, als wir in die Wohnung kamen. Ich befürchtete schon, Regina würde Jenny beschuldigen, die Klunker gestohlen zu haben. Aber Jenny meinte, der Schmuck wäre wohl längst in Reginas Tresor. Tatsächlich hat Regina den Schmuck mit keiner Silbe erwähnt, stattdessen hat sie nach irgendwelchem Geld gefragt, das angeblich in einer hölzernen Box in Christians Ankleidezimmer gewesen sein sollte.«

Oha. Und ich hatte Jenny ermuntert, die Knete einzusacken. Hatte ich einen Fehler gemacht?

»Wie hat Jenny reagiert?«, fragte ich.

»Sie erklärte Regina, sie wisse nichts von Geld; das Ankleidezimmer sei Christians persönlicher Bereich gewesen. Es war sonnenklar, dass Regina ihr nicht glaubte, aber was sollte sie machen? Im Koffer hatte sie nichts gefunden außer einem silbernen Bilderrahmen, in dem ein Foto von Jenny und Christian steckt.« Lina schnaubte verächtlich. »Oh, es juckte sie in den Fingern, Jenny dieses Andenken zu verweigern, das sah ich ihr an. Ich hätte ihr glatt zugetraut, dass sie den Rahmen zurückfordert und Jenny nur das Foto lässt. Aber sie verkniff es sich dann doch. Vielleicht, weil ich dabei war.«

Seltsam, bisher hörte es sich so an, als sei Jennys Zusammentreffen mit Regina recht manierlich über die Bühne gegangen. Christians Schwester hatte in Jennys Koffer nichts entdeckt, was sie hätte beanstanden können. Sicher, es war boshaft von ihr, der Lebensgefährtin des verstorbenen Bruders jegliches Andenken zu verweigern, aber Jenny schien ohnehin keinen Wert darauf zu legen, wie ich ja selbst miterlebt hatte. Das klang nicht nach Streit.

Warum also war Jenny derart außer Fassung?

Wegen der Frage nach dem Geld? Konnte ich mir nicht vorstellen. Sie hatte schlicht abgestritten, von dem Geld gewusst zu haben. Punkt. Diskussion beendet. Selbst mit allergrößter Mühe und unter Aufbietung einer ganzen Armada von Anwälten würde Regina ihr nicht das Gegenteil beweisen können. Nicht einmal sie könnte die Staatsanwaltschaft dazu bringen, aufgrund einer bloßen Beschuldigung einen Durchsuchungsbeschluss für Jennys Zimmer in Linas Bungalow auszuspucken.

Mittlerweile hatte Jenny sich zwar beruhigt und weinte nicht mehr, nahm an unserem Gespräch aber nicht teil. Sie starrte aus dem bodentiefen Fenster hinaus in den Garten, der durch mehrere Solarleuchten illuminiert war.

»Bisher hört sich alles doch recht zivil an«, sagte ich leise zu Lina. »Worüber hat Jenny sich denn derart aufgeregt?«

Lina warf einen Blick hinüber zu Jenny, dann beugte sie sich näher zu mir. »Jenny hat ganz höflich nachgefragt, wann Christian beerdigt wird. Und da hat Regina gesagt, dass …«

Weiter kam sie nicht. Urplötzlich sprang Jenny auf und funkelte mich wild an. »Weißt du, was diese Hexe gesagt hat?«, schrie sie. »Sie hat gesagt, dass ich das niemals erfahren werde, weil ich dabei nichts zu suchen habe! Das wäre ihre letzte Chance, Chrissie vor mir zu beschützen. Das muss man sich mal vorstellen! Und wenn ich dort trotzdem auftauche, will sie mich von der Polizei wegschleppen lassen. Das kann sie doch nicht machen! Du musst mit ihr sprechen!«

Ich wusste nicht, was ich sagen sollte. Dachte sie etwa, ich könnte Regina umstimmen?

Jenny kniete sich vor mich. »Bitte, Loretta – du musst mir helfen. Sie *darf* mir einfach nicht verbieten, an der Beerdigung teilzunehmen. Wie soll ich mich denn sonst von Chrissie verabschieden?«

Beerdigungen waren mir ein Graus. Ich fand es geradezu makaber, dabei zuzusehen, wie ein geliebter Mensch, in eine Holzkiste verpackt, in eine Grube gesenkt und dann mit Erde zugeschaufelt wurde. Natürlich wusste ich, dass genau dieses Ritual für sehr viele Menschen ein wichtiger Teil des Abschiednehmens war, aber ich persönlich verabscheute es zutiefst. Meiner Meinung nach gab es andere Möglichkeiten, sich zu verabschieden. Würde ich dabei neben Regina stehen wollen? Ganz sicher nicht. Oder war das für Jenny die letzte Chance, in aller Öffentlichkeit ihre Stellung als Lebensgefährtin zu demonstrieren?

»Natürlich möchte ich dir gerne helfen«, erwiderte ich. »Aber wieso denkst du, dass ausgerechnet ich Regina umstimmen könnte?«

»Weil du es schon einmal geschafft hast.« Jenny sah mich flehend an. »In der Wohnung, als sie mir den Schlüssel abnehmen wollte. Du hast dich vor mich gestellt und ihr erklärt, warum sie das nicht tun darf. Bitte, Loretta. Könntest du es nicht wenigstens versuchen?«

Was sollte ich machen? Sollte ich es ihr verweigern? Das brachte ich nicht übers Herz.

Also stimmte ich zu, obwohl sich alles in mir dagegen sträubte, denn für meinen Geschmack war ich längst zu tief in die Geschehnisse verwickelt. Sie schrieb mir Reginas Adresse auf einen Zettel, und ich verabschiedete mich.

Dennis lag im Tiefschlaf auf dem Sofa und schnarchte leise vor sich hin. Ich holte mir ein Bier aus dem Kühlschrank und setzte mich zu ihm. Er wachte auf.

»Loretta«, murmelte er verpennt. »Schön, dass du noch mal hergekommen bist. Ich hab gedacht, du fährst zu dir. Worum ging es denn?«

»Das erzähle ich dir morgen«, erwiderte ich und trank einen großen Schluck. Dann stellte ich die Flasche weg und streckte mich an seiner Seite aus. »Für heute habe ich genug von dem Drama. Jetzt will ich nur noch mit dir knutschen.«

Kapitel 19

Loretta staunt nicht schlecht: ein Haus in einer verstaubten Zeitblase und völlig neue Erkenntnisse

»Du sollst *was?*«

Dennis fiel buchstäblich die Käsestulle aus der Hand. Die Brotschnitte klatschte aufs Frühstücksbrettchen und lag dort wie eine tote Flunder.

Gerade hatte ich ihm in epischer Breite von meinem Gespräch mit Jenny und Lina berichtet. Und dass ich wegen der Beerdigung mit Regina sprechen sollte.

»Ist das nicht ein bisschen *sehr* viel verlangt?«, fügte Dennis hinzu.

Was eigentlich überflüssig war, denn ich hatte ihn bereits bei seiner zuvor gestellten Frage verstanden: Er hielt Jennys Bitte für eine Zumutung.

Ich zuckte mit den Schultern. »Hätte ich es ihr verweigern sollen?«

Seine Hand mit der Käsestulle, in die er gerade hatte beißen wollen, verharrte vor seinem Mund. »Ja!«, blökte er mich an. »Das ist ganz einfach, weißt du? *Tut mir leid, Jenny, aber das ist eine Sache zwischen dir und Christians Schwester.* So was in der Art. Diese Frau lacht dich doch aus, wenn du bei ihr aufkreuzt. Die lässt dich nicht einmal rein.«

Er biss ab und kaute … hm … *wütend.* Konnte man ›wütend‹ kauen? Ja, Dennis konnte. Seine Stirn war gerunzelt, seine Kiefer mahlten, seine Zähne zerdroschen das arme Käsebrot in kürzester Zeit zu Babybrei.

»Aber die arme Jenny …«

»Sie zieht dich immer tiefer rein«, fiel Dennis mir ins Wort. »Du hast sie aus reiner Menschenfreundlichkeit bei dir aufgenommen, und jetzt sollst du als Kanonenfutter ihren Familienkrach regeln. Kleiner Finger – ganze Hand. Sie benutzt dich.«

»Mumpitz. Du hättest sie gestern sehen sollen. Sie war so verzweifelt. Jenny will doch nur die Beerdigung besuchen. Und Regina hat ihr diesen Wunsch abgeschlagen.«

»Sie wird ihre Gründe haben«, murmelte Dennis.

»Nein, sie will ihre Macht demonstrieren«, fauchte ich. »Sie will Jenny kleinmachen und demütigen.«

»Du hast doch gar keine Ahnung, ob ...« Dennis hielt inne und fuhr leise fort: »Super. Wir zwei kriegen uns an die Köppe. Unfassbar. Ich will dir sagen, was ich darüber denke, Loretta: Du kennst bisher lediglich Jennys Version der Geschichte. Du hast keine Ahnung, ob sie der Wahrheit entspricht. Aber Jenny kann sich deiner Sympathie sicher sein. Und deines Mitleids. Und deshalb kann sie dich jetzt an die Front schicken, um einen Kampf zu kämpfen, auf den sie keinen Bock hat. Weil sie genau weiß, dass sie Regina unterlegen ist.«

»Es ist nichts Falsches daran, sich Hilfe zu suchen«, erwiderte ich. »Ich bin wahrlich nicht begeistert, aber es war logisch, dass sie mich darum gebeten hat. Immerhin konnte ich Regina in die Schranken weisen, als sie Jenny den Schlüssel abnehmen wollte.«

»Ja, aber deswegen hast du noch lange keine Superkräfte. Für derartige Situationen gibt es geschulte Fachleute, die zwischen den zerstrittenen Parteien vermitteln.« Er seufzte und winkte ab. »Ich weiß, du hast große diplomatische Fähigkeiten. Und es ist keineswegs so, dass ich dir diese Mission nicht zutraue. Aber ich finde, du solltest dich nicht so tief in ihre Fehde verstricken lassen. Es geht mir nur um dich, Schatz. Um ehrlich zu sein: Jennys Seelenheil ist mir ziemlich wurscht. Deins nicht.« Er lächelte matt. »Aber du wirst sowieso machen, was du für richtig hältst.«

Seine Sorge um mich rührte mich sehr. Aber er hatte recht: Ich würde tun, was ich für richtig hielt. Und dass ich dabei nicht für Geld und gute Worte zu stoppen war, hatte er oft genug erlebt.

Und es gab noch einen Grund, den ich nicht erwähnt, den er aber bereits angesprochen hatte: Ich hoffte tatsächlich, Reginas Version der Geschichte zu erfahren.

Regina bewohnte eine alte Villa, die vermutlich ebenfalls zum Familienbesitz gehörte. Durch ein verwittertes Eisentor, das in seinen Angeln quietschte, betrat ich das Grundstück und ging über einen gepflasterten Weg aufs Haus zu. Das zweistöckige Gebäude war umgeben von einer parkähnlichen Anlage, die mit immergrünem Buschwerk und alten Laubbäumen bepflanzt war; auf den ersten Blick konnte ich nichts Blühendes entdecken.

Alles wirkte leicht vernachlässigt. Nicht wirklich heruntergekommen, aber in den Fugen der Pflastersteine auf dem Weg wuchs hier und da Unkraut, die Büsche sahen zerzaust aus, und die vermutlich einstmals strahlend weiße Fassadenfarbe war vergilbt und blätterte an einigen Stellen bereits ab. Es war, als hätte die Bewohnerin – Regina – die Freude daran verloren, ihre Umgebung instand zu halten und es sich so hübsch wie möglich zu machen.

Aber bewohnte sie das Haus überhaupt alleine? Bestimmt hätte die Villa zwei Familien bequem Platz geboten. Ich musterte die Fassade, die wunderbare, deutlich hervorstehende Erker mit hohen und schmalen Fenstern aufwies. Immer hatte ich mir ein Zimmer mit so einem Erker gewünscht und mir vorgestellt, dass ich dort einen schönen Sessel hineinstellen und zu drei Seiten hinausblicken würde.

Aus dem Augenwinkel nahm ich etwas an einem Fenster im oberen Stockwerk wahr. Als ich hinsah, bewegte sich die

Spitzengardine noch leicht, so als hätte dort gerade eben jemand gestanden. Regina? Hatte sie mich also bereits gesehen?

Nun fand ich es noch spannender, ob sie mich ins Haus bitten würde. Ich hatte mich nicht angemeldet, da ich mich nicht schon am Telefon hatte abwimmeln lassen wollen. Ich schätzte meine Chancen auf ein Gespräch mit ihr größer ein, wenn ich persönlich vor ihr stand. Falls sie mir die Tür vor der Nase zuknallte – sollte sie doch. Dann hatte ich es immerhin versucht.

Ich stieg die breiten Steinstufen zur zweiflügeligen Haustür hinauf, die von Säulen flankiert wurde. Den ins Mauerwerk eingelassenen Klingelknopf aus Metall hätte ich beinahe übersehen. Ich betätigte ihn und wartete.

Das Haus war groß, es konnte einige Zeit dauern, bis jemand die Haustür erreichte. Gefühlt waren Minuten vergangen, bis sich innen im Schloss ein Schlüssel drehte. Rasch trat ich einen Schritt zurück, um nicht allzu *präsent* aufzutreten. Die Tür knarrte und ging langsam auf.

Beinahe rechnete ich damit, dass ein kleinwüchsiger, buckliger Diener namens Igor vor mir auftauchen würde, der misstrauisch zu mir heraufschielte und mit krächzender Stimme nach meinem Begehr fragte, wie es sich für einen ordentlichen Gruselfilm gehörte.

Aber die freundliche Frau mittleren Alters, die in der Tür stand, begrüßte mich mit einem Lächeln. »Guten Tag. Sie werden bereits erwartet.«

Verdattert folgte ich ihr ins Haus. Also hatte Regina mich tatsächlich vom Fenster aus gesehen und wollte mit mir sprechen. Interessant.

»Bitte folgen Sie mir«, sagte die Frau und ging voraus. Sie führte mich in eine Bibliothek und bat mich, Platz zu nehmen, Frau Herrmanns werde gleich herunterkommen. Dann verließ sie den Raum wieder.

Regina hieß also Herrmanns mit Nachnamen und nicht Jansen wie ihr Bruder. Sie war verheiratet. Ob es in diesem Gemäuer auch einen Herrn Herrmanns gab?

Ich nahm in einem ausladenden Ledersessel Platz, der schon bessere Tage gesehen hatte, aber höchst bequem war. Dann sah ich mich um. Auch hier entdeckte ich etliche Anzeichen von Vernachlässigung: Die sicherlich kostbaren Teppiche waren verschlissen, das Leder der Sessel abgenutzt, die Bücherwände leicht verstaubt. Ich meinte sogar den Muff zu riechen, der in den Falten der schweren, dunklen Samtvorhänge nistete, die wahrscheinlich schon seit Jahren nicht mehr bewegt worden waren.

Bei allem Prunk wirkte der Raum trostlos.

Die Frau, die mir geöffnet hatte, kam wieder herein und stellte auf einem Beistelltisch neben meinem Sessel ein Tablett mit Teekanne und Tassen ab. Dann knipste sie eine altmodische Stehlampe an. Beinahe wie ein Bühnenscheinwerfer warf sie einen Lichtkegel auf mich, den Beistelltisch und den Sessel auf seiner anderen Seite. Erst jetzt registrierte ich, wie düster es vorher trotz der großen Fenster in diesem Raum gewesen war.

Sie goss Tee in eine der geblümten Tassen und reichte sie mir. »Sie bedienen sich bitte, wenn Sie Zucker oder Milch wollen? Oder Zitrone?« Sie deutete auf das Tablett. »Frau Herrmanns ist gleich bei Ihnen.«

Sie ging hinaus, und ich fragte mich, wer sie sein mochte. Eine Art Hausdame? Reginas Privatsekretärin? Oder eine entfernte, arme Verwandte, die von Regina als Gesellschafterin beschäftigt wurde? Irgendwie fühlte ich mich plötzlich wie in einem viktorianischen Gesellschaftsroman, stellte ich amüsiert fest.

Allein dieses Haus, das in einer vergangenen Zeit stecken geblieben zu sein schien … Als hätte ein Fluch vor zig Jahren alle Uhren angehalten. Und es würde so lange in einer staubigen Zeitblase schweben, bis der Bann gebrochen würde. Durch einen Kuss wahrer Liebe oder dergleichen.

Ich verkniff mir ein Kichern und schüttelte den Kopf über mich selbst. Erstaunlich, wie der leicht morbide Charme des Hauses meine Fantasie beflügelte. Ein Kuss wahrer Liebe! Ernsthaft, Loretta?

Schritte näherten sich, und dann betrat sie die Bibliothek: Regina. Ihr akkurat geschnittener grauweißer Bubikopf fiel bis auf die Schultern des schwarzen Kostüms, das sie mit schwarzer Bluse und schwarzen Strümpfen kombiniert hatte. Sie war ganz in Schwarz gekleidet, aber es war kein Designer-Schwarz, wie mir sofort klar war, sondern Trauer-Schwarz. Ihre Kleidung war sehr schlicht und schmucklos. Und tatsächlich: Ich sah ein schmales Begrüßungslächeln, mit dem ich nie und nimmer gerechnet hätte. Oder war es doch eher haifischartig und sie würde mir gleich mit einem Happs den Kopf abbeißen?

Ich erhob mich und streckte ihr die Hand hin. »Vielen Dank, dass Sie mich empfangen, Frau Herrmanns. Wir sind uns bisher nicht vorgestellt worden. Ich heiße Loretta Luchs.«

Sie nickte und schüttelte mir die Hand. »Guten Tag, Frau Luchs. Bitte nehmen Sie wieder Platz.«

Ihr Händedruck war fest und kurz, beinahe männlich. Sie schenkte sich Tee ein, dann setzte sie sich in den zweiten Sessel, der in einem rechten Winkel zu meinem platziert war. Sie gab etwas Milch in ihre Tasse, rührte um und trank einen Schluck. »Frau Tobias bereitet einen exzellenten Tee zu, finden Sie nicht auch?« Sie stellte ihre Tasse zurück auf den Beistelltisch, lehnte sich zurück und schlug die Beine übereinander.

Ich konnte nur verdutzt nicken. Dieses Treffen lief bisher derart anders ab, als ich erwartet hatte, dass ich beinahe Mühe hatte, mich auf ihre Freundlichkeit einzustellen.

Nachdenklich musterte sie mich. »Und Sie sind eine enge Freundin von Jenny, nehme ich an?«

»So würde ich es nicht bezeichnen«, erwiderte ich. »Ich kenne sie von einem Tanzkurs, den wir gemeinsam besuchen. Tatsächlich war unsere Bekanntschaft nur flüchtig, bis Christian am letzten Freitag ...« Ich brach ab, weil ich sah, dass ihr Tränen in die Augen stiegen. Ich suchte nach Worten, dann fuhr ich fort: »Ich habe Jenny danach spontan mit zu mir genommen. Der Arzt hatte ihr ein starkes Beruhigungsmittel gegeben, und in diesem Zustand konnten wir sie keinesfalls sich selbst überlassen. Es war nur für zwei Tage und Nächte, bis ihre Freundin Lina aus dem Urlaub zurück war. Sie hat Jenny am Sonntag bei mir abgeholt und mit zu sich genommen.«

»Sie waren bei dem Vorfall also anwesend.« Sie holte tief Luft und blickte aus einem der Fenster, dann wandte sie sich mir wieder zu. »Es war sehr freundlich von Ihnen, sich um eine praktisch Fremde zu kümmern, Frau Luchs, ganz egal, was ich persönlich von Jenny Dahlmann halte. Es war also mehr oder weniger purer Zufall, dass Sie Jenny in die Wohnung begleitet haben.«

»Ja. Sie hatte ja nur die Kleidung, die sie bei der Tanzstunde trug. Sie brauchte ein paar Sachen und bat mich, sie zur Wohnung zu fahren. Die Klamotten, die sie bei unserer Begegnung dort trug, stammten übrigens aus meinem Schrank.« Ich konnte mir diesen Seitenhieb nicht verkneifen, schließlich hatte sich Regina ziemlich abfällig über das Outfit geäußert.

Tatsächlich wirkte ihr Lächeln schuldbewusst. »Ich muss mich für meine Worte in diesem Zusammenhang bei Ihnen entschuldigen. Sie müssen überhaupt einen verheerenden Eindruck von mir haben. Ich habe mich benommen wie eine bösartige Verrückte. Wegen Christians Tod war ich vollkommen außer mir. Und bin es immer noch, um ehrlich zu sein.«

Sie zupfte ein Stofftaschentuch aus der Kostümjacke und schnäuzte sich. Diese Geste hatte nichts Demonstratives, wie ich erstaunt feststellte. Auch ihre Augen, die ich bei unserer ersten Begegnung als kalt und tot empfunden hatte, wirkten nun völlig anders. Sie waren voller Trauer über den Verlust ihres Bruders.

»Mir war in der Wohnung durchaus bewusst, dass Sie und Jenny sich beide in einer emotionalen Ausnahmesituation befinden«, sagte ich. »Machen Sie sich bitte keine Sorgen, wie ich das empfunden habe. Eine Meinung darüber steht mir nicht zu, eine Bewertung erst recht nicht.«

Innerlich klopfte ich mir auf die Schulter. *Das* war Diplomatie, Herrschaften, Dennis wäre stolz auf mich. Besser ging es wirklich nicht.

»Ich vermute, Jenny hat Sie wegen der Beerdigung herge-schickt?«, fragte Regina. Sie erhob sich, schenkte uns beiden Tee nach und setzte sich wieder.

Ich bedankte mich mit einem Nicken. »Da vermuten Sie richtig. Jenny bat mich, bei Ihnen ein gutes Wort für sie ein-zulegen.«

Regina hob die Brauen. »Warum hat sie ausgerechnet Sie darum gebeten?«

»Das müssen Sie Jenny fragen; ich weiß es nicht. Wirklich nicht. Vielleicht, weil ich ihr auch am Freitag geholfen habe. Ich glaube, sie fürchtet sich vor Ihnen.«

Regina stieß ein kleines, schnaubendes Geräusch aus. »Das wäre mal was Neues, Frau Luchs. Tatsache ist: Diese Person fürchtet sich vor *niemandem.*«

Äääh … wie bitte?

Offenkundig hatte sie meine Verblüffung bemerkt, denn sie lächelte. »Überrascht Sie diese Bemerkung?«

Ich nickte langsam. »Darf ich Sie fragen, warum Sie so hart über Jenny urteilen? Ich habe tatsächlich einen ganz anderen

Eindruck von ihr. Sie hat in der Wohnung nur das Nötigste eingepackt und die teure Kleidung unangetastet gelassen. Sie wollte nicht einmal den Schmuck mitnehmen, den Christian ihr geschenkt hat. Sie wirkte auf mich sehr bescheiden.«

Wieder dieses kleine Schnauben. »Das kann ich mir lebhaft vorstellen, zudem Sie Jenny erst kurze Zeit kennen. Ich allerdings ...« Sie zuckte mit den Schultern. »Sie wissen, dass eine große Geldsumme aus der Wohnung verschwunden ist? Christian hatte das Geld einen Tag von seinem Tod von seinem Konto abgehoben, weil er am Samstag damit ein Boot bezahlen wollte, wie ich zufällig weiß. Wir reden hier über sechzigtausend Euro, Frau Luchs.«

Vor Schreck rutschte ich beinahe vom Sessel. So viel war das gewesen? Ich hatte nicht genau hinsehen, war von ein paar Tausendern ausgegangen. Wenn allerdings das Bündel ausschließlich aus großen Scheinen bestanden hatte ... Gab es eigentlich Fünfhunderterscheine? Ich hatte keine Ahnung. Falls es Zweihunderter gewesen waren, hatte der Stapel aus 300 Scheinen bestanden, das könnte durchaus hinkommen. Und ausgerechnet ich hatte sie ermutigt, das Geld einzustecken, herrje.

Ich durfte mir mein Schuldbewusstsein keinesfalls anmerken lassen, also atmete ich tief durch. Ich beschloss, nicht näher auf das Geld einzugehen.

»Ich verstehe, dass Sie Ihren Bruder davor beschützen wollten, ausgenutzt zu werden«, sagte ich zu Regina. »Dazu der große Altersunterschied ... Aber wenn man sich wirklich liebt, spielt das Alter keine Rolle, denke ich.«

»Das Märchen von der großen, wahren Liebe haben Sie ihr also abgekauft?«, fragte sie.

In mir regte sich Widerstand. »Warum hätte ich es nicht glauben sollen?« Ich klang schnippischer, als ich beabsichtigt hatte.

Regina seufzte, dann lächelte sie traurig. »Sie wissen, wie und wo die beiden sich kennengelernt haben?« Auf mein Nicken hin fuhr sie fort: »Ich war schon länger regelmäßig im ›Chez Jacques‹ zu Gast als Christian. Und sie war mir durchaus aufgefallen, denn sie legte es darauf an, sich einen reichen Mann zu angeln, das war nicht zu übersehen. Die Aufmerksamkeit, die sie Männern schenkte, unterschied sich *deutlich* vom Service, den sie weiblichen Gästen angedeihen ließ. Oh, sie war stets freundlich zu den Damen, aber bei nach ihrem Dafürhalten interessanten Herren setzte sie tiefe Blicke, ein strahlendes Lächeln und wie zufällig wirkende Berührungen ein. Ich *weiß* von einigen sehr konkreten Verführungsversuchen, Frau Luchs, und es ist ein Wunder, dass keine Ehe zerstört wurde. Sie hat es sogar bei meinem Gatten versucht, Gott hab ihn selig. Er verstarb leider vor vier Jahren.«

»Das tut mir leid«, murmelte ich, während ich versuchte, das eben Gehörte zu verarbeiten.

Sagte Regina mir die Wahrheit oder dachte sie sich alles aus, um ihre tiefe Abneigung Jenny gegenüber vor mir zu rechtfertigen? Aber Regina wirkte aufrichtig; sie sprach ganz ruhig und gelassen.

»Und dann geriet Christian in ihr Blickfeld«, erzählte Regina weiter. »Er hatte lange im Ausland gelebt, wissen Sie? Ich hatte immer darauf gehofft, dass er heiratet und Kinder bekommt. Und dieses traurige Haus endlich wieder mit Leben füllt. Mein Mann und ich sind leider kinderlos geblieben.« Sie schwieg einen Moment, dann fuhr sie fort: »Christian war für sie die ideale Beute: reich, ungebunden und durchaus empfänglich für ihre Reize. Glauben Sie mir: Sie hat alle Register gezogen. Fehlte bloß noch, dass sie sich nackt auf seinen Schoß gesetzt hätte. Verzeihen Sie mir bitte dieses drastische Bild, aber … Nun ja, irgendwann hatte sie ihn tatsächlich weichgekocht. Sie wurde seine Geliebte, obwohl ich ihn vor ihr gewarnt hatte.« Sie zuckte mit den Schultern. »Aber welcher verliebte Narr lässt sich schon von seiner Schwester die neue Freundin madig machen?«

Guck an. Und Jenny hatte erzählt, wie hartnäckig Christian sie umworben habe, obwohl sie zunächst gezögert habe – unsicher, ob er es ernst mit ihr meinte.

»Und deshalb haben Sie dann den Kontakt zu den beiden abgebrochen?«, fragte ich.

»Ich? Hat sie Ihnen das erzählt?« Sie lachte, aber es klang freudlos. »Nein, das hätte ich niemals getan. Jenny hat ihn gezwungen, sich zu entscheiden. Sie hat natürlich behauptet, ich hätte mir ihre Annäherungsversuche meinem Mann gegenüber nur ausgedacht. Aber erstens habe ich sie zufällig dabei beobachtet, wie sie ihm ihre Telefonnummer zusteckte und ihn zu einem erotischen Treffen einlud – was ich ihm im Übrigen niemals erzählt habe. Und zweitens hat er mir stets davon erzählt, wenn sie sich ihm … nun ja … *angeboten* hat.«

Das wurde ja immer wilder. »Sie haben ihm nie gesagt, dass Sie diese Szene mitangesehen haben?«

»Nein, wozu auch? Es war ihm auch so schon unangenehm genug. Irgendwann hat er sich ihre Vertraulichkeiten rigoros verbeten und damit gedroht, ihren Arbeitgeber zu informieren. Sie weiß es vielleicht nicht mit Sicherheit, aber sie *ahnt*, was und wie viel ich über sie weiß. Kein Wunder, dass sie mich hasst. Und möglicherweise verstehen Sie jetzt, warum ich auf die Anwesenheit dieser Frau bei Christians Beerdigung keinen Wert lege.«

Ich war baff.

Sie wird ihre Gründe haben, hatte Dennis gesagt, als wir über Reginas Verbot, bei der Beisetzung zu erscheinen, gestritten hatten. Und noch ein Satz kam mir in den Sinn: *Du kennst bisher nur Jennys Version der Geschichte.*

Natürlich hatte ich keinerlei Beweis dafür, dass Reginas

Version der Wahrheit entsprach, aber ich war durchaus geneigt, ihr zu glauben.

»Ich bedanke mich sehr für Ihre Zeit und vor allem für Ihre Offenheit, Frau Herrmanns«, sagte ich und stand auf. »Ich verabschiede mich jetzt.«

Sie erhob sich aus ihrem Sessel und begleitete mich zur Haustür. Dort sagte sie: »Ich werde meine Meinung zur Beerdigung nicht ändern. Tut mir leid, dass Sie sich umsonst herbemüht haben, Frau Luchs.«

Ich schüttelte ihre Hand, dann ging ich.

Umsonst herbemüht?, dachte ich, während ich den Weg zur Straße hinunterging. Regina, du hast ja keine Ahnung …

Kapitel 20

Nach dem Überbringen schlechter Nachrichten ist Loretta
beinahe froh, dass ihr Kopf noch fest auf den Schultern sitzt

Das musste ich erst einmal sacken lassen. Ich fuhr also nicht
zum Callcenter, sondern in meine Wohnung.

Mit einem Espresso setzte ich mich auf die Terrasse,
obwohl die Luft einen ersten Anflug von herbstlicher Kühle
erahnen ließ. Lieber so als zu viel Wärme, die mich stets
unkonzentriert und schläfrig machte. Der Besuch bei Regina
hatte mich verwirrt. Alles, was ich über das Verhältnis zwischen ihr und Jenny zu wissen geglaubt hatte, war plötzlich
auf den Kopf gestellt.

Ganz in meine Gedanken versunken, sah ich Baghira dabei
zu, wie er gemächlich von Blumenkübel zu Blumenkübel
wanderte, an einzelnen Blüten schnupperte, manchmal nieste
und dann weiterschlenderte. Hin und wieder ließ ihn ein
längst vergessener, archaischer Instinkt nach einer auffliegen-
den Biene tatzeln, ohne echten Ehrgeiz, sie tatsächlich zu erwischen. Vermutlich wusste er selbst nicht, warum er es tat.

Instinkt … Warum hatte mein Instinkt mich bei Jenny
nicht gewarnt? Warum hatte mein Bauchgefühl mich im
Stich gelassen? Ganz einfach: Weil ich überhaupt nicht richtig
zum Nachdenken gekommen war. Und vor allen Dingen, weil
ich nicht automatisch von der Option ausging, dass mich
jemand belog.

Andererseits hatte Jenny durchaus meine Instinkte angesprochen, und zwar meine *mütterlichen*. Wie ein Vogelbaby,
das aus dem Nest gefallen war. Hilflosigkeit schien auf mich
so unwiderstehlich zu wirken, dass mein Verstand sich aus-
klinkte. Ich hatte nicht einmal in Erwägung gezogen, dass es

zu ihrer Geschichte auch noch eine andere Sichtweise geben könnte. Und was sollte ich jetzt denken? Hatte sie mich bewusst nach Strich und Faden belogen, um mich gegen Regina zu konditionieren? Oder war es einfach so, dass ich immer demjenigen glaubte, der mir gerade gegenübersaß und mir eine möglichst überzeugende Geschichte auftischte? War ich schlicht zu leichtgläubig, um Wahrheit und Lüge auseinanderhalten zu können?

Aber welchen Vorteil könnte Jenny von ihrer Lügengeschichte haben?

Ich konnte ihr höchstens bei dem Geld nutzen, das sie mitgenommen hatte. Tatsächlich war ich bereits ihre Komplizin, denn ich hatte sie Regina gegenüber nicht verraten. *Noch* nicht. War ich moralisch verpflichtet, die Wahrheit zu sagen?

Mein Handy klingelte, und ich ging hinein, um das Gespräch anzunehmen. Es war Jenny.

»Hast du mit Regina gesprochen?«, fragte sie sofort. »Konntest du etwas erreichen?«

»Ich …« Ich stockte, dann sagte ich: »Tut mir leid, das passt gerade nicht. Ich bin in einem Gespräch.«

»Redest du gerade mit ihr?«, flüsterte Jenny. Sie schien tatsächlich zu befürchten, dass Regina neben mir stand und mithören könnte.

Ich hatte keine Lust auf Erklärungen, und unter dem noch sehr frischen Eindruck der neuen Informationen fand ich Jennys Ungeduld alles andere als sympathisch. Mehr noch: Ich fühlte mich massiv bedrängt.

»Ich muss jetzt leider auflegen«, erwiderte ich also. »Ich komme später vorbei, okay?«

Ich starrte auf das Handy, das wieder auf dem Tisch lag. Dann setzte ich mich an den Laptop, um meine Notizen um das zu ergänzen, was ich von Regina erfahren hatte.

Mit ein paar knappen Stichworten tippte ich die Informationen ein – herrje: sechzigtausend Euro! Dann geriet ich wieder ins Grübeln.

Wer hatte mir die Wahrheit gesagt?

Oder anders: Wer hatte mehr davon, mich zu belügen?

Gab es vielleicht doch ein Testament zu Jennys Gunsten, das Regina anfechten wollte? Aber selbst dann würde ich keiner der beiden etwas nützen. Oder benötigte Jenny mich als Augenzeugin ihrer Bescheidenheit? Ihrer Demonstration einer Trauernden, die nicht vom Tod des Geliebten profitieren wollte? War ihre defensive Haltung Regina gegenüber lediglich eine einstudierte Pose, die mich manipulieren sollte?

Nun ja, ich konnte nicht leugnen, dass sie mich damit beeindruckt hatte.

Als ich an der Tür des Bungalows klingelte, war ich noch immer nicht sicher, was und wie viel ich vom Gespräch mit Regina berichten sollte. Ich hatte beschlossen, mich spontan zu entscheiden.

Jenny öffnete mir die Tür und zog mich ins Haus. Wir setzten uns an den Esstisch.

»Lina ist nicht da«, sagte Jenny. »Sie musste ins Geschäft. Ich will auch so bald wie möglich arbeiten, aber ...« Sie brach ab und schniefte.

Bleib stark, Loretta, dachte ich, lass dich von ihr nicht einwickeln.

»Nimm dir so viel Zeit, wie du brauchst«, erwiderte ich. »Ich bin sicher, Lina sieht das genauso.«

»Ja. Ich bin ihr sehr dankbar.« Jenny lächelte. »Aber ... hm ... warst du bei Regina?« Auf mein Nicken hin fragte sie weiter: »Was hat sie gesagt?«

»Es tut mir leid, aber sie bleibt dabei: Sie möchte nicht, dass du an der Beerdigung teilnimmst.«

Jennys Gesicht lief rot an. »Diese verdammte …«, zischte sie, dann hielt sie inne, atmete tief durch und fuhr deutlich ruhiger fort: »Hat sie einen Grund dafür genannt?«

»Nein.« Ich schüttelte den Kopf. »Sie hat mir höflich zu verstehen gegeben, dass ich eine Fremde bin und sie mir gegenüber zu keiner Erklärung verpflichtet ist. Zumal es sich um eine reine Familienangelegenheit handelt.«

»Familie.« Jenny schnaubte. »Als würde sie mich als Familie betrachten.«

»Eben. Deshalb kann sie dir auch verbieten, zur Beerdigung zu kommen. Weil du *kein* Familienmitglied bist.«

Jenny kniff die Augen zusammen und musterte mich. »Was? Und damit hast du dich zufriedengegeben? Ich dachte, du stehst auf meiner Seite.«

Oha – es wurde persönlich.

Dennis hatte mit seinen Unkenrufen also recht gehabt: Ich ließ mich in die Angelegenheiten anderer Leute ziehen. Und ganz offenbar reichte es nicht, dass ich mich einspannen ließ und zu vermitteln versuchte, oh nein, das war nicht genug. Hier wurde gerade Loyalität eingefordert.

»Ich gebe mich mit gar nichts *zufrieden,* Jenny. Ich habe ihr eine Frage gestellt, und jetzt überbringe ich dir ihre Antwort. Nicht mehr und nicht weniger. Egal, auf wessen Seite ich stehe: Dass Regina zu Christians Familie gehört und du nicht, ist nun einmal Fakt. Leider entstehen, wenn Verstorbene keine Verfügungen hinterlassen haben, derartige Situationen. Wenn Dennis jetzt ins Krankenhaus käme und im Koma läge, hätte ich auch nichts zu melden.«

Im Geiste machte ich mir eine Notiz: Vorsorgevollmachten und Patientenverfügungen! So schnell wie möglich!

»Und das findest du fair?«, fauchte sie mich an.

Befänden wir uns im finsteren Mittelalter, würde sie mir, der Überbringerin der schlechten Nachrichten, wohl jetzt den

Kopf abschlagen lassen. Oder es gleich selbst erledigen. Tatsache war: Mein Geduldsfaden konnte jederzeit reißen. Trauer hin oder her – Jenny ging gerade eindeutig zu weit.

Ich atmete innerlich tief durch und sagte ruhig: »Jenny, du bringst zwei Dinge durcheinander: meine persönliche Meinung und die rechtliche Lage. Moralisch finde ich es nicht in Ordnung, dass sie es dir verweigert. Rein rechtlich ist nicht daran zu rütteln.«

Wie ein bockiges Kind verschränkte sie die Arme vor der Brust und schob schmollend die Unterlippe vor. Kurz befürchtete ich, sie könnte sich auf den Boden werfen, mit den Beinen strampeln und drohen, so lange die Luft anzuhalten, bis sie ihren Willen bekam.

Nach ein paar Minuten des Schweigens fragte ich: »Warum ist es dir so unglaublich wichtig, dabei zu sein?«

»Weil es mein gutes Recht ist!«, blaffte sie.

»Nein, das ist es ja eben *nicht*. Und es ist auch kein guter Grund. Du musst doch aus irgendeinem Grund so viel Wert darauf legen. Eigentlich ist es doch nur eine standardisierte Zeremonie. Du hast zahllose andere Möglichkeiten. Du könntest einen Ort aufsuchen, der euch beiden wichtig war, und dich dort von ihm verabschieden. Mit einem ganz persönlichen Ritual. Und die Erinnerung daran gehört nur dir. Keine Regina, die neben dir steht und dich beobachtet.«

»Von mir aus soll sie mich doch beobachten. Und mir ihren Triumph darüber zeigen, dass sie mich jetzt endlich wieder ignorieren kann. Und dass ich ihr Chrissie nicht mehr wegnehmen kann.«

Ups – das war aber eine reichlich verschobene Sicht der Dinge. Das Allerletzte, was Regina gerade zu empfinden schien, war Triumph. Mit Sicherheit hätte sie mit Freuden den Preis, dass Jenny ihr den Bruder *wegnahm*, gezahlt, wenn Christian dafür noch leben würde.

»Was hat sie sonst noch über mich gesagt?«, fragte Jenny plötzlich.

Ich zuckte mit den Schultern. »So gut wie nichts. Es war ja nicht gerade so, dass Regina und ich bei einem oder zwei Tässchen Tee zusammengesessen und gemütlich geplaudert haben, wie du dir denken kannst.«

Dieses Bild war für sie exakt so absurd, wie ich gehofft hatte. Sie kicherte und prustete dann: »Nie im Leben würde sie das tun! Dazu ist sie viel zu hochnäsig. Ich wette, sie hat dich nicht einmal in dieses verrottete Haus gelassen.«

»Doch, das hat sie. Wir haben uns in der Eingangshalle miteinander unterhalten.«

»Eingangshalle. Pff.« Sie winkte verächtlich ab. »Sie hockt in diesem Mausoleum wie eine Spinne in ihrem Netz. Hauptsache, kein anderer kriegt die Villa.«

Ach, hätte Jenny gerne feudaler gewohnt als in dem modernen Penthouse? Und auch eine Hausdame gehabt, die den Tee für sie zubereitete?

»Ich fand die Villa recht eindrucksvoll.«

Erneut winkte sie ab. »Ich war einmal da. Keine zehn Pferde würden mich wieder in diese vergammelte Ruine kriegen. Du hast nichts verpasst, glaub mir. Ärgere dich also nicht, dass die feine Dame dich nicht ins hochherrschaftliche Wohnzimmer gebeten hat.«

»Sie schien kein Bedürfnis zu haben, viel Zeit mit mir zu verbringen.«

»Natürlich nicht. Außerdem weiß sie ja, dass wir beide unter einer Decke stecken. Für sie bist du der Erzfeind, genau wie ich.«

»Sie war ausgesprochen höflich zu mir. Immerhin hätte sie mir auch die Tür vor der Nase zuknallen können, ohne auch nur ein einziges Wort mit mir zu wechseln; unsere erste Begegnung war ja recht turbulent.«

»Stimmt … in der Wohnung …«, murmelte Jenny beinahe geistesabwesend, dann sah sie mich an. »Hat sie dich nach dem fehlenden Geld gefragt?«

»Das Geld hat sie tatsächlich angesprochen. Aber diese Klippe habe ich elegant umschifft. Ich bin einfach nicht darauf eingegangen und hab so getan, als wüsste ich nicht, wovon sie redet.«

»Du hättest sagen können, dass du während der gesamten Zeit in der Wohnung neben mir gestanden hast. Und dass du auf jeden Fall mitgekriegt hättest, wenn ich das Geld genommen *hätte*«, sagte sie.

Jetzt fehlte bloß noch, dass sie mich daran erinnerte, wer sie dazu ermutigt hatte, das Geld einzustecken. Aber sie verkniff es sich – oder sie hob sich diese Trumpfkarte als moralische Keule für später auf.

»Fändest du es nicht ein bisschen viel verlangt, sie für dich offen zu belügen? Du willst mich zu deiner Komplizin machen, und das geht zu weit, Jenny«, erwiderte ich.

Blitzartig schaltete sie um.

Gerade noch war sie sauer auf mich gewesen, aber jetzt riss sie die Augen auf wie ein Unschuldslamm und griff über den Tisch nach meiner Hand.

»Tut mir leid, Loretta, du hast absolut recht. Ich kann momentan nicht klar denken; ich stehe immer noch unter Schock. Ich kann mich nur bei dir entschuldigen.«

Ich entzog ihr die Hand und lehnte mich auf dem Stuhl zurück. »Aber wo du es angesprochen hast – ein bisschen neugierig bin ich ja schon: Wie viel Geld war das eigentlich? Hilft es dir ein bisschen?«

»Wie viel? Och …« Betont desinteressiert zuckte sie mit den Schultern. »Weiß ich gar nicht so genau. Ich habe es noch nicht einmal gezählt. Vielleicht anderthalbtausend oder so, schätze ich mal.«

Da hatte Jenny gerade einen kapitalen Bock geschossen. Dass sie das Geld nicht gezählt hatte, kaufte ich ihr beim besten Willen nicht ab. Jeder würde so ein Bündel durchzählen. Deutlich schlauer wäre gewesen, sie hätte mir irgendeine Summe genannt – ich konnte es ja ohnehin nicht kontrollieren.

Bisher war ich noch unsicher gewesen, ob Regina mit der Höhe der Summe nicht vielleicht maßlos übertrieben hatte – obwohl das mit dem Boot, das Christian hatte bezahlen wollen, sicherlich überprüfbar war. Allerdings fragte ich mich, woher sie überhaupt davon wusste. War es vorstellbar, dass er ihr davon erzählt hatte? Hinter Jennys Rücken, um sie im Glauben zu lassen, Regina und er hätten keinen Kontakt?

Moment mal: Was, wenn sich Christian von Jenny hatte trennen wollen und deshalb wieder engeren Kontakt zu Regina gehabt hatte?

Was, wenn Jenny vielleicht zufällig ein Telefonat belauscht hatte, bei dem es genau darum gegangen war?

Was, wenn sie deshalb dafür gesorgt hatte, dass er erschossen wird? Und schon war ich wieder beim Testament.

Was, wenn die geplante Änderung des Testaments, von dem Jenny geredet hatte, in Wirklichkeit bisherige Änderungen zu ihren Gunsten wieder rückgängig gemacht hätte?

»Loretta? Woran denkst du?«

Jennys Stimme holte mich aus meinen Gedanken; ich hatte meine Umgebung vollkommen vergessen.

Rasch zauberte ich mir ein Lächeln aufs Gesicht. »Mir fiel nur gerade ein, wie viel Arbeit im Büro auf mich wartet. Ich glaube, ich muss mich auf die Socken machen, sonst reißt Dennis mir noch den Kopf ab.« Ich stand auf und hängte mir die Tasche um. »Tut mir echt leid, dass ich dir nicht helfen konnte. Ich bin nicht gerne die Überbringerin schlechter Nachrichten.«

»Keine Sorge, das nehme ich dir nicht übel.«

Das war eine glatte Lüge. Und allein die Tatsache, dass sie es erwähnt hatte, sprach Bände.

Kaum saß ich im Callcenter an meinem Schreibtisch, als das Telefon klingelte. Es war Diana. Sie schnappte hörbar nach Luft, als ich ihr von den Gesprächen mit Regina und Jenny berichtet hatte.

»Hatte ich dir nicht gesagt, du sollst dich aus diesem Zickenkrieg raushalten?«, fragte sie streng. »Wie kommt diese Jenny dazu, dich derart einzuspannen?«

»Das hat sich irgendwie ergeben. Sie tat mir so leid, und ich habe es nicht übers Herz gebracht, es ihr abzuschlagen.«

»Pah. Was hast du mit ihren Auseinandersetzungen zu tun? Nichts.«

»Ich weiß, verdammt. Trotzdem war es auch interessant, denn Reginas Verhalten war heute komplett anders als am Samstag. Mal ganz abgesehen davon, dass sich ihre Version des Zerwürfnisses extrem von Jennys unterscheidet.«

»Und wer von beiden lügt? Jenny oder Regina?«

»Wenn ich das wüsste, könnte ich vermutlich auch die Lottozahlen vorhersagen.«

»Ich traue beiden nicht, meine Liebe. Und das solltest du auch nicht tun, hörst du?«

Ich versprach es, und wir legten auf. Ich starrte sinnierend auf die Schreibtischplatte, als Doris den Kopf ins Büro streckte.

»Kuchen, Schätzchen?« Sie hielt inne und musterte mich besorgt. »Irgendetwas treibt dich um. Mein Kuchen ist *definitiv* das, was du jetzt brauchst.«

Widerspruchslos ließ ich mich von ihr in den Pausenraum ziehen und am Tisch platzieren. Dann kramte sie im Kühlschrank herum, eine Plastikbox wurde geöffnet und wieder geschlossen, dann erklang ein spratzelndes Geräusch.

Einen Moment später standen zwei Teller auf dem Tisch. Es gab Apfelkuchen, der beinahe gänzlich unter einem Berg Sprühsahne verschwunden war. Aus einer Schublade holte sie zwei Kuchengabeln, dann setzte sie sich zu mir.

»Lass es dir schmecken, Loretta. Wenn der Kopf Karussell fährt, gibt es nichts Besseres als ein leckeres Stück Kuchen mit Sahne.«

Prompt musste ich lächeln, denn das war ihr Allheilmittel für jede noch so negative Befindlichkeit. Jedes gute Essen war für sie reine Medizin, aber Apfelkuchen stand an der Spitze. Besonders ihr genialer Apfelkuchen mit Rosinen und einer dicken Schicht Streuseln, den ich gerade verputzte, kam für sie gleich nach der geheimen Quelle, deren Wasser das ewige Leben schenkte.

»So, und jetzt erzählst du mir, was dich beschäftigt«, sagte sie, nachdem ich den Teller geleert und mich zufrieden zurückgelehnt hatte.

Während sie mir aufmerksam zuhörte, verspeiste sie genüsslich ein zweites Stück Kuchen.

»Und jetzt weiß ich nicht mehr, was und wem ich glauben soll«, beendete ich meinen Vortrag.

Doris nickte. »Das ist aber auch wirklich vertrackt. Ich kenne ja nur Jenny. Welchen Eindruck hast du denn von Christians Schwester?«

»Nach unserer ersten Begegnung in der Wohnung nicht den allerbesten, wie du dir vorstellen kannst. Sie war herrisch und kalt. Wie sie mit Jenny umsprang, empfand ich als absolut unmenschlich. Äußerst unsympathisch. Heute war sie ganz anders. Mich hat ja schon überrascht, dass sie bereit war, mit mir zu sprechen. Und das, was sie mir erzählte, hat mich schier vom Hocker gehauen. Ich bin drauf und dran, in das Restaurant zu gehen, in dem Jenny früher gearbeitet hat, und mich dort umzuhören.«

»Ach. Du willst wohl ein bisschen Tratsch über eine ehemalige Kollegin abfischen?«

»Dennis und ich sind schon lange nicht mehr schick essen gegangen, fällt mir gerade ein.«

Doris grinste. »Gute Idee.«

Kapitel 21

Gurkensalat wie von Oma und eine Mousse
wie ein duftiges Wölkchen – bei einem leckeren Essen
lässt sich besonders gut ermitteln

Ich hatte keine große Mühe, Dennis zu einem Besuch im
›Chez Jacques‹ zu überreden, wie sich herausstellte. Wie sich
ebenfalls herausstellte, war es nicht ganz einfach, dort einen
Tisch zu ergattern, wenn man – wie wir – nicht reserviert hat-
te. ›Chez Jacques‹ war schließlich nicht irgendein beliebiger
Imbiss an der Straßenecke.

»Sie haben großes Glück«, ließ die attraktive weibliche
Servicekraft uns prompt wissen, als wir abends um kurz vor
sieben dort aufkreuzten. »Gerade hat jemand kurzfristig
abgesagt, allerdings ist der Tisch ab neun für die nächsten
Gäste reserviert.«

Ach guck, hier tafelte man abends in zwei Schichten. War
wohl nötig, denn der Raum war sehr sparsam möbliert. Jeder
andere Gastronom hätte vermutlich doppelt so viele Tische
aufgestellt – und dann wäre es noch immer nicht wirklich eng
gewesen.

»Das passt ja zu diesem wundervollen Tag«, zwitscherte
ich und schmiegte mich an Dennis. »Wir haben nämlich
etwas zu feiern, deshalb sind wir ganz spontan zu Ihnen
gekommen. Nicht wahr, Schatz?«

Ich überließ es ihrer Fantasie, was genau wir zu feiern hatten, aber vermutlich interessierte es sie ohnehin einen feuch-
ten Kehricht, warum die Leute zu ihnen kamen.

»Ich bin Paola«, teilte sie uns mit, während sie uns zu
einem Tisch in einer Nische führte. »Ich bin für Ihren Service
zuständig.«

Von irgendwoher zauberte sie zwei überdimensionale Speisenkarten an den Tisch, die mich fatal an die steinernen Gesetzestafeln in alten Bibelfilmen erinnerten. Dann zog Paola sich diskret zurück, nachdem wir ihre Frage, ob wir einen Aperitif wünschten, verneint hatten.

Stirnrunzelnd studierte Dennis das Angebot. »Die kassieren aber ordentlich ab«, murmelte er dann.

»Ich zahle es dir zurück.«

»Nee, lass mal stecken.« Er grinste breit. »Zufällig hab ich heute meine Spendierhosen an. Die mit dem besonders großen Schlag.«

Wir entschieden uns beide für kross gebratenen Heilbutt mit Salzkartoffeln und Gurkensalat sowie eine große Flasche Mineralwasser, die blitzschnell mit viel Pomp in einem eisgefüllten Sektkübel serviert wurde.

Ich sah mich um. Hier herrschte eine höchst gediegene Atmosphäre. Dunkelgrün getünchte Wände, dezente Beleuchtung, weiße Tischtücher, leiser Barjazz aus unsichtbaren Lautsprechern. Unhörbar huschten diverse dienstbare Geister über den dicken Teppich, mit dem der Gastraum ausgelegt war. Ein hervorragender Ort für Geschäftsessen, denn die Tische standen so weit auseinander, dass man sich absolut diskret unterhalten konnte. Ich sah, dass Paola die Damentoilette betrat. Gab es hier etwa kein Personal-WC? Wie auch immer: Diese Gelegenheit musste ich nutzen.

»Du entschuldigst mich kurz«, sagte ich und stand auf. »Du weißt schon – Nase pudern.«

Als ich die Abteilung *nur für Damen* betrat, ordnete Paola gerade die bereitliegenden Gästehandtücher. Es gehörte also offenbar zu ihren Aufgaben, hier ab und zu nach dem Rechten zu sehen.

»Ich würde Sie gerne etwas fragen, Paola«, sagte ich und stellte mich neben sie. »Wenn ich darf.«

Sie sah mein Spiegelbild an und nickte lächelnd. »Aber sicher.«

»Ich war schon länger nicht mehr hier zu Gast.« Ich machte eine Kunstpause und gab vor, mich zu meinen nächsten Worten durchringen zu müssen. »Ich habe diese … äh … Jenny Dahlmann nicht gesehen. Kann es sein, dass sie nicht mehr hier arbeitet?«

Ein Ausdruck huschte über ihr Gesicht, den ich nicht recht definieren konnte. Aber Sympathie war es auf keinen Fall.

»Sie kennen Jenny?«, fragte sie.

»Sind Sie befreundet?«, fragte ich zurück.

»Eher nicht. Wenn Sie also etwas über sie erfahren wollen, bin ich die falsche Adresse. Zumal sie schon länger nicht mehr hier arbeitet.«

Na also, hatte ich es doch geahnt. Plötzlich ritt mich der Teufel. Wer etwas herausfinden wollte, musste schwerere Geschütze auffahren. Ein paar hübsche Seifenblasen würden mich nicht weiterbringen.

»Tatsächlich bin ich erleichtert, das zu hören«, sagte ich. »Sie hat einer guten Bekannten von mir angeblich den Freund ausgespannt. Sie soll ihn hier im Restaurant angebaggert haben.«

»Pff. Das klingt wirklich nach Jenny.«

Ich riss die Augen auf. »Tatsächlich? Dann hat meine Bekannte also nicht übertrieben. Bei solchen Geschichten weiß man ja nie … Auf jeden Fall bin ich jetzt erleichtert, dass sie nicht mehr hier ist. Ich dachte schon, ich muss wie ein Schießhund auf meinen Liebsten aufpassen.«

»Gehen etwa irgendwo derartige Gerüchte über dieses Restaurant um?« Sie musterte mich alarmiert. »Das fände ich nicht besonders nett.«

»Nein, nein. Das sind rein private Informationen, das

kann ich Ihnen versichern. Das hat meine Bekannte mir unter vier Augen anvertraut. Warum hat Frau Dahlmann denn hier aufgehört?«

Paola holte die benutzten Handtücher aus einem Weidenkorb, dann wandte sie sich mir zu. »Warum wohl? Weil sie endlich ihr Ziel erreicht hatte, sich einen reichen Sugardaddy zu angeln. Deshalb ist sie nicht mehr hier.«

»Das war ihr erklärtes *Ziel?*«, fragte ich. »Vielleicht hat sie sich ja einfach verliebt.«

»Ja klar. Und der Osterhase bringt die bunt bemalten Eier. Lady, daraus, dass dies ihr Ziel war, hat unsere süße Jenny nie einen Hehl gemacht. Ständig hat sie die Kollegen über die Gäste ausgefragt, nur über die *männlichen* Gäste, versteht sich. Jeder wusste es, zumindest jeder vom Personal. Sie konnte sogar richtig aufdringlich werden. Ein Mann soll ihr sogar mal gedroht haben, sie beim Chef anzuschwärzen, wenn sie ihn nicht in Ruhe lässt.«

Reginas Gatte, dachte ich perplex. Zumindest in dieser Hinsicht schien sie mir also die Wahrheit gesagt zu haben.

»Es gab also Männer, die sich von ihren Reizen nicht betören ließen?«

Paola zuckte mit den Schultern und grinste. »Nicht jeder steht auf billige Anmache. Oder nutzt jede Gelegenheit, nur weil sie sich gerade bietet.«

»Na, das wollen wir aber hoffen«, erwiderte ich. »Danke für Ihre Offenheit.«

Sie war schon halb zur Tür hinaus, kam aber noch mal einen Schritt zurück. »Sie nennen es Offenheit, aber ich war gerade entschieden indiskret. Sie denken hoffentlich nicht, dass wir ständig über unsere Gäste tratschen.«

»Selbstverständlich nicht.« Und der Osterhase bringt die bunt bemalten Eier, dachte ich amüsiert. »Im Übrigen habe ich bereits alles vergessen, was Sie mir gerade anvertraut haben.«

Sichtlich beruhigt zog sie ab.

»Ich habe etwas erfahren«, sagte ich zu Dennis, als ich mich wieder an den Tisch setzte.

Er hob die Brauen. »Hattest du mal wieder eines deiner legendären Klo-Verhöre? Schon mal daran gedacht, der Küpper diesen Trick zu verraten?«

Tatsächlich hatte ich sie schon einige Male erfolgreich praktiziert, diese diskreten Befragungen vor dem Spiegel im Damenklo. Die intime Atmosphäre dieses Bereichs, in dem sich ausschließlich Frauen aufhielten, schien eine gewisse Vertraulichkeit zu schaffen, die Informationen nur so sprudeln ließ.

»Der Trick klappt leider nur, wenn dein Gegenüber nicht weiß, dass es sich um Ermittlungen handelt und nicht um ein normales Gespräch«, erwiderte ich. »Die Küpper dürfte die so gewonnenen Erkenntnisse gar nicht benutzen. Das ist ja gerade das Gute daran, dass ich *keine* Polizistin bin: Ich darf alle möglichen hinterhältigen Tricks anwenden.«

»Die dann aber nicht als Bewei…«

Er brach ab, denn er hatte Paola herankommen sehen, die nun zwei Schälchen mit Gurkensalat auf den Tisch stellte. Sie entschwand wieder und kehrte umgehend mit zwei großen Tellern zurück, die sie vor uns abstellte, uns einen guten Appetit wünschte und wieder ging.

Ich probierte den Fisch und stöhnte. »Boah, ist das köstlich. Das will ich ab jetzt jeden Tag essen.«

»Das können wir uns leider nicht leisten, Schatz. Aber wir könnten den Koch als Geisel nehmen und das Rezept von ihm erpressen.« Dennis grinste. »Koste mal den Gurkensalat. Der schmeckt wie der von meiner Oma. Ich glaube, ich bin im Himmel.«

Dieses wunderbare Mahl zu zerplappern, wäre eine Sünde gewesen, also aßen wir schweigend.

»Das war *fantastisch*.« Dennis legte sein Besteck auf den leeren Teller und tupfte sich den Mund mit der gestärkten Stoffserviette ab.

Ich war ebenfalls fertig, und blitzartig erschien aus dem Nichts Paola, als hätte ich einen Klingelknopf gedrückt, um sie herbeizurufen. War das nun ihr besonders aufmerksamer Service, oder wollte sie nur sichergehen, dass wir uns bis zur nächsten Schicht Gäste an unserem Tisch auf jeden Fall verdünnisiert hatten? Natürlich nicht, bevor wir noch so viel wie möglich bestellt und eine hohe Rechnung produziert hatten.

»War alles zu Ihrer Zufriedenheit?«, fragte sie.

»Wir könnten zufriedener nicht sein«, erwiderte ich. »Unser Kompliment an die Küche.«

»Sehr gern.« Sie stellte das Geschirr zusammen, nahm es hoch und fuhr fort: »Darf es noch ein Dessert sein? Oder ein Espresso?«

Sag ich doch – möglichst hohe Rechnung.

Dennis nickte. »Beides, vielen Dank. Und Sie haben doch bestimmt eine ganz persönliche Empfehlung für uns, was das Dessert angeht?« Er lächelte schmelzend.

»Unser köstliches Sorbet von frischen Waldbeeren mit einer Kugel Espresso-Mousse«, erwiderte Paola wie aus der Pistole geschossen. »Zwei Portionen?«

Diese Frage erschien mir rein rhetorisch; am liebsten hätte ich sogar zwei besonders große Portionen geordert, aber ich hielt mich vornehm zurück.

Was ich übrigens im selben Moment bedauerte, als ich die Mousse probiert hatte, deren fluffig-duftige Konsistenz mich an ein Wölkchen erinnerte und die mir ein unvergleichlich köstliches Geschmackserlebnis bescherte. Gab es vielleicht in der Küche noch eine Schüssel auszukratzen oder einen Rührlöffel abzuschlecken? Herrje – bei diesem Dessert konnte man glatt zum Poeten werden.

Und bei der Rechnung, die uns danach präsentiert wurde, zum Bankräuber.

Aber irgendwas ist ja immer.

»Hier zu essen, war eine der besten Ideen, die du jemals hattest«, sagte Dennis, als wir das Restaurant verließen.

Okay, das war durchaus diskutabel, fand ich. Ganz sicher hatte ich in meinem Leben schon bessere Ideen gehabt, als in irgendein Restaurant zu gehen, aber ich wollte den gerade erlebten Genuss nicht durch eine Diskussion über die persönliche Bestenliste meiner – wie ich fand – oftmals hervorragenden Ideen zerstören, die nichts mit Essen zu tun hatten.

»Gern geschehen«, erwiderte ich also. »Und das nicht nur, weil das Essen besonders wohlschmeckend war.«

Wir stiegen ins Auto, und Dennis ließ den Motor an. Er manövrierte den Wagen aus der Parklücke und fädelte ihn in den Verkehr ein. Dann warf er mir einen raschen Seitenblick zu. »Was mir gerade einfällt: Du hast noch gar nichts von deinem Klo-Verhör erzählt.«

»Ich dachte schon, du fragst nie. Ich habe mit unserer emsigen Servicekraft Paola über die liebe Jenny gesprochen.«

»Ach was. Hattest du sie aufs Klo verfolgt?«

Ich nickte. »Allerdings. Sie sah dort gerade nach dem Rechten, als ich reinkam. *Arbeitet die Jenny nicht mehr hier?*, hab ich sie gefragt.« Ich kicherte. »Ich hab schnell gerafft, dass sie Jenny nicht besonders mochte, also hab ich behauptet, Jenny hätte mal einer guten Bekannten den Kerl ausgespannt, und dass ich keine Lust hätte, im Restaurant wie ein Schießhund auf dich aufpassen zu müssen.«

Dennis prustete los. »Nicht dein Ernst!«

»Oh doch. *Das passt zu ihr,* hat Paola gesagt. Und dass Jenny sich ganz besonders für männliche Gäste interessiert hätte. Einer habe sich sogar derart belästigt gefühlt, dass er gedroht habe, sie beim Chef anzuscheißen. Was sich rein zufällig mit der Geschichte deckt, die Regina über ihren Gatten erzählt hat.«

»Unsere liebe kleine Jenny«, murmelte Dennis, »wer hätte das gedacht.«

Immerhin konnte er aufgrund der äußeren Umstände gerade kein triumphierendes Ich-hab's-gewusst-Tänzchen aufführen. Und ich rechnete ihm hoch an, dass er sogar auf entsprechende Bemerkungen verzichtete.

»Ja, unsere Jenny und ihre große Liebe Christian.« Ich schnaubte. »Paola meinte, es sei Jennys erklärtes Ziel gewesen, sich einen Sugardaddy zu angeln. Das sei unter den Kollegen bekannt gewesen, weil Jenny sie wohl immer über interessante Herren ausgequetscht hat.«

»Und wie du schon sagtest: Das passt zu dem, was Regina dir über sie erzählt hat.«

»Wenn ich bis jetzt noch an Regina gezweifelt habe …« Ich zuckte mit den Schultern. »Es sieht tatsächlich so aus, als hätte sie Recht mit ihrer Meinung, dass Jenny sich Christian ganz bewusst geschnappt hat. Nur bringt uns das leider keinen Schritt weiter. Wir wissen jetzt bloß, dass Jenny eine Show abgezogen hat. Und nun?«

»Kann ich dir sagen«, erwiderte Dennis. »Nun hörst du auf, darüber nachzudenken.«

Wie könnte ich? Als er mich fragte, ob ich die Nacht bei ihm oder lieber alleine bei mir verbringen wolle, entschied ich mich für meine Wohnung.

Grübelnd saß ich später vor meinem Laptop. Ich kraulte Baghiras Bauch, der sich neben mir auf dem Sofa lang ausgestreckt hatte.

War die heutige Erkenntnis über Jenny irgendwie relevant für den Fall? Hatte Regina auf dem Hinterhof der Tanzschule gestanden und aus Versehen Christian abgeknallt, obwohl sie eigentlich Jenny hatte treffen wollen? Was nicht nötig gewesen wäre, wenn Christian eine Trennung geplant hätte, wie mir auch schon durch den Kopf geschossen war.

Oder hatte Jenny jemanden angeheuert, um sich ein Erbe zu sichern, das im Falle einer Trennung für immer unerreichbar gewesen wäre?

Okay, das wären mögliche Optionen, falls Christian wirklich das Opfer sein sollte. Aber was war mit unseren Tanzlehrern und ihrer Vergangenheit? Die zerstörten Karrieren und – eventuell – gebrochenen Herzen, die ihre Liebe verursacht hatte?

Sah ganz so aus, als würde ich mir morgen mal eine gewisse Tanzschule ein wenig näher ansehen.

Kapitel 22

Einen »Andakawwa«-Einsatz kann Frank
einfach nicht ablehnen – aber nur, wenn er
nicht mit Loretta knutschen muss

Gleich am nächsten Vormittag rief ich in der anderen Tanzschule an. Am Telefon war Stefan Döring, Marinas ehemaliger Tanzpartner.

»Ich brauche dringend Ihre Hilfe«, sagte ich. »Also, ich und mein Verlobter. Wir wollen bald heiraten, wissen Sie? Und natürlich wollen wir beim Hochzeitstanz eine gute Figur machen.«

»Der soll ein klassischer Wiener Walzer sein, nehme ich an? Dafür bieten wir auch Intensivkurse an«, erwiderte er. »Einzelunterricht für Hochzeitspaare, falls es Ihnen speziell um diesen einen Tanz geht.«

Darauf hatte ich spekuliert. Ich hatte mich vor dem Telefonat auf seiner Website über die Preise für Intensivkurse informiert, die sehr happig waren. Profitänzer, Einzelunterricht – das läpperte sich. Insgeheim hoffte ich, dass er sich die Kohle nicht entgehen lassen wollte.

»Wiener Walzer? Äh … darüber habe ich nicht weiter nachgedacht, muss ich gestehen.«

»Verstehe. Ich formuliere es mal anders: Planen Sie Ihre Hochzeitsfeier als formellen Anlass oder als lockere Party? Sprich: Standardtanz oder Freestyle?«

Ich kicherte. »Dann wohl eher Freestyle. Aber wir wollen beim Hochzeitstanz nicht tölpelhaft wie Dick und Doof herumstolpern, während die Feiergesellschaft um uns einen Kreis bildet und zusieht.«

»Dann ist für Sie der Einzelunterricht optimal. Zweimal

zwei Stunden Intensivunterricht von zwei Profis. Danach können Sie Wiener Walzer tanzen, das garantiere ich Ihnen. Vielleicht nicht auf Turnierniveau, aber sehr souverän. Na, wie klingt das für Sie?«

»Das klingt hervorragend.«

»Wunderbar. Dann müssen wir nur noch einen Termin finden. Wann werden Sie heiraten?«

»Am Wochenende.«

Okay, das war mir während des Gesprächs eingefallen. Ich wollte nicht wochenlang auf einen Termin warten, sondern benötigte einen Grund für ein sofortiges Treffen.

Schockiertes Schweigen am anderen Ende der Leitung, dann die ungläubige Frage: »Am *nächsten* Wochenende?«

»Ja«, erwiderte ich fröhlich. »Wissen Sie, mein Freund weigert sich standhaft, einen Tanzkurs zu besuchen. Wir streiten darüber seit Monaten. Heute Morgen habe ich ihm die Zustimmung endlich abgerungen – wahrscheinlich spekuliert er darauf, dass der Termin für Sie zu kurzfristig ist. Bitte lassen Sie mich nicht im Stich.«

»Ich muss auf jeden Fall zuerst mit meiner Partnerin sprechen. Wie flexibel sind Sie zeitlich?«

»*Sehr* flexibel. Wenn Sie wollen, stehen wir in zwei Stunden bei Ihnen auf der Matte. Es wäre super, wenn Sie heute und morgen Termine für uns finden würden. Oder wie wären vier Stunden Unterricht statt zweimal zwei?«

»Hm«, murmelte er, »morgen ist der Terminkalender bereits voll, Freitag ebenfalls … Wie ich bereits sagte: Das kann ich ohne Rücksprache mit meiner Partnerin nicht entscheiden. Wenn überhaupt, dann ist heute die einzige Option. Ich werde Sie so schnell wie möglich zurückrufen, einverstanden?«

»Sehr gut. Ich gebe Ihnen lieber meine Handynummer, denn ich bin gleich noch kurz unterwegs.«

Ich legte auf und lehnte mich zurück. Hervorragend, jetzt

konnten wir uns die geschassten Expartner unserer Tanzlehrer ganz aus der Nähe ansehen. Ich war hochzufrieden mit mir. Und es war Zeit, Dennis darüber zu informieren, dass wir höchstwahrscheinlich einen Termin hatten.

Wie sich herausstellte, hatte allenfalls *ich* einen Termin in der Tanzschule, er allerdings nicht. Er hörte mir zwar zu, als ich enthusiastisch vom Gespräch mit Stefan Döring berichtete, schüttelte dann aber den Kopf.

»Tut mir leid, ich bin bereits verplant«, sagte Dennis.

Ich war fassungslos. »Verplant? Du? Wieso weiß ich davon nichts?«

»Weil das durchaus mal vorkommen kann, wenn es um die Finanzen dieser Firma geht; das ist schließlich nicht dein Bereich. Ich habe mit meinem Steuerberater einen Termin, der bereits seit Wochen feststeht. Wir müssen die Unterlagen des letzten Jahres durchgehen, damit er die Steuererklärung machen kann. Du musst dir leider einen anderen Partner suchen, fürchte ich.«

Mist. Mistmistmist.

»Ich muss auch direkt los«, fügte er hinzu und schlüpfte in seine Jeansjacke. »Na, dann hast du mir heute Abend ja bestimmt einiges zu erzählen.« Er gab mir einen flüchtigen Kuss, und weg war er.

Verdattert stand ich in der Gegend herum. Wo kriegte ich jetzt so schnell einen anderen Tanzpartner her? Erwin? Würden wir ein glaubwürdiges Paar abgeben? Nein. Frank! Ich musste ihm nur erzählen, dass wir undercover ermittelten, und schon würde er alles stehen und liegen lassen. Aber was würde Bärbel dazu sagen, wenn er sie mit dem Laden alleine ließ? Ich musste zuerst mit Erwin sprechen.

Ohne anzuklopfen, platzte ich in sein Büro. Erwin stand grübelnd an der Flipchart und studierte die Notizen, die seit gestern um etliche Informationen angewachsen waren.

»Erwin …?«, tirilierte ich. »Du musst mir unbedingt einen Gefallen tun.«

Grinsend wandte er sich mir zu. »Oha, Loretta *säuselt*. Na gut, raus damit.«

Ich erklärte, worum es ging.

»Darf ich fragen, warum ich als dein Tanzpartner nicht infrage komme?«

Bildete ich es mir nur ein, oder klang er irgendwie beleidigt? Ich gab ihm einen Kuss auf die Wange. »Ach, Erwin, du bist wirklich der Beste, aber wären wir zwei ein *überzeugendes* Liebespaar, das am Wochenende heiratet?«

»Hm, wahrscheinlich nicht«, brummte er nach einigem Zögern.

»Siehste? Und deshalb brauche ich Frank. Von *dir* brauche ich allerdings die Zusage, dass du für ihn einspringst, falls die uns tatsächlich für heute einen Unterrichtstermin geben.«

Er zierte sich noch ein bisschen, aber dann sagte er zu. Wenige Minuten später saß ich in meinem Auto und war auf dem Weg zum Laden von Bärbel und Frank.

Ein kleines Mädchen, das unter dem Weihnachtsbaum ein lebendiges Pony vorfand, hätte kaum glücklicher strahlen können als Frank, nachdem ich den beiden erklärt hatte, warum ich dringend seinen Einsatz brauchte.

»Überleech doch mal, Süße«, sagte er zu Bärbel, »wat meinze wohl, wie supergut ich bei unsere Hochzeit tanzen kann, wenn ich heute Extra-Unterricht krich! Wie so 'n … Wie heißen noch mal die Männer, wo die Frauen Ballerinas sind? Ah, Moment, ich weiß: Primus Ballerinus. Ich schweb dann durche Gegend wie so 'n Ballerinus, Süße.«

Im Walzerschritt hoppelte er zwischen den Regalen entlang, von Bärbel und mir kopfschüttelnd beobachtet. Als er außer Sicht war, rumste es plötzlich, und irgendetwas fiel polternd zu Boden.

»Nix passiert!«, hörten wir ihn rufen. »Nur 'n paar Dosen außem Regal gefallen!«

»Mit dem Extra-Unterricht hat er tatsächlich ein echt gutes Argument«, sagte Bärbel leise zu mir und seufzte. »Etwas mehr Übung könnte nicht schaden.«

»Wunderbar«, erwiderte ich. »Und es ist wirklich ganz harmlos, Bärbel. Nur tanzen. Wir werfen uns keinem ruchlosen Mörder in die Arme, ich will mir nur ein Bild von den Expartnern unserer Tanzlehrer machen. Jetzt muss nur noch dieser Typ anrufen und den Termin ...« Das Klingeln meines Handys unterbrach mich. Es war Stefan Döring, der mir mitteilte, dass wir uns um eins in der Tanzschule einfinden sollten.

Frank war wieder aufgetaucht. Verlegen grinsend rieb er sich den rechten Ellbogen. »Allet wieder ordentlich«, teilte er seiner Liebsten mit.

»Unser Unterricht beginnt um eins«, sagte ich zu ihm. »Ich hole dich um halb eins ab. Mach dich schick, Herzblatt.«

Ins Büro zu fahren, lohnte nicht mehr, also rief ich Erwin von meiner Wohnung aus an.

»Die Sache läuft. Ab eins bin ich mit Frank in der Tanzschule, gegen fünf sollten wir fertig sein. Bärbel reicht es, wenn du um halb drei bei ihr bist.«

»Sei vorsichtig, okay?«

»Mit Frank an meiner Seite bin ich unverwundbar. Na ja, fast. Was soll schon passieren?«

»Im Optimalfall nichts, außer dass ihr danach perfekt Walzer tanzen könnt«, erwiderte er. »Aber was ist, wenn tatsächlich einer der beiden hinter dem Mord steckt? Oder beide? Wenn sie das Gefühl haben, du schnüffelst herum und bist ihnen auf der Spur ... das könnte kitzelig werden.«

»Ich nehme mir deine Sorge zu Herzen, versprochen. Und ich werde mich später melden, ebenfalls fest versprochen.«

»Dann bis später. Und vergiss die Tanzschuhe nicht.«

Den Weg zum Unterricht nutzte ich, um Frank noch einige Dinge einzuschärfen.

»Wir heiraten am Wochenende. Und du hast dich einem Tanzkurs bisher verweigert, du kannst dich also ruhig ein bisschen ungeschickt anstellen.«

»Fällt mir bestimmt nich schwer. Hab ja vorhin fast den ganzen Laden eingerissen, hasse ja selbst mitgekricht.« Frank gackerte vergnügt. »Und wo ham wa uns kennengelernt?«

»Hm ... wie wäre es mit einem Biergarten? Wir haben an benachbarten Tischen gesessen. Irgendwann waren unsere Freunde weg, und wir haben uns noch die ganze Nacht unterhalten.«

»Und dann? Direkt zur Sache oder wat?« Er machte alberne Kussgeräusche.

Ich musste lachen. »Du Blödmann. Derlei Intimitäten gehen sie nix an. Aber falls es zur Sprache kommt: Unser erstes Treffen war vor ... hm ... vor einem Jahr.«

»Wat? Und dann jetzt schon heiraten? Und wie war mein Antrach? Oder hast du mich gefraacht? Sowatt wolln die Leute doch immer wissen.«

Ich dachte nach, dann sagte ich: »Du hast Döner für uns beide geholt. Und als ich ihn ausgewickelt habe, war dort ein Ring versteckt.«

»Bäh, wat 'ne fiese Sauerei. So 'n Ring, der mit Knoblauchsauce vollgeschmiert is ...« Er schüttelte den Kopf. »Stell dir bloß mal vor, die Braut verschluckt den aus Versehn. Und dann? Tagelang auffm Klo lauern, dat der wieder rauskommt? Dat will ich mir gaanich vorstelln. Bäh. Sowatt würd ich nie machen.«

Prompt kam mir Okkos Antrag an meine Freundin Diana in den Sinn: Er hatte den Ring in ein Croissant eingebacken, das sich dann sein Hund Heini geschnappt hatte, der damit in den Garten geflohen war, um es dort zu vergraben. Natürlich hatte Diana nichts vom Inhalt des Gebäcks geahnt und war höchst verwundert gewesen, dass Okko den Hund schreiend verfolgt und mit ihm verbissen um das Croissant gerungen hatte. Dianas Ring war also mit Hundesabber und Erde verschmiert gewesen, und sie hatte den Antrag dennoch angenommen. Was war dagegen ein Klecks Knoblauchsauce?

Ich seufzte innerlich. Wenn Frank diesen Gedanken derart abwegig fand, sah ich wenig Sinn darin, ihm diese Geschichte aufzudrängen, das würde unweigerlich zu endlosen Diskussionen führen. Ich beschloss, den Weg des geringsten Widerstands zu gehen.

»In Ordnung« sagte ich. »Dann entscheide du. Wie sähe dein Antrag denn aus?«

»Also, ich würde dat total romantisch machen. Zuerst mach ich als Überraschung 'ne schöne Badewanne voll, die ganz genial duftet. Und ich sach dann: *Süße, heute wirste mal von hinten bis vorne verwöhnt. Erssmal ab inne Wanne mit dir, schön entspannen.* Und wennde rauskommst, is allet voller Rosen und so. Und voller Kerzen. Und ich hab heimlich 'n superleckeret Essen gekocht. Also, du komms rein, und ich bin ganz schick angezogen. Und dann sach ich: *Setz dich hin, Süße, wir ham schon so lange kein romantischen Abend mehr gehabt.* Und dann essen wir ganz gemütlich, und ganz schöne Musik läuft. Wenn wir damit fertich sind, giptet Schampanja, so richtich guten, und dann gehe ich auffe Knie und mach den Antrach.«

Ich hatte zwar keine Beweise, aber mich beschlich der Verdacht, dass Frank mir gerade exakt den Ablauf seines Antrags an Bärbel geschildert hatte.

»Einverstanden. Übrigens, wir haben keine Kinder, nicht wie du und Bärbel, das würde zu kompliziert. Dann wollen die wissen, wie alt die sind ...«

»Wie alt solln die Kinder schon sein?«, fiel er mir kichernd ins Wort. »Wir *kennen* uns doch erst ein Jahr, haste gesacht.

Also könnten die höchstens 'n paar Wochen alt sein. Und dat könnten auch nur dann mehrere sein, wenn dat Zwillinge wärn. Oder Drillinge.«

Alle Achtung – da hatte er tatsächlich besser aufgepasst als ich selbst.

»Und wat arbeiten wir? Dat, wat wir auch in echt arbeiten?«

»Lieber nicht. Hinterher stehen die irgendwann mal in deinem Laden. Willst du dann spielen, dass du nicht mit Bärbel verheiratet bist?«

»Ach, dat passiert schon nich. Und wenn, dann ham wir halt nich geheiratet, weil ich mich plötzlich in die Bärbel verknallt hab. Is doch ganz einfach.«

Ich stöhnte innerlich. Mussten wir wirklich all diese Eventualitäten einkalkulieren und unsere Legende bis ins allerkleinste Detail ausspinnen?

»Pass auf«, sagte ich. »Du hast deinen Laden, und ich arbeite im Callcenter einer Bank. Basta. Alles andere wäre viel zu kompliziert. Sollte man dich über den Laden ausquetschen, kannst du von deinem Alltag als Einzelhändler quasseln, ohne aufpassen zu müssen.«

»Bloß ohne Bärbel.«

»Du hast es erfasst: ohne Bärbel. Bleib einfach beim Gemüse und verirre dich nicht zu Geschichten über die Kiddies. Dann ist alles gut. Zur Not stellst du dich beim Tanzen besonders ungeschickt an, das lenkt sie todsicher von unbequemen Fragen ab.«

Wir hatten die Tanzschule erreicht, und ich stellte das Auto auf der Straße vor dem Gebäude ab.

»Und nicht vergessen, Frank: Du und ich, wir sind ein verliebtes Paar.«

Entsetzt stierte er mich an und schnappte nach Luft. »Du meinz, wir müssen *knutschen*?«

Ich muss zugeben: Ein bisschen weniger Schock wäre mir angenehmer gewesen.

Lächelnd schüttelte ich den Kopf. »Natürlich nicht, du Honk. Das ginge wirklich ein wenig zu weit. Aber mal zwischendurch kurz Händchenhalten oder so, das wäre nicht schlecht. Oder mal den Arm um meine Schultern legen. So was in der Art. Ganz harmlos, aber ein wichtiges Detail für unsere Geschichte. Einverstanden?«

»Einverstanden.«

Und so kam es, dass mein Kumpel Frank und ich Hand in Hand die Tanzschule betraten, wo wir bereits erwartet wurden.

Kapitel 23

Als eine Tarnung aufzufliegen droht,
lässt Loretta es sogar zu, dass Frank ein
kompromittierendes Filmchen von ihr dreht

Annette Helgenberger erwartete uns bereits. Mit ausgestreckter Hand und straffem Lächeln schwebte sie auf uns zu. »Frau Luchs, ich freue mich.« Nachdem wir uns die Hand geschüttelt hatten, wandte sie sich Frank zu. »Und Sie müssen Herr Kropka sein. Herzlich willkommen.«

Frank nahm ihre Hand und sagte: »Boah, Sie sehn ja genauso aus wie …«

»Wie eine echte Profitänzerin«, fiel ich ihm hastig ins Wort, bevor er rausposaunen konnte, wie sehr sie ihn an Marina erinnerte.

Die Ähnlichkeit der Frau mit Marina Helgenberger war tatsächlich frappierend. Ob sie Zwillinge waren? Oder reichte die Tatsache, dass beide durchtrainiert, sehr schlank und tiefgebräunt waren und sich überdies nicht nur den Friseur, sondern auch die Haarfarbe zu teilen schienen? Genau wie Marina trug auch Annette ein enges schwarzes Trikot zu einem schwingenden, wadenlangen Rock der gleichen Farbe. Das Standard-Outfit von Tanzlehrerinnen, vermutlich.

»Ja, genau, wie 'ne echte Profitänzerin«, wiederholte Frank. Ihm schien aufgegangen zu sein, welchen Bock er beinahe geschossen hätte, denn er war tiefrot angelaufen. »So eine wie die im Fernsehn, meine ich. Wissense, meine Süße, die kuckt sich manchmal diese Sendungen an, wenn die Leute so inne Gruppe tanzen und alle gleich aussehn. So sehn Sie nämlich aus. Ham Sie sowatt früher auch mal gemacht? Als Sie noch jung … äh … als Sie noch jünger warn?«

Annette Helgenbergers Lächeln wankte und wich nicht; das war vermutlich jahrelangem Training zu verdanken. Huldvoll neigte sie den Kopf, der mich in seiner starren Maskenhaftigkeit enorm an holzgeschnitzte Kasperlepuppen erinnerte. Im Vergleich erschien mir Marina deutlich lebendiger und emotionaler, aber wir kannten Annette schließlich erst seit einigen Minuten.

»Ja, ich habe mal in einer solchen Formation getanzt«, sagte sie zu Frank. Ihr Blick ging an ihm vorbei. »Ah, da bist du ja, Stefan. Frau Luchs, Herr Kropka – das ist mein Partner, Stefan Döring.«

Antonio in Blond, dachte ich, als Döring uns begrüßte.

Genau wie die Frauen ähnelten sich auch die Männer: Beide hatten sehr schmale Hüften und winzige Hintern, die wahrscheinlich stahlhart waren. Auch er war knusprig braun; Sonnenstudios mussten sich an ihnen dumm und dämlich verdienen. Aber vermutlich hatten sie eine Sonnenbank im Wohnzimmer stehen; so ein Teil dürfte sich bei ihnen nach wenigen Wochen amortisiert haben. Dass sie derart ausgedörrt aussahen, ließ sie beinahe alterslos erscheinen. Sie könnten genauso gut Ende dreißig wie Mitte fünfzig sein – ich hätte beides geglaubt.

Sie gingen mit uns in den Tanzsaal, der mit einer komplett verspiegelten Wand überraschte. Ich jedenfalls war *sehr* überrascht, und ich wäre am liebsten auf dem Absatz umgedreht. Ich sollte mich während des Unterrichts im Spiegel sehen? Argh.

»So«, sagte Stefan Döring, »wie sieht es denn mit Ihren Vorkenntnissen aus?«

»Also, ich war mal inne Tanzschule, da war ich aba noch 'n Teenager«, erwiderte Frank und zwinkerte Döring zu. »Nich freiwillig, aber meine Eltern wollten dat unbedingt. Und dat war einklich ganz lustig, weil, da konnte man Mädchen treffen und die auch so 'n bissken *anpacken,* wennse verstehn, wat ich meine. Dat war also gaanich so schlecht. Da war diese eine Perle, Schennifer hieß die, die war für ihre dreizehn Jahre schon 'n ganz schön flotten Feger. Mit der Schennifer wollten alle Jungs tanzen. Und wenn wir dann die Mädchen zum Tanz auffordern sollten, sind alle Jungs wie bekloppt auf die Schennifer los, da warn wir wie 'ne Horde Rinder im Western, wenn die so durchgehn. Und der Schnellste hat die Schennifer gekricht. Und ratense mal: Dat war meistens ich. Aber wat wir da getanzt haben …« Frank zuckte mit den Schultern. »Dat weiß ich nich mehr so richtich.«

»Aha, verstehe.« Döring nickte langsam, während er vermutlich noch damit beschäftigt war, aus Franks Redeschwall die relevanten Informationen zu extrahieren. »Vielleicht sind in Ihrem Gedächtnis ja noch ein paar der Bewegungen gespeichert, die Sie damals trainiert haben. Wäre das nicht eine nette Überraschung?«

Vor allem wäre es eine plausible Erklärung, falls Frank sich als vermeintlicher Anfänger doch nicht ganz so blöd anstellte, wie ich es gern gehabt hätte.

»Bei mir ist es ähnlich«, sagte ich. »Ich habe die Tanzschule allerdings nur ein paar Stunden lang besucht, dann wurde es mir zu blöd, und ich bin nicht mehr hingegangen.«

»Zu blöd?« Frank gackerte. »Wollte keiner mit dir tanzen, oder wat?«

Bumm – Volltreffer. Allerdings würde er niemals erfahren, dass er recht hatte. Von mir jedenfalls nicht. Ich schleuderte einen zornigen Blick in seine Richtung. *Du fällst aus der Rolle, mein Lieber,* war die Botschaft, *wir sind ein verliebtes Paar.*

Frank zuckte zusammen und zog mich an sich. »War nur Spaß, Süße. Kennz mich doch, manchmal kann ich meine große Klappe nich halten. Nich böse sein, ja?«

Er setzte eine treuherzige Hundewelpenmiene auf – und ich ein verzeihendes Lächeln. Alles war gut im Paradies.

Zuerst tanzten wir ohne Partner. Ich wurde Annette zugeteilt, und Stefan Döring schnappte sich Frank. Ungefähr eine Stunde lang verbrachten wir nun getrennt voneinander damit, durch Imitieren unserer jeweiligen Profis die Herren- beziehungsweise die Damenschritte zu lernen.

Zunächst übten wir nur die Schritte, dann wurde leise Musik angeschaltet. Mittlerweile verstand ich auch den Sinn der Spiegelwand: Annette und ich standen nebeneinander, das Gesicht zum Spiegel, der sich als echte Hilfe erwies, um die Unterschiede zwischen ihren und meinen Bewegungen deutlich zu machen.

»Sehr gut machen Sie das, Frau Luchs«, sagte Annette Helgenberger. »Gleich können wir dazu übergehen, dass Sie mit Ihrem Part…«

»Annette? Stefan? Wo seid ihr?« Die wütende Frauenstimme kam aus dem Vorraum und drang durch den Türspalt in den Tanzsaal. »Ich will mit euch reden. Sofort!«

Das war Marina Helgenberger, eindeutig. Frank und ich sahen uns entsetzt an – mit ihrem Auftauchen hatten wir nun wirklich nicht rechnen können. Wir saßen in der Falle. Gleich würden wir auffliegen. Und eine Menge unangenehmer Fragen zu beantworten haben.

Döring zischte Annette zu: »Das ist deine Schwester.«

»Ist mir klar«, fauchte sie zurück. Dann wandte sie sich Frank und mir zu, die wir wie erstarrt mitten im Tanzsaal standen. »Ich bitte vielmals um Entschuldigung. Eine Familienangelegenheit. Wir sind gleich wieder da.«

Sie und Döring eilten zur Tür, die sich gerade weiter öffnete. Rasch drehten Frank und ich uns weg, aber aus dem Augenwinkel sah ich, wie Annette und Döring Marina aus dem Raum drängten, bevor sie ihn hatte betreten können. Hinter ihnen schloss sich die Tür, und wir hörten gedämpfte streitende Stimmen.

»Boah«, sagte Frank leise, »dat war aber *richtich* knapp.« Mir saß der Schreck in den Knochen. »Allerdings. Aber ich möchte wissen, worum es da draußen geht.«

Frank schlich zur Tür und holte sein Handy aus der Jacke, die dort an einem Haken hing. Das Telefon war extrem flach. Er tippte darauf herum, dann legte er grinsend den Finger an die Lippen, kniete sich hin und schob das Handy behutsam durch den Türspalt am Boden.

Guter Junge. Blieb bloß zu hoffen, dass er es rechtzeitig merken würde, wenn sie wieder in den Tanzsaal zurückkehrten. Uns beim Lauschen zu erwischen, würde nicht gerade einen guten Eindruck auf sie machen.

Ich näherte mich ihm, und er flüsterte: »Geh mal 'n paar Schritte wech von mir. Wenn die wieder reinkommen, tu ich so, als wenn ich dich die ganze Zeit schon dabei filmen würde, wie du hier am Rumkreiseln bis. Wat meinze?«

»Gute Idee. Kannst du hören, worüber sie streiten?«, fragte ich leise.

»Ich kann nich allet verstehn. Und ich kann die Frauenstimmen schlecht auseinanderhalten, weißte? Aber die reden von kaputte Fenster und vonne Anschläge und so. Lass uns dat später ganz in Ruhe anhörn. Jetz muss ich aufpassen, dat die mich nicht erwischen.«

Ich kehrte zurück in die Mitte des Tanzsaals. Alles, was ich von draußen hören konnte, waren zwei helle Frauenstimmen und eine dunkle Männerstimme, die sich anbrüllten.

Keine Ahnung, wie viel Zeit vergangen war, als Frank plötzlich das Handy unter der Tür hervorzog, schnell aufstand, erneut auf dem Telefon herumtippte und ein paar Schritte auf mich zukam. Das war mein Signal: Ich hob die Arme und walzerte mit Feuereifer durch den Tanzsaal.

»Gut machste dat, Süße«, rief er enthusiastisch und filmte mich dabei, wie ich den Solowalzer aufs Parkett legte.

Ein professioneller Kameramann hätte mich nicht besser umkreisen können als mein angeblicher Bräutigam, während ich ihm kichernd feurige Blicke und enthusiastische Kusshände zuwarf wie ein aufgeputschtes Funkenmariechen. Tatsächlich kostete es mich einige Überwindung, da ich ahnte, dass dieses Filmchen in unserem Freundeskreis in Blitzgeschwindigkeit die Runde machen würde. Falsch: Ich ahnte es nicht, ich *wusste* es.

Unsere aktuellen Tanzlehrer kamen wieder herein; beide wirkten ziemlich genervt.

»Wir können uns für diese unangenehme Unterbrechung nur entschuldigen«, sagte Annette, deren Lächeln nun reichlich angestrengt wirkte.

»Wie Sie gesehen haben, habe ich Ihre Abwesenheit genutzt, um zu üben. Was halten Sie davon, wenn wir eine kurze Pause einlegen?«, fragte ich. »Wir trinken einen Kaffee, und dann geht es gestärkt weiter.«

»Das ist doch ein guter Vorschlag«, erwiderte Döring. »Sie sind natürlich eingeladen. Cappuccino?«

Nun ja, bei dem happigen Honorar, dass ihr beide für diesen Einzelunterricht verlangt, dürften zwei läppische Heißgetränke ja wohl inklusive sein, dachte ich.

Der Eingangsbereich war ähnlich gestaltet wie das Foyer der anderen Tanzschule. Vermutlich war es in allen Tanzschulen so, dass es einen Bereich gab, in dem die Schüler gemütlich die Pausen verbringen, miteinander plaudern und das Einkommen der Betreiber dadurch aufbessern durften, dass sie dort das eine oder andere Getränk bestellten.

Frank und ich setzten uns an die Bar, Döring bereitete vier Tassen vor, und Annette machte sich an der Kaffeemaschine zu schaffen.

»Familie, hm?«, sagte Frank. »Kannz nich mit, kannz aber auch nich ohne.«

Annette sah ihn an. »Wie kommen Sie darauf?«

Herrje – wirklich? Erstens hatte Döring gesagt: *Das ist deine Schwester,* und zweitens hatten sie sich wegen Familienangelegenheiten für die Unterbrechung entschuldigt.

Genau das schien ihr nun auch klarzuwerden, denn sie seufzte ergeben und nickte. »Es ist mir sehr unangenehm, dass Sie beide das mitbekommen haben. Ja, das war in der Tat meine Schwester.«

Frank winkte ab. »Machense sich nix draus. Muss Ihnen auch überhaupt nich peinlich sein. Wissense, mein Bruder und ich, wir sind wie Feuer und Wasser. Ständich am Streiten, schon als kleine Gören. Über nix und wieder nix. Besonders an Weihnachten. Ich kann Ihnen sagen, da gehtet aber richtich ab. Dat Blöde is, dat wir damit dat schöne Fest für alle versauen, und hinterher tut mir dat immer richtich leid, aber dann isset zu spät. Dat is, wie wenn so 'n Knopp bei uns gedrückt wird. Besonders, wenn wir noch so zwei oder drei Bierken gekippt haben. Dann kriegen wir uns todsicher anne Köppe. So sicher wie dat Amen inne Kirche.«

Annette nickte nachdenklich. »Stimmt. Wenn der Knopf erst einmal gedrückt ist …« Sie stellte die Tassen auf dem Tresen ab.

Eine Zeit lang redete niemand.

Dann sagte ich: »Ihre Schwester ist ebenfalls Tänzerin, nicht wahr? Und hat auch eine Tanzschule.«

Jetzt war sie wirklich verblüfft. »Das stimmt. Woher wissen Sie das?«

Ja, blöde Loretta, woher weißt du das?

Fieberhaft zerbrach ich mir den Kopf, wie ich aus diesem Fettnäpfchen wieder herauskam. Warum bloß hatte ich das gesagt, ich Idiotin? Die Worte waren mir einfach aus dem

Mund geflogen. Ausgerechnet mir, die ich Frank immer wieder einschärfte, zuerst zu denken und erst dann zu reden.

»Woher ich das weiß?«, trillerte ich munter. »Also, das ist eine lustige Geschichte. Als ich auf der Suche nach einer Tanzschule war, nannte meine Freundin Doris mir den Namen Helgenberger. So landeten wir bei Ihnen, aber es stellte sich heraus, dass Doris *eigentlich* die Schule Ihrer Schwester gemeint hatte. Dort besucht sie nämlich zurzeit einen Tanzkurs. Frank und ich haben also wegen einer Verwechslung bei Ihnen Unterricht. Ist das nicht lustig?«

Annette Helgenberger und Stefan Döring wechselten einen raschen Blick, der mir misstrauisch vorkam.

War ihnen aufgefallen, wie dünn und löchrig meine Geschichte war? Immerhin war Annette nicht die Betreiberin dieser Schule, sondern lediglich bei ihr angestellt. Höchst unwahrscheinlich, auf diese Tanzschule zu stoßen, wenn man ihren Nachnamen in eine Suchmaschine eingab, aber etwas Besseres war mir in der Eile nicht eingefallen.

Blieb zu hoffen, dass ihnen diese dämliche Lüge erst wieder in den Sinn kommen würde, wenn sie vielleicht später noch einmal über dieses skurrile Gespräch mit uns nachdachten und dann über gewisse Ungereimtheiten stolperten. Oder auch nicht.

»Wie bitte? Eine Verwechslung?«, fragte Stefan Döring schmallippig.

»Och, nich dat Sie meinen, wir würden uns ärgern!«, erwiderte Frank rasch. »Überhaupt nich, oder, Loretta?« Ich schüttelte den Kopf, und Frank fuhr fort: »Sehnse? Wir sind superhappy hier. Dat wat ich jetz schon gelernt hab …« Strahlend hob er beide Daumen.

»Dem kann ich nur zustimmen«, sagte ich. »Ihr Unterricht ist fantastisch; wir werden Sie auf jeden Fall weiterempfehlen. Manchmal bringt so eine Verwechslung sehr positive Ergebnisse, nicht wahr?« Vermeintlich erschrocken schlug ich die Hand vor den Mund. »Oje … bei dem Streit vorhin ging es doch nicht etwa um Frank und mich?«

»Um Sie beide?« Annette war sichtlich verblüfft. »Nein, natürlich nicht. Wie kommen Sie darauf?«

»Immerhin hatte Doris die Tanzschule Ihrer Schwester empfohlen«, erwiderte ich. »Was, wenn sie Frank und mich Ihrer Schwester bereits angekündigt hatte? Und was, wenn Ihre Schwester bei Doris nachgefragt hat, warum wir uns nicht melden, und so erfahren hat, dass wir bei *Ihnen* den Intensivkurs gebucht haben?«

Ganz dünnes Eis.

Ich hatte Stefan Döring gegen zehn heute Morgen angerufen, und der Unterricht lief seit eins. Dazwischen lagen gerade mal läppische drei Stunden. Da hätte die Informationskette zwischen Doris, mir und Marina Helgenberger schon sehr schnell sein müssen.

»Nicht, dass Ihre Schwester noch denkt, Sie würden ihre Kunden abwerben?«, plapperte ich weiter. »Das könnte böses Blut geben, nicht wahr? Wenn Frank und ich der Grund für ein Missverständnis zwischen Ihnen und Ihrer Schwester sind, wäre mir das wirklich sehr unangenehm. Zumal Sie beide bei konkurrierenden Unternehmen beschäftigt sind. Was mich überhaupt wundert: Wenn Sie doch beide Tänzerinnen sind – wäre es nicht viel netter, wenn Sie gemeinsam unterrichten würden, statt miteinander zu konkurrieren?«

Damit hatte ich den Bogen überspannt, denn ich sah mich mit zwei versteinerten Mienen konfrontiert.

Dann sagte Annette: »Das ist keine Option. Ich will nicht unhöflich sein, aber das ist eine Privatangelegenheit zwischen meiner Schwester und mir.«

Ich rechnete schon damit, dass sie uns nun vor die Tür setzen würden, weil sie von unserer unverschämten Neugier die

Schnauze voll hatten. Aber nichts dergleichen geschah – dazu waren sie vermutlich zu sehr Profis.

»Wie wäre es, wenn wir uns nun wieder den schönen Dingen zuwenden?«, fragte Stefan Döring und zwinkerte schelmisch. »Ich garantiere Ihnen, dass es keine weiteren Unterbrechungen geben wird. Wir haben noch ein wenig Arbeit vor uns, bevor Sie Ihre Gäste bei Ihrer Hochzeit mit einem perfekten Wiener Walzer in sprachloses Erstaunen versetzen werden. Und das werden Sie, das verspreche ich Ihnen.«

Wir setzten also den Unterricht fort. Zunächst tanzte ich mit Stefan Döring und Frank mit Annette, aber dann durften mein Bräutigam und ich endlich die erste gemeinsame Runde drehen.

Wir hatten den Tanzsaal gerade einmal umkreist, als es einen ohrenbetäubenden Knall gab und eine der Fensterscheiben splitternd zerbarst.

Kapitel 24

Ein geheimer Lauschangriff klärt einiges auf,
aber zugleich bewahrheitet sich der Spruch
vom Lauscher an der Wand

Ehe ich überhaupt begreifen konnte, was los war, lag ich auch schon der Länge nach auf dem Parkett. Frank hatte mich blitzschnell heruntergezerrt und sich schützend über mich geworfen.

So spielt man überzeugend ein Liebespaar, dachte ich in meiner Verwirrung, dann spürte ich den Schock.

»Allet gut mit dir, Loretta?«, hörte ich Frank fragen, dann half er mir auf die Beine. Fürsorglich legte er dann den Arm um meine Schultern.

Ich zitterte am ganzen Leib, denn natürlich hatte ich den Knall für einen Schuss gehalten. Frank offenbar auch, denn sonst hätte er nicht versucht, mich – uns – aus der Schusslinie zu bringen.

Aber niemand hatte geschossen – ein faustgroßer Stein lag mitten im Tanzsaal. Eher wütend als erschrocken, so schien mir, glotzten Annette Helgenberger und Stefan Döring das Corpus Delicti stumm an.

»Tanzschulen scheinen heutzutage ein äußerst gefährliches Pflaster zu sein«, sagte ich schließlich scheinbar beiläufig ins allgemeine Schweigen hinein, während ich meine leicht derangierte Kleidung richtete.

»Wie meinen Sie das?«, fragte Annette stirnrunzelnd.

Sie klang angriffslustig, aber das war mir gerade mal völlig schnuppe.

»Na ja …« Ich zuckte mit den Achseln. »Wie ich schon erzählte, besucht meine Freundin Doris gerade einen Kurs bei

Ihrer Schwester. Und dort wurde vor einigen Tagen jemand durchs Fenster erschossen. Und jetzt frage ich mich natürlich: Sind wir etwa mitten in den Krieg der Tanzschulen geraten? Tobt in der Stadt gerade ein Konkurrenzkampf mit allen Mitteln, oder was?«

»Ha, ha, ha, so ein Unsinn.« Dörings Lachen klang gezwungen.

Dann standen wir eine Zeit lang irgendwie blöd um den Stein herum, und niemand sagte etwas.

Schließlich ergriff Frank das Wort. »Wollter nich die Bullen rufen? Und Anzeige erstatten oder sowatt in der Art? Gegen Unbekannt? Oder wisster, wer dat war? Ihr braucht uns doch bestimmt als Zeugen. Oder nich?«

Die beiden sahen sich an und tauschten offenbar eine geheime Botschaft aus, dann schüttelte Annette den Kopf. »Ich schlage vor ... Also, es tut mir sehr leid, aber der Unterricht muss jetzt abgebrochen werden. Sie sind uns selbstverständlich nichts schuldig.«

»Sollten wir nicht bleiben, um eine Aussage zu machen?«, fragte ich. »Dazu sind wir natürlich gerne bereit. Die Polizei kann sicherlich in ein paar Minuten hier sein.«

»Äh ... nein, wir wollen Ihnen nicht noch mehr Unannehmlichkeiten bereiten«, erwiderte Stefan Döring. »Es ist ohnehin alles schon peinlich genug für uns. Erst die Unterbrechung wegen ... äh, Sie wissen schon, und dann auch noch dieser Vorfall.«

Beide wollten uns so schnell wie möglich loswerden, das war sonnenklar. Am liebsten hätten sie uns vermutlich an Arsch und Kragen gepackt, zur Eingangstür geschleift und uns auf die Straße getreten. Dann die Tür hinter uns zuknallen, den Schlüssel dreimal herumdrehen und dann weitersehen.

»Wie Sie meinen.« Ich zuckte mit den Schultern. »Falls die

Polizei danach fragt: Sie können den Beamten gerne meine Kontaktdaten geben.«

»Nein, nein, das wird bestimmt nicht nötig sein.« Annette hob abwehrend beide Hände. »Sie könnten ja auch nichts anderes aussagen als wir. Wir haben getanzt, und plötzlich flog ein Stein durchs Fenster. Außerdem: Das war sicherlich nur ein Dummejungenstreich. Ha, ha, ha.«

Ein Dummejungenstreich?

Ja, klar. Und der Osterhase …

Wenige Minuten später hatten sie Frank und mich zur Tür komplimentiert. Es folgten einige gegenseitige, halbherzige Beteuerungen, wie schade es doch sein, dass ein so schönes Training so unschön habe enden müssen, und wie außerordentlich sie es bedauerten, uns nicht zum perfekten Walzer verhelfen zu können … aber wir hätten doch bestimmt Verständnis, dass sie sich jetzt um das zerstörte Fenster kümmern … Jetzt müsse ja erst einmal ein Glaser … Vielen Dank, und kommen Sie jederzeit wieder … aber leider nicht heute. Tschüssikowski.

»Die kann ja mal ihre Schwester anrufen«, sagte Frank, »die weiß garantiert 'n Glaser.«

Kichernd legte ich den Finger an die Lippen, denn wir passierten gerade das zerstörte Fenster. Ganz schön mutig, am helllichten Tag einen Stein durch die Scheibe zu donnern – da musste jemand ziemlich wütend gewesen sein. Andererseits lag die Tanzschule nicht gerade an einer Hauptverkehrsstraße mit vielen Passanten, sondern in einer Art Gewerbegebiet, in dem nicht sonderlich viel los war.

Da konnte man schon mal spontan mit Steinen werfen, ohne Augenzeugen befürchten zu müssen.

»Ihr glaubt nich, wat passiert is!«, grölte Frank, kaum dass wir sein Haus betreten hatten.

Da der Laden über Mittag geschlossen hatte, gingen wir direkt in die Küche, wo Bärbel und Erwin beim Käffchen am Tisch saßen.

»Passiert?«, fragte Bärbel. Sie klang dezent alarmiert. »Wieso seid ihr überhaupt schon zurück? Ich dachte, der Unterricht sollte mindestens bis fünf dauern.«

»Ja, dat war auch so geplant, aber dann is wat *passiert*. Boah, wir ham vielleicht 'n Schrecken gekricht! Ich direkt die Loretta umgerissen und mich auf sie draufgeworfen, wie sich dat bei 'nem Angriff gehört. Erss die Frauen in Sicherheit bringen. Also, Süße, stell dir vor: Die Loretta und ich tanzen grade so schön vor uns hin … Du, ich hab so viel gelernt heute, du wirss staunen, echt. Ich kann jetz tanzen wie so 'n jungen Tanzgott. Wat so 'n Einzelunterricht ausmacht, irre. Und die Annette, die sieht genauso aus wie die Marina, die sind bestimmt Zwillinge, kannze mich für ankucken …«

»Stopp!« Erwin hob die Hand. »Was ist denn nun passiert? Welcher *Angriff*? Loretta?«

Ich ließ mich auf einen Stuhl fallen. »Ihr werdet es kaum glauben, aber jemand hat einen Stein durchs Fenster der Tanzschule geworfen. Bei dem Knall dachten wir natürlich zuerst, dass jemand geschossen hat.«

Bärbel schnappte nach Luft und griff nach der Hand ihres Liebsten, der beruhigend ihre Schulter tätschelte.

»Wie bitte?« Erwin sah mich ungläubig an. »Was soll denn das? Krieg der Tanzschulen oder wie?«

Ich nickte. »Ich sollte allerdings noch erwähnen, dass Marina dort kurz zuvor einen dramatischen Auftritt hingelegt hat. Sie kam plötzlich reingestürmt, brüllte nach Annette und Stefan und verlangte ein sofortiges Gespräch.«

»Hat sie euch erkannt?«, fragte Erwin sofort.

Ich schüttelte den Kopf. »Nee, sie kam nur bis ins Foyer, dann sind unsere Tanzlehrer raus zu ihr.«

»Wir konnten nix verstehn, aber …« Frank zog sein Handy aus der Tasche und schwenkte es triumphierend. »Allet hier drauf, Herrschaften. Jedet Wort.«

»Wir haben es bisher nicht abgehört«, fügte ich hinzu. »Wie viel Zeit haben wir, bis ihr den Laden öffnen müsst?«

»Reichen zwanzig Minuten?«, fragte Bärbel zurück.

Ich nickte. »Das reicht locker. So lange haben die sich nicht angebrüllt.«

Frank legte das Telefon auf den Tisch und startete das Abspielen der Aufnahme, die mitten in einem Satz begann.

»… mit dem Terror, sonst zeigen wir euch an!«, schrie eine Frauenstimme – Marina Helgenberger.

»Keine Ahnung, wovon du sprichst«, erwiderte Stefan Döring. »Und jetzt: Raus hier, aber sofort. Du störst unseren Unterricht.«

»Hört euch das an – ich störe euren Unterricht!«, höhnte Marina. »Und was tut ihr? Seit Wochen immer neue Sabotage, immer neue Drohbriefe. Allmählich reicht es uns. Endgültig. Lasst endlich die Vergangenheit hinter euch.«

»Wann und ob ich meine Vergangenheit hinter mir lasse, hast du nicht zu bestimmen, Schwesterchen. Du hast mir den Mann weggenommen, schon vergessen? Du hast mit ihm eine Karriere gemacht, die ich hätte machen sollen.«

»Wie kann man dir etwas wegnehmen, das dir nie gehört hat? Dein Mann? Dass ich nicht lache. Hast du immer noch nicht kapiert, dass Antonio nie etwas von dir wollte?«

»Behauptet er das? Ja? Dann belügt dein kostbarer Antonio dich nach Strich und Faden, meine Liebe. Wir waren ein Paar, Marina, ein Liebespaar! Und dann hast du dein kurzes Röckchen gehoben, und er hat mich fallen gelassen wie eine heiße Kartoffel! Das werde ich dir niemals verzeihen, du Flittchen!«

Falls das stimmte, sprach es nicht gerade für Antonios Charakter, schoss mir durch den Kopf.

Wir hörten ächzende Geräusche, die verdammt nach einem Handgemenge klangen, dann schrie Stefan Döring: »*Hört auf! Auseinander!*«

Jesses, hatten die beiden sich geschubst und an den Haaren durch die Gegend gezerrt? Obwohl – beide Damen hatten ultrakurzes Haar; da richtig zuzupacken, dürfte schwierig sein. Eine Zeit lang war nur Schnaufen zu hören.

Dann sagte Marina: »*Du bist erbärmlich, weißt du das? Ich könnte beinahe Mitleid mit dir haben, aber dazu sind deine Aktionen zu bösartig. Und kosten uns zu viel Geld.*«

»*Dein billiges Mitleid kannst du dir sonstwohin stecken, du dumme Schnepfe, das brauche ich nicht. Lieber schieße ich mir eine Kugel in den Kopf.*«

»*Wo sie auch hingehört*«, fauchte Marina. »*Jedenfalls gehört sie nicht in einen meiner Kunden. Das warst du doch, oder? Du hast am Freitagabend durch mein Fenster geschossen. Wahrscheinlich wolltest du mich nur erschrecken, aber rate mal: Es gab einen Toten.*«

Kurz herrschte Stille, dann fragte Stefan Döring: »*Annette, wovon redet sie?*«

»*Tolle Nummer, die ihr mir hier vorspielt.*« Marina lachte grell. »*Stefan stellt sich dumm, und du hast nichts weiter auf der Pfanne als Beschimpfungen. Aber glaubt nicht, dass ich euch irgendwas davon abkaufe. Von euch sind die Briefe, und ihr habt diese Aktionen gegen die Tanzschule gestartet. Und die Sache mit dem Schuss, die hat das Fass endgültig zum Überlaufen gebracht. Die Briefe hat die Polizei schon. Bisher habe ich nicht über dich ausgepackt, Annette, aber die Schonzeit ist vorbei. Jetzt werde ich Namen nennen.*«

»*Tu dir keinen Zwang an, du Irre. Rechne damit, dass ich dich wegen übler Nachrede anzeigen werde*«, gab Annette zurück. »*Und lass dich hier nie wieder blicken, verstanden? Sonst kommt noch Hausfriedensbruch dazu. Du kannst mich* nicht einschüchtern. *Nicht mehr, die Zeiten sind vorbei. Und jetzt raus hier, sonst rufe ich die Polizei. Unsere Kunden, die im Tanzsaal warten, werden bestätigen können, dass du hier reingestürmt bist wie eine Verrückte und sofort Streit angefangen hast. Schlechte Karten, Schwesterchen: vier Aussagen gegen eine.«*

Schnelle Schritte erklangen, dann sagte Marina: *»Letzte Warnung, hört ihr? Bisher habe ich mich nicht gewehrt, aber …«*
Eine Tür fiel ins Schloss.

Kurze Zeit war es still, dann sagte Döring: *»Ich hab gleich gesagt, dass sie uns auf die Schliche kommen wird. Schon allein diese bescheuerten Briefe. Marina ist alles, aber nicht blöd.«*

»Halt die Klappe, du Memme. Ich hatte schon einen Grund dafür, die meisten Aktionen alleine durchzuziehen. Aber sie kann uns nicht das Geringste nachweisen«, erwiderte Annette genervt.

»Was ist mit dieser Schuss-Geschichte? Du warst letzten Freitag abends unterwegs, richtig? Wo warst du?«, fragte Stefan Döring.

»Du glaubst ihr diesen Mist doch nicht etwa?« Annette lachte. *»Lass uns lieber hoffen, dass diese beiden Witzfiguren im Tanzsaal nichts mitgekriegt haben. Warum hast du uns bloß diese beiden Dilettanten aufgehalst? Schrecklich, dieses Weib, der ist wirklich nichts peinlich. Wie neugierig kann man eigentlich sein? Und wenn dieser Clown noch so einen wirren Monolog vom Stapel lässt …«*

An dieser Stelle brach die Aufnahme ab, und wir blickten uns über den Tisch hinweg an.

»Witzfigur?«, sagte ich entrüstet. »Das ist ja wohl eine Unverschämtheit.«

Grinsend hob Erwin den Finger und dozierte: »Der Lauscher an der Wand hört seine eigene Schand'. Das hat meine Mutter immer gesagt.«

»Nee, nee, wartet mal, zum Thema Witzfigur hab ich da noch wat für euch«, rief Frank aufgeräumt und tippte auf seinem Handy herum.

Dann legte er es auf den Tisch, und ich sah mich durch den Tanzsaal schwofen und Kusshände werfen. Wie ich erwartet hatte, war der Film ein durchschlagener Erfolg: Alle bogen sich vor Lachen.

Nur ich nicht, zuerst jedenfalls. Zuerst war ich peinlich berührt. Aber dann riss ihre Heiterkeit mich mit, und ich kreischte mit ihnen um die Wette.

Mehr noch: Ich bat Frank, den Film an Dennis zu schicken. Und die Aufzeichnung der schwesterlichen Auseinandersetzung an mich.

Zurück zum Callcenter fuhr ich mit Erwin. Mein Auto ließ ich am Laden stehen, das konnte ich später noch abholen.

»Was hältst du von dem Streit?«, fragte Erwin mich, als wir losfuhren.

»Na ja, ihrer Schwester gegenüber hat sie es zwar nicht zugegeben, aber dank der kurzen Unterhaltung zwischen ihr und Döring im Anschluss dürfte klar sein, dass Annette Helgenberger die treibende Kraft hinter den charmanten Sabotage-Aktionen ist.«

»Eindeutig.« Wir mussten an einer Ampel halten, und er sah mich von der Seite an. »Und was ist mit dem Schuss?«

Die Ampel sprang auf Grün, und Erwin gab Gas.

»Falls Annette es tatsächlich war, wusste Döring nichts davon, denke ich. Dazu klang er zu …« Ich brach ab, weil mir das passende Wort nicht einfiel.

»Zu erstaunt«, sagte Erwin. »Und gleichzeitig alarmiert, wie ich finde. Also traut er es ihr durchaus zu; vielleicht ist sie sehr impulsiv. Und sie war offenbar am Freitagabend unterwegs, *könnte* es also gewesen sein.«

»Aber dazu hätte sie eine Waffe gebraucht. Woher sollte sie eine Waffe haben?«

»*Jeder* hätte dazu eine Waffe gebraucht, meine Liebe. Und woher sollte *irgendwer* eine Waffe haben, wenn er nicht gerade ein Berufskrimineller ist? In gewissen Kreisen ist es nicht allzu kompliziert, an eine Knarre zu kommen, wie du weißt. Aber das ist nebensächlich. Darum soll Astrid sich kümmern, wenn der Täter feststeht.«

Ich kicherte. »Nicht, dass wir die Kommissarin noch arbeitslos machen.«

»Also, da kann ich dich beruhigen: Diese Gefahr besteht wohl nicht ernsthaft.« Erwin lachte leise. »Aber durch Marinas Verdacht sind wir wieder an einem Punkt angelangt, an dem wir schon einmal waren: der Theorie, dass der Schuss eigentlich niemanden treffen sollte, sondern nur als Warnung gedacht war.«

»Der Fluch des Anfängerglücks: Ein Amateur-Schütze trifft beim ersten Versuch ins Schwarze. Danach vielleicht nie wieder, aber einmal reicht ja auch vollkommen aus, um jemanden umzubringen.« Ich seufzte und dachte über die neuen Erkenntnisse nach. Dann fuhr ich fort: »Wir wissen also nach wie vor nicht, ob Christian das Ziel war. Geschweige denn, wer geschossen hat. Die Tatsache, dass sowohl Döring als auch Marina ihr die Tat zutrauen, macht Annette noch nicht zur Täterin. Na ja, vielleicht trauen sie ihr nicht gerade einen Mord zu, aber doch immerhin den Schuss.«

Wir hatten unser Ziel erreicht, und er manövrierte den Wagen in eine Parklücke.

»Ich kann mir schmeichelhaftere Komplimente vorstellen«, sagte Erwin und stellte den Motor ab.

»Kommt immer darauf an, worauf man steht«, erwiderte ich.

Kapitel 25

Es geschehen noch Zeichen und Wunder: Zum ersten Mal
hört Loretta zwei identische Versionen einer Geschichte

Erwin war bereits ausgestiegen, aber ich blieb sitzen und grübelte. Ich brauchte noch mehr Informationen.

Er beugte sich ins Auto. »Loretta?«

»Hm?« Plötzlich hatte ich eine Eingebung. »Du musst mich zu meinem Auto bringen.«

»Ich dachte, du willst es später holen.«

»Tut mir leid, ich brauche es *jetzt.*«

Erwin verdrehte die Augen, dann warf er mir den Autoschlüssel zu. »Nimm meins. Ich habe keine Lust, wieder durch die halbe Stadt zu gurken.«

Hätte ich auch nicht, aber darum ging es gerade nicht.

Ich kletterte rüber auf den Fahrersitz, den ich einen gefühlten Meter nach vorne rücken musste, um die Pedale zu erreichen. Ich winkte Erwin, der auf seine Armbanduhr tippte, um mir zu signalisieren, dass ich möglichst gegen sechs zurück sein sollte, denn dann hatte sein Täubchen Feierabend. Jetzt war es kurz nach drei.

»Wird schon klappen«, murmelte ich und gab Gas.

Eine Viertelstunde später klingelte ich an Linas Bungalow. Es dauerte einen Moment, dann öffnete Jenny die Tür.

»Loretta«, sagte sie. »Sind wir verabredet?«

Ich schüttelte den Kopf. »Nee, ich bin spontan hier. Ich habe noch ein paar Fragen.«

»Du klingst wie die dämliche Kommissarin.«

Verdammt, den Satz hätte ich mir tatsächlich verkneifen sollen, ging mir auf. Denk nach, Loretta, denk nach …

»Kann ich trotzdem reinkommen?«, fragte ich lahm, um

Zeit zu gewinnen, während ich fieberhaft darüber nachdachte, welchen Grund ich für meine Fragen haben könnte.

Sie zögerte kurz, dann trat sie einen Schritt beiseite, um mich hereinzulassen. »Ich habe mir gerade Tee aufgebrüht«, sagte sie. »Magst du eine Tasse?«

Wenn es dem lieben Frieden diente … »Sehr gerne, vielen Dank.«

Während sie in der offenen Küche werkelte, pflanzte ich mich aufs Sofa. Sie setzte sich neben mich und stellte zwei dampfende Tassen auf den Tisch. Ich musterte sie unauffällig von der Seite. Jenny wirkte traurig, aber nicht gerade niedergeschmettert.

»Wie geht es dir hier bei Lina?«, fragte ich.

»Ohne sie wäre ich verloren«, erwiderte sie. »Ich bin sehr froh, dass ich sie habe. Es fühlt sich schon beinahe so an, als hätten wir schon immer zusammengewohnt.« Sie seufzte. »Stell dir nur mal vor, ich hätte mir eine neue Wohnung suchen und bis dahin in irgendeinem billigen Hotelzimmer hausen müssen. Praktisch ohne Geld.«

Praktisch ohne Geld? Und das dicke Bündel Scheine in deiner Tasche?, dachte ich.

»Und dann?«, fuhr sie fort. »Dann hätte ich in eine leere, kahle Wohnung ziehen müssen und wäre dort auf mich allein gestellt.« Sie nahm ihre Tasse und legte beide Hände darum, als müsse sie sie wärmen.

»Denkst du, das hier könnte eine Dauerlösung sein?«

Jenny stellte die Tasse wieder ab, ohne davon getrunken zu haben. Sie zuckte mit den Schultern, dann sah sie mich an. »Sind das die Fragen, von denen du geredet hast?«

Ups, da war ja noch was …

»Nein, natürlich nicht. Weißt du, ich habe mir überlegt, noch einmal mit Regina zu sprechen. Vielleicht kann ich sie ja doch noch umstimmen.«

Ihr Gesicht hellte sich auf. »Wirklich?«

»Ich will es zumindest versuchen. Und deshalb … na ja, vielleicht sollte ich ein paar gute Argumente im Gepäck haben, wenn ich dort aufkreuze. *Deshalb* noch ein paar Fragen.«

»Ach so, verstehe. Was möchtest du wissen?«

»Du hattest erzählt, Regina hätte den Kontakt zu Christian, also Christian und *dir,* abgebrochen. Kann es sein, dass es in jüngster Vergangenheit anders war? Dass sie sich wieder annäherten und miteinander redeten?«

»Natürlich redeten sie«, sagte Jenny, »aber nur, um zu streiten. Ich meinte damit, dass wir keinerlei *gesellschaftlichen* Kontakt miteinander hatten.«

»Hast du denn jedes Gespräch zwischen ihnen mitbekommen?«

Jetzt wirkte sie leicht irritiert. »Ich verstehe nicht … also, nein, vielleicht nicht. Er könnte mit ihr gesprochen haben, während ich beim Friseur war. Oder shoppen. Also, ich habe nicht gerade sein Handy kontrolliert oder so.«

Wirklich nicht? Das kaufte ich ihr nicht ab.

»Kanntest du Regina eigentlich schon, bevor du Christian kennengelernt hast?«

Für den Bruchteil einer Sekunde versteinerte ihre Miene, aber gleich darauf hatte sie sich wieder im Griff. Betont beiläufig griff sie nach der Tasse und trank. Jetzt war sie es, die Zeit gewinnen wollte.

»Wie kommst du darauf?«, fragte sie dann.

»Regina erwähnte, sie sei schon seit Jahren Stammgast im ›Chez Jacques‹. Das ist doch das Restaurant, in dem du gearbeitet hast, oder? Und in dem du Christian begegnet bist. Sie erzählte auch, Christian habe lange Zeit im Ausland gelebt. Daraus habe ich geschlossen, dass du sie länger kennst als ihn.«

Sie glotzte mich an, wie ein Lehrer von einem Schüler an-
geglotzt wurde, der an der Tafel stand und auf der Suche nach
der richtigen Antwort verzweifelt sein Hirn zermarterte. Jenny
wirkte ertappt und schien zu überlegen, womit sie besser fahren würde – einer Lüge oder der Wahrheit. Wie sich herausstellte, entschied sie sich für ein halbgares Zwischending.

»Kann schon sein, ich bin nicht sicher«, murmelte sie
schließlich. »Als Servicekraft kannst du dir nicht jeden Gast
merken.«

»Erstaunlich – bei so wenigen Tischen. Ich habe den Service
dort als äußerst zugewandt und aufmerksam erlebt. Ich meine,
in der Burgerbraterei sehen sie dir nicht unbedingt ins Gesicht,
wenn du am Tresen bestellst. Aber im ›Chez Jacques‹?«

»Woher weißt du überhaupt, wo ich gearbeitet habe?«,
fragte sie spitz. »Ich kann mich nicht erinnern, mit dir darüber gesprochen zu haben. Also hat Regina dir doch ihre dreckigen Lügen über mich erzählt.«

Ups. Hatte Jenny es mir wirklich nicht gesagt? Das kam
davon, wenn man tagelang beinahe ununterbrochen mit
allen möglichen Leuten redete: Man wusste nicht mehr, von
wem welche Information stammte.

»Regina hat es erwähnt, ja.«

»Diese verfluchte, niederträchtige Klatschtante! Ich könnte sie *umbringen*«, fauchte Jenny. Sie sprang vom Sofa auf und
marschierte durchs Wohnzimmer, immer hin und her. Dann
blieb sie vor mir stehen. »Du darfst ihr kein Wort glauben,
Loretta.«

Das war der perfekte Zeitpunkt, ihr den Wind aus den
Segeln zu nehmen, indem ich mich doof stellte. »Was soll ich
ihr nicht glauben? Dass du im ›Chez Jacques‹ gearbeitet hast?
Stimmt das denn nicht?«

»Was?«, fragte sie entgeistert. »Äh, doch, das stimmt.«

»Also doch keine dreckige Lüge.« Ich lächelte milde.

»Aber was hätte sie mir denn sonst noch auftischen sollen? Welche Lügen über dich, meine ich.«

Sie setzte sich wieder und winkte ab. »Nicht so wichtig.« Sie lachte gezwungen. »Ich bin gerade nicht ich selbst, Loretta. Das verstehst du doch? Ich habe ihr einfach unterstellt, dass sie mich in den Dreck zieht. Weil sie das auch bei Chrissie versucht hat. Natürlich ohne Erfolg. Und deshalb ist sie auch so ausgeflippt, als er ihr letzte Woche mitgeteilt hat, dass wir bald heiraten und dann auf eine Weltreise gehen werden.«

Ach, tatsächlich?

»Und dieses Gespräch hast du gehört?«

»Allerdings.« Jennys Augen blitzten triumphierend. »In dem Moment wusste sie, dass sie verloren hatte. Gegen *mich*.«

Bezeichnend, dass ihr das von allen Dingen am wichtigsten zu sein schien. Nicht die Hochzeit, nicht die Weltreise … nein: Das Wichtigste war Reginas Niederlage.

»Und du willst wirklich noch einmal mit ihr reden?«, fügte sie hinzu.

Ich nickte. Allerdings, das wollte ich.

Diesmal wackelte im Obergeschoss keine Gardine, aber ich wurde trotzdem ins Haus gelassen. Der dienstbare, teekochende Geist namens Frau Tobias bat mich, im Eingangsbereich – sie nannte es *Vestibül* – zu warten, sie werde nachsehen, ob Frau Herrmanns Besuch empfinge.

Okay, noch hatte ich es also nicht ganz in die heiligen Hallen geschafft; sie war nur zu höflich, mich draußen vor der Tür stehen zu lassen. Dann schwebte sie die geschwungene Treppe hinauf.

Ein schwerer Duft hing über allem, und ich entdeckte eine monströs große Bodenvase, die mit weißen Lilien gefüllt war. Totenblumen – natürlich. Ihr Geruch war betäubend. Kein

Wunder, dass man sie früher, als die Balsamierungstechniken noch nicht so fortgeschritten waren wie heute, dazu benutzt haben soll, den Geruch bereits müffelnder Leichen zu übertünchen. Bei 200 Lilien in einer Kapelle konnte die menschliche Nase nichts anderes mehr riechen. So schön sie auch aussahen, ich konnte sie in meiner Nähe nicht ertragen.

Wenn ich hier noch lange stehen musste, würde ich freiwillig draußen vor der Tür warten. Dort bekam ich immerhin Luft.

Aber Frau Tobias kam bereits die Treppe herabgeschwebt.

»Frau Herrmanns ist gleich bei Ihnen«, sagte sie. »Darf ich bitten?«

Es war genau wie gestern: Ich wurde in die Bibliothek geführt, die Stehlampe wurde angeknipst, und Frau Tobias entschwand wieder.

Bäh ... Ich schnupperte und blickte mich um. Tatsächlich, auch hier gab es Lilien. Viel weniger als im *Vestibül,* aber dieser Raum war ja auch bedeutend kleiner. Umgerechnet auf Kubikmeter Raumluft oder dergleichen war der Gestank hier genauso intensiv wie in der Eingangshalle.

Die Vase stand auf einer Fensterbank. Kurz entschlossen ging ich hin und öffnete einen Fensterflügel, dann zog ich den Samtvorhang zu, um den Gestank auszusperren. Wie ich es mir ausgemalt hatte, stiegen aus den Falten der beiden Vorhänge kleine Wolken aus Staub auf; bestimmt rieselte auch die eine oder andere mumifizierte Minispinne heraus. Jetzt, da der Stoff ausgebreitet war, ließen senkrechte, schmale Bahnen aus Staub ein Streifenmuster entstehen.

Erneut faszinierte mich diese eigenartige Mischung aus Vernachlässigung und altmodischer Eleganz in diesem Haus. Als ›vergammelte Ruine‹ hatte Jenny die Villa bezeichnet. Und sie hatte gesagt: *Sie hockt in diesem Mausoleum wie eine Spinne in ihrem Netz.*

Wenn es in den anderen Räumen ebenfalls so aussah wie in diesem hier, konnte ich mir durchaus vorstellen, dass Jenny sich wie in einem Mausoleum vorgekommen war. Die antiken Möbel fand sie sicherlich altmodisch, und dunkle Holzvertäfelungen an den Wänden dürften auch nicht gerade ihrem Geschmack entsprechen.

Dennoch dürfte ihr der Gedanke, pompös in einer Villa zu residieren, gefallen haben – und sei es auch nur, um Regina daraus zu verjagen. Bestimmt hatte Jenny davon fantasiert, den alten Rotz – inklusive Regina – rauszureißen, auf den Müll zu werfen und die ganze Hütte nach allen Regeln der Kunst zu modernisieren. Korrigiere: renovieren zu *lassen,* und zwar mit Christians Geld.

Regina kam herein, gefolgt von der Hausdame mit dem Teetablett. Sichtlich irritiert blickte Frau Tobias zu dem Fenster, an dem ich die Vorhänge zugezogen hatte, was sie vermutlich als übergriffig empfand. Wenn in diesem Haus jemand Vorhänge öffnete oder schloss, dann war sie das. Und das vermutlich ohnehin nur, wenn die gnädige Frau es anordnete.

»Ich war so frei.« Mit einem Lächeln deutete ich auf besagtes Fenster. »Die Lilien ... Ich bin leider allergisch.«

»Frau Tobias, bringen Sie bitte die Lilien hinaus«, sagte Regina sofort.

Ich hob die Hände. »Das ist nicht nötig, wirklich, so ist es wunderbar. Ich muss ja nicht einmal niesen.«

Frau Tobias schenkte Tee ein, dann verließ sie den Raum. Diesmal wurde nicht erst zierlich an den Tassen genippt, Regina kam sofort zur Sache. Überhaupt hatte ich den Eindruck, dass der Tee lediglich als Requisite diente, wie bei einer Kulisse im Theater, die durch derartige Accessoires realistischer wirken sollte.

»Frau Luchs, falls Sie einen erneuten Versuch machen

wollen, mich wegen der Beerdigung zugunsten von Jenny zu beeinflussen – das wird nicht klappen.«

Ich schüttelte den Kopf. »Nein, das habe ich nicht vor. Sie haben Ihren Standpunkt deutlich klargemacht.«

»Was wollen Sie dann?«

»Es ist so: Durch das Gespräch mit Ihnen sehe ich Jenny jetzt in einem anderen Licht. Ich weiß nicht mehr, was ich ihr glauben kann.«

»Wieso ist das für Sie so wichtig? Eigentlich ist sie für Sie doch eine Fremde.«

»Das stimmt. Aber das gemeinsame Erlebnis am letzten Freitag hat uns einander irgendwie näher gebracht, und ich habe ihr vertraut. Es ist eine ganz persönliche Sache, wissen Sie? Ich fühle mich von ihr hintergangen, und das lässt mir keine Ruhe, wie ich gestehen muss.«

»Zum Beispiel?«

»Nun ja.« Ich zuckte mit den Schultern. »Sie erzählten, Jenny habe sich im ›Chez Jacques‹ gezielt an Ihren Bruder herangemacht, aber Jenny sagt, Christian habe sie lange umwerben müssen, bevor sie geglaubt hat, dass er sie nicht nur fürs Bett wollte.«

Regina hob spöttisch die Brauen. »Gehen Sie einfach ins ›Chez Jacques‹ und reden Sie mit einer der ehemaligen Kolleginnen. Dann wissen Sie ganz schnell, wer Ihnen die Wahrheit gesagt hat.«

Stell dir vor, das habe ich bereits erledigt, dachte ich. »Und hat Christian Ihnen wirklich letzte Woche mitgeteilt, er wolle Jenny in Kürze heiraten und mit ihr auf Weltreise gehen?«

Reginas Brauen wanderten noch ein paar Millimeter höher. »Wozu, denken Sie, wollte er das Segelboot anschaffen, für das er so viel Geld abgehoben hatte? Ich muss Sie noch einmal danach fragen: Hat Jenny das Geld genommen?«

Ich konnte Jenny nicht in die Pfanne hauen, stellte ich fest, auch wenn ich Regina gegenüber ein schlechtes Gewissen hatte. Damit würde ich frühestens rausrücken, falls Jenny sich als Täterin herausstellen sollte, und danach sah es nicht aus. Warum hätte sie Christian loswerden wollen? Er hatte sie geliebt und ihr jeden Wunsch von den Augen abgelesen.

»Ich weiß es wirklich nicht«, erwiderte ich also. »Ich habe in der Wohnung nicht jede Sekunde neben ihr gestanden. Zum Beispiel war ich mal auf dem Klo. Sie hat jedenfalls mir gegenüber kein Geld erwähnt.«

»Natürlich nicht. Sie ist zwar gierig, aber nicht dumm«, murmelte Regina wie zu sich selbst, dann sah sie mich an. »Außerdem könnte ich ohnehin nichts unternehmen, es ist halt verschwunden. Ich behaupte, sie hat es, sie behauptet, sie hat es nicht. Sie wird es kaum in einem Umhängetäschchen mit sich herumtragen. Sicher, ich könnte sie anzeigen, aber was soll das bringen? Dann hätte ich nur noch länger mit dieser Frau zu tun, und das will ich nicht. Außerdem: Kann ich beweisen, dass das Geld in der Wohnung war und sie Zugriff darauf hatte? Nein. Gibt es Augenzeugen für ihren Diebstahl? Offenbar nicht. Eigentlich interessiert es mich auch nicht wirklich, Frau Luchs.« Sie zuckte mit den Schultern. »Mein Bruder ist tot. Ob ich das Geld zurückbekomme oder nicht, spielt für mich keine Rolle. Und für ihn erst recht nicht.«

Sie klang traurig. So traurig, dass ich schlucken musste.

»Es tut mir unendlich leid, Frau Herrmanns. Falls es Ihnen ein kleiner Trost ist: Christian hat nicht gelitten.«

Sie blickte auf ihre Hände, die in ihrem Schoß lagen. Lange sagte sie nichts, dann blickte sie mich an. »Ich sollte es nicht laut aussprechen, Frau Luchs, aber ich wünschte, *sie* wäre tot. Der Gedanke, dass es dabei nur um wenige Zentimeter ging, bringt mich fast um. Wenn er sich nicht im falschen Moment bewegt hätte … Wäre der Schuss nur eine Sekunde früher oder später gefallen, könnte er noch leben.«

Oder: Wenn er sich im *richtigen* Moment bewegt hätte, wäre jetzt vielleicht ein anderer tot, dachte ich.

Nach einem Moment des Schweigens sagte sie: »Mir kommt gerade eine Idee, Frau Luchs. Ich möchte gern eine kleine Gedenkfeier abhalten, und zwar mit den Menschen, die bei Christian waren, als er starb. So wie Sie.«

»Eine Gedenkfeier? Ist das nicht sehr aufwendig?«

Sie schüttelte den Kopf. »Nichts Großes, nur ein formloses Treffen. Die Beisetzung selbst ist mir zu privat. Da möchte ich niemanden sehen ... sollte jemand von ihm Abschied nehmen wollen.«

Damit hatte ich nicht gerechnet. Und ich hatte auch noch nicht darüber nachgedacht, ob ich zur Beerdigung gehen wollte. Oder sollte. Bei Doris könnte ich mir allerdings vorstellen, dass sie es vorhatte.

»Das ist eine nette Idee«, erwiderte ich, weil ich nicht wusste, was ich sonst hätte sagen sollen.

Vor meinen Augen schien sie aufzublühen; vermutlich bedeutete der kleine Empfang nicht zuletzt eine Ablenkung für sie.

»Ihr Tanzkurs ist doch immer am Freitagabend, oder?«, fragte sie. Auf mein Nicken hin fuhr sie fort: »Ob es wohl möglich wäre, dass die Teilnehmer stattdessen hierherkommen? Die Tanzlehrer natürlich ebenfalls ... Sie könnten mir helfen, Frau Luchs. Sie kennen doch alle, die es betrifft. Würden Sie es mir abnehmen, alle zu informieren?«

Äh ... *was?* War ich, ohne es zu wissen, plötzlich zu ihrer Privatsekretärin avanciert?

Obwohl – das war gar nicht so doof gedacht. Natürlich konnte ich ihr alle Telefonnummern besorgen, dann würde sie selbst – oder ihre Frau Tobias – alle anrufen und umständlich erklären, worum es ging. Aber das konnte ich deutlich schneller erledigen. Außerdem stand heute eigentlich die

Entscheidung an, ob wir mit dem Tanzkurs weitermachen wollten. Die Gedenkfeier verschaffte uns also noch eine Woche, um darüber nachzudenken. Und vielleicht schafften wir es ja sogar innerhalb der nächsten Tage, den Mörder zu finden.

Das Beste daran war: Niemand musste am Freitagabend befürchten, erschossen zu werden, weil er statt in der Tanzschule auf einer Gedenkfeier war.

Kapitel 26

Loretta hat einen Geistesblitz,
und sie lässt sich noch eine weitere Aufgabe aufschwatzen,
weil sie ja sonst nichts zu tun hat

Ich war nachdenklich, als ich zurück zum Callcenter fuhr. Erwin erwartete mich bereits ungeduldig in seinem Büro. Dennis war ebenfalls dort und blickte mir neugierig entgegen.

»Wo warst du?«, fragten beide gleichzeitig.

Prompt musste ich lachen. »Wie lange habt ihr geübt? Ihr wart absolut lippensynchron.«

Dennis grinste. »Zwillinge, bei der Geburt getrennt. Aber sag schon.«

»Okay. Ich war zuerst bei Jenny, danach noch einmal bei Regina. Eines weiß ich jetzt: Von Trennung konnte keine Rede sein, ganz im Gegenteil. Christian hat Regina letzte Woche eröffnet, dass er und Jenny in Kürze zu heiraten gedenken. Das haben mir sowohl Jenny als auch Regina erzählt. Bisher ist das die einzige Geschichte, bei der beide Versionen übereinstimmen.«

»Also hatte Jenny offenbar keinen Grund, Christian loswerden zu wollen«, sagte Erwin. »Damit scheint sie als Verdächtige endgültig raus zu sein, denn sie profitiert nicht von seinem Tod. Egal, ob sie nur auf sein Geld aus war oder nicht. Ersteres lässt zwar auf einen fragwürdigen Charakter schließen, ist aber kein Verbrechen.«

»Was ist mit dem vielen Geld, das Jenny geklaut hat?«, fragte Dennis.

»Das ist Regina mittlerweile egal«, erwiderte ich. »Sie wird keine Anzeige gegen Jenny erstatten. Unter anderem auch deshalb, weil sie dann weiterhin – wenn auch nur indirekt –

Kontakt zu ihr hätte, und das will sie auf keinen Fall. Verständlich, wenn ihr mich fragt. Überdies habe ich den Eindruck, dass Regina 60.000 Euro mehr oder weniger nicht sonderlich viel bedeuten. Sie würde mit Freuden das Zehn- oder Hundertfache dafür ausgeben, wenn sie dafür ihren Bruder zurückbekäme.«

»Tja.« Erwin stand auf und ging zur Flipchart. »Heißt das für uns, dass wir unseren Mörder unter Turniertänzern suchen müssen?«

»Ist Andreas aus dem Rennen?«, fragte ich.

»Ich habe meine Fühler in alle Richtungen ausgestreckt«, erwiderte Erwin. »Andreas scheint eine absolut weiße Weste zu haben. Keine Anzeigen gegen ihn wegen finanzieller Unregelmäßigkeiten oder dergleichen. Im Betrugsdezernat hat man noch nie von ihm gehört. Aber dort sagte man mir, dass es immer mal wieder Leute gibt, die der Meinung sind, dass ihr Anlageberater an ihrem Ruin schuld ist. Aber das seien Einzelfälle. Ich glaube tatsächlich, dass er eine Sackgasse ist.«

»Was sagt die Kommissarin dazu?«, fragte ich.

Erwin grinste. »Ungefähr so viel wie ein handelsüblicher Pantomime.«

Die Küpper als Pantomime … hehehe, das traf es gut, so schweigsam, wie sie war. Plötzlich schlug der Blitz der Erkenntnis so heftig bei mir ein, dass ich zusammenzuckte. Mir war unvermittelt etwas eingefallen, das Regina gesagt hatte.

»Sag mal, Erwin, würde sie – zum Beispiel Regina gegenüber – erwähnen, wie genau Christian zu Tode gekommen ist? So *ganz* genau, meine ich.«

Er musterte mich stirnrunzelnd. »Worauf willst du hinaus?«

»Na ja … was würde sie Regina erzählen? Würde sie einfach sagen: *Ihr Bruder wurde erschossen,* oder würde sie ins

Detail gehen? Wo genau im Raum er sich befunden hat, dass noch nicht klar ist, ob er überhaupt gemeint war, weil er in Bewegung war und es genauso gut mindestens fünf weitere Personen hätte treffen können, so was in der Art.«

»Auf gar keinen Fall«, erwiderte Erwin. »Sie darf niemandem gegenüber über den Stand der Ermittlungen sprechen. Und erst recht nicht über die Theorie, dass er aufgrund der Situation im Moment des Schusses vielleicht nur aus Versehen getroffen wurde. Das zählt zum Täterwissen.«

»Dann weiß ich, wer Christian erschossen hat«, verkündete ich triumphierend. »Regina.«

Dennis und Erwin starrten mich fassungslos an.

»Woher kommt diese plötzliche Erkenntnis?«, fragte Dennis schließlich.

»Daher, dass sie, als ich vorhin mit ihr redete, etwas sehr Interessantes über den Mord an Christian gesagt hat. Dass er sich im falschen Moment bewegt hätte und dass es nur um ein paar Zentimeter gegangen sei. Und dass sie dieser Gedanke fast umbringt. Und davor meinte sie, sie wünschte, Jenny wäre tot.« Ich blickte von Dennis zu Erwin. »Und? Was meint ihr?«

»Lass uns überlegen ...«, sagte Erwin langsam. »Wer könnte es ihr erzählt haben? Jenny?«

Ich schüttelte den Kopf. »Das schließe ich aus. Soweit ich weiß, war es nie Thema zwischen ihnen. Wenn sie geredet haben, dann darüber, ob und was Jenny behalten darf – oder auch nicht. Außerdem war Jenny, nachdem sie die Kohle eingesackt hatte, erst recht nicht erpicht darauf, mit Regina zu sprechen. Aber das finde ich heraus.«

Ich holte mein Handy aus der Tasche und rief Jenny an.

»Jenny, ich habe eine Frage an dich, und es ist sehr wichtig, dass du mir die Wahrheit sagst. Hast du jemals mit Regina darüber gesprochen, wie genau die Situation war, als Christian starb? Dass ihr gerade getanzt habt und so?«

»Nein, das habe ich nicht. Sie will mich nicht bei der Beerdigung haben, und ich will diesen Moment nicht mit ihr teilen. Und wenn ich es ihr sagen würde, dann nur, um ihr irgendwas über angebliche letzte Worte aufzutischen. Dass er sie hasst oder so. Damit sie richtig dran zu knacken hat.«

»Okay ...« Nun, dieses Verhältnis durfte man wohl als endgültig zerrüttet betrachten.

»Aber warum fragst du danach?«, wollte Jenny wissen.

»Ich erkläre es dir in Ruhe, okay? Nicht jetzt. Ich melde mich wieder.«

Ich beendete das Gespräch mit Jenny und sagte: »Sie hat Regina nichts erzählt. Und mir fällt niemand ein, der es getan haben könnte. Regina kann allenfalls wissen, dass der Mord während der Tanzstunde passiert ist. Woher also hat sie Täterwissen? Weil sie es getan hat. Weil sie gerade von der bevorstehenden Heirat erfahren hatte und Jenny loswerden wollte.«

»Dir ist hoffentlich klar, dass du das sofort Astrid erzählen musst?«, fragte Erwin.

Ich nickte ergeben. »Ich weiß. Sie wird mich vermutlich auslachen.«

Erwin grinste. »Sag ihr, sie soll mich anrufen.«

»Nein, ich sage dir, dass du sie anrufen sollst. Bitte, Erwin. Bereite sie darauf vor, dass ich vorbeikomme, ja?«

In diesem Moment kam Doris herein und tirilierte: »Gut, dass ich euch alle hier antreffe – Marina und Antonio warten auf unsere Entscheidung, ob wir mit dem Tanzkurs weitermachen wollen. Was meint ihr?«

»Hast du schon mit allen gesprochen?«, fragte Erwin.

Doris schüttelte den Kopf. »Nur mit Marina und Antonio. Ich habe ihnen gesagt, dass wir ihnen morgen Vormittag Bescheid geben. Ich wollte erst eure Meinung dazu hören.«

»Eigentlich hat Regina uns die Entscheidung abgenommen«, sagte ich. »Ich habe es euch noch nicht erzählt, aber sie plant eine Gedenkfeier für Christian. Am Freitagabend. Und der ganze Tanzkurs ist dazu eingeladen.«

»Ach, das ist aber eine reizende Idee.« Doris lächelte. »So können wir uns auch von ihm verabschieden. Was ist mit Jenny?«

Ich zuckte mit den Achseln. »Sie hat mich gebeten, die anderen zu informieren, aber Jenny hat sie mit keiner Silbe erwähnt. Musste sie auch nicht. Ich gehe nicht davon aus, dass sie zwischen der Gedenkfeier und der Beerdigung einen Unterschied macht. Jennys Anwesenheit bei der Gedenkfeier ist nicht erwünscht.«

»Ach, das arme Mädchen.« Doris schüttelte bekümmert den Kopf.

»Ich finde es auch nicht in Ordnung, aber ich konnte Regina nicht umstimmen. Also müssen wir es respektieren. Ich jedenfalls werde Jenny nicht informieren. Aber die anderen muss ich noch anrufen. Doris, könntest du vielleicht Helga und Andreas übernehmen? Ach, und unsere Studenten? Ich fahre gleich noch bei Bärbel und Frank vorbei, und morgen Vormittag zur Tanzschule.«

Bärbel und Frank hatten ihre Teilnahme sofort zugesagt, also verabschiedete ich mich gleich wieder und fuhr weiter zum Präsidium. Offenbar hatte Erwin tatsächlich bei der Küpper angerufen, denn der Diensthabende am Empfang teilte mir mit, dass Kommissarin Küpper mich erwarten würde.

Ob ich eine Wegbeschreibung …? Nein, vielen Dank, ich bin nicht zum ersten Mal in diesen heiligen Hallen.

Ein paar Minuten und eine Aufzugfahrt später stand ich an ihrer Bürotür und klopfte.

»Herein!«, rief es von drinnen.

Ich ging hinein und setzte mich, ohne ihre Aufforderung

abzuwarten, auf den Stuhl vor ihrem Schreibtisch. »Guten Abend. Nett, dass Sie mich empfangen.«

Mit einer lässigen Handbewegung wedelte sie meine Bemerkung weg. »Schon gut. Onkel Erwin hat mir mitgeteilt, Sie hätten sensationelle Neuigkeiten. Die kann ich mir unmöglich entgehen lassen, Frau Luchs.«

Die dezente Ironie in ihrer Stimme entging mir nicht, aber ich ignorierte sie geflissentlich. »Ich muss Sie allerdings vorher etwas fragen. Je nachdem, wie Ihre Antwort ausfällt, sind die Neuigkeiten vielleicht nicht halb so sensationell, wie wir denken.«

»Ach?« Sie hob die Brauen. »Jetzt bin ich sogar noch neugieriger. Schießen Sie los.«

»Es geht um Regina Herrmanns, die Schwester des Mordopfers. Sie haben sie doch vom Tod ihres Bruders informiert.« Sie nickte, und ich fuhr fort: »Haben Sie ihr ganz genau erzählt, wie es passiert ist? Wo Christian stand, dass er sich bewegt hat, dass er vielleicht gar nicht das geplante Opfer war?«

»Selbstverständlich nicht. Das darf ich gar nicht, wie Sie sehr wohl wissen, Frau Luchs. Auch Angehörigen gegenüber nicht, die mich natürlich fast immer löchern, wie genau die betreffende Person gestorben ist. Das erfahren sie oft erst bei einer Verhandlung gegen den Täter, wenn er denn gefasst wird. Warum also stellen Sie mir diese Frage, obwohl Sie die Antwort eigentlich kennen müssten?«

»Ich wollte mich nur vergewissern«, erwiderte ich und berichtete ihr von meinem Gespräch mit Regina.

»Das hat sie gesagt?«, fragte die Küpper erstaunt. »Das ist Täterwissen. Sind Sie ganz sicher?«

Ich nickte. »Ich kann Regina Herrmanns nicht wörtlich zitieren, aber sie sagte zu mir, dass Christian nur deshalb tot sei, weil er sich im falschen Moment bewegt habe. Und dass es dabei nur um wenige Zentimeter gegangen sei. Woher kann sie das wissen? Im Moment unseres Gesprächs fiel es mir nicht auf. Erst später, als Erwin sagte ... ist aber auch egal. Hauptsache, dass es mir noch eingefallen ist.«

Sie musterte mich stirnrunzelnd. »Was hatten Sie überhaupt bei Frau Herrmanns zu suchen, wenn ich fragen darf?«

»Jenny hatte mich gebeten, mit ihr zu sprechen.« Ich verdrehte die Augen und seufzte. »Regina will nicht, dass Jenny zu Christians Beerdigung kommt, und ich sollte versuchen, sie umzustimmen.«

»Das muss ich nicht verstehen, oder?«

Ich schüttelte den Kopf. Dann berichtete ich ihr von der geplanten Gedenkfeier und dass diese doch eine hübsche Gelegenheit sein könnte, um Regina zu verhaften. Vielleicht würde sie ja bei ihrer Ansprache noch weitere verräterische Details preisgeben, und dann wären auch gleich zwölf Zeugen anwesend. Falls sie auch zu dem Schluss kommen sollte, dass Regina eine sehr überzeugende Hauptverdächtige abgab.

»Ich werde es sorgfältig prüfen, Frau Luchs«, erwiderte die Küpper und nickte huldvoll. »Vielen Dank für die Informationen.«

Ich war entlassen.

Natürlich rief ich von zuhause direkt Diana an, um ihr die sensationellen Neuigkeiten mitzuteilen.

»Wusste ich es doch!«

»Du wusstest was?«, fragte ich verdutzt.

»Na, dass diese Regina ihren Bruder abgeknallt hat! Okko kann dir bestätigen, dass ich es gesagt habe. Soll ich ihn ans Telefon holen?«

»Nicht nötig, ich glaube dir«, erwiderte ich lachend. »Aber wie kamst du auf Regina?«

»Weil meine Sinne nicht wie deine von dieser ganzen Gefühlsduselei verwirrt waren, Schatz. Für mich klang alles inszeniert. Jedes einzelne Gespräch mit den beiden, das du mir geschildert hast. Und mich haben weder pompöse Häuser noch theatralisch zerknüllte Taschentücher abgelenkt. Ich dachte gleich, dass sie es war. Natürlich *wollte* sie ihren Bruder nicht erschießen, das war ein Versehen. Eigentlich wollte sie Jenny loswerden.«

»Ja, so war es wohl«, sagte ich und dachte an Regina, die in ihrer verstaubten Villa hockte und damit fertigwerden musste.

Gleich am frühen Vormittag des nächsten Tages fuhr ich zu Marina und Antonio. Sie saßen an ihrer Bar und diskutierten heftig miteinander, als ich mich bemerkbar machte. Sofort verstummten sie und sahen mir lächelnd entgegen.

»Loretta«, sagte Antonio. »Setz dich. Bist du gekommen, um uns eure Entscheidung mitzuteilen?«

Ich schüttelte den Kopf. »Eigentlich nicht. Genauer gesagt: Wir sind uns noch nicht einig geworden. Aber ich möchte eine Einladung überbringen: Regina, Christians Schwester, veranstaltet eine kleine Gedenkfeier. Und zwar am Freitagabend. Alle, mit denen ich bisher gesprochen habe, wollen die Einladung annehmen. Ihr hoffentlich auch.«

»Tja, warum nicht?« Marina zuckte mit den Schultern. »Dann wird am Freitag ja ohnehin kein Kurs stattfinden, oder? Also können wir auch genauso gut zu dieser Feier gehen. Gerade unsere Anwesenheit wird mit Sicherheit erwartet. Immerhin starb Christian hier bei uns.«

»Sehr gut. Aber das ist nicht der einzige Grund, aus dem ich hier bin«, sagte ich. »Ich möchte mit euch über den Zwist zwischen euch und Annette und Stefan Döring reden.«

Sofort verschlossen sich ihre Gesichter. Sie wechselten einen Blick, dann erwiderte Antonio: »Das ist eine reine Familienangelegenheit. Das geht dich nichts an, Loretta.«

»Ach ja? Da bin ich anderer Meinung. Sind wir hier wirklich sicher? Oder wird eure kleine Fehde weiter eskalieren? Demnächst vielleicht eine kleine Brandbombe, die uns unterm Arsch explodiert, während wir Salsa tanzen?«

»So ein Quatsch.« Marina schnaubte. »Welche kleine Fehde? Ich weiß nicht, wovon du redest.«

Ich seufzte. »An der Stelle waren wir doch schon einmal, wenn ich mich recht erinnere. Eure geheuchelte Unwissenheit könnt ihr euch sparen, an *mich* ist sie jedenfalls verschwendet. Hast du etwa nicht gestern Mittag bei Stefan und Annette die Scheibe eingeworfen, Marina?«

Sie fuhr zurück, als hätte ich ihr Reizgas in die Augen gesprüht. Alle Farbe wich aus ihrem Gesicht. »Was … Wieso behauptest du so etwas?«

»Weil ich im selben Moment dort im Tanzsaal war, Marina. Weil ich deinen Auftritt live miterlebt und euren Streit mitgehört habe, deshalb. Also verkauf mich nicht für blöd, hörst du? Der verfluchte Stein ist mir vor die Füße gerollt. Und ich habe in meinem ersten Schreck natürlich gedacht, es ist ein Schuss! Allein für diesen Schock müsste ich dir eigentlich eine scheuern.«

»Warum warst du dort?«, fragte Marina.

»Das ist es, was dich interessiert? Okay. Ich war dort, weil ich den Mörder von Christian suche. Und in diesem Zusammenhang wollte ich mir die Leute angucken, die euch die Drohbriefe geschickt haben. Konnte ja sein, dass ihnen Sekundenkleber und eingeschmissene Scheiben nicht mehr reichten. Konnte ja sein, dass sie die nächste Stufe gezündet haben und einfach mal so durchs Fenster geschossen haben. So als kleine Warnung für euch. Wobei ich noch immer nicht raffe, was diese Aktionen eigentlich bezwecken sollten.«

»Wieso suchst *du* den Mörder?«, fragte Antonio verdattert. »Tut das nicht die Polizei?«

»Herrgott!« Ich verdrehte die Augen. »Darum geht es doch gar nicht! Ich will, dass ihr euch vertragt, kapiert? Ich will ohne Angst vor dem nächsten Anschlag mit dem Tanzkurs weitermachen. Ich will, dass wir auf der Hochzeit unserer Freunde einen perfekten Wiener Walzer tanzen können – das ist doch wohl nicht zu viel verlangt. Also sprecht euch aus und schließt Frieden.«

»Und wieso denkst du jetzt urplötzlich nicht mehr, dass Annette oder Stefan geschossen haben?« Marina musterte mich misstrauisch.

»Das werdet ihr noch erfahren, aber ich *weiß* es.« Ich beugte mich vor und nahm Marinas Hand. Kurz zuckte sie zurück, aber dann ließ sie es geschehen. »Hört zu: Ich mag euch beide, wirklich. Ihr habt hart gearbeitet und euch etwas aufgebaut. Zerstört es nicht, indem ihr diesen blöden Streit weiter eskalieren lasst. Redet miteinander, vielleicht ist es noch nicht zu spät. Vielleicht sucht ihr euch einen Mediator, der als neutraler Teilnehmer dafür sorgt, dass ihr euch bei der Aussprache nicht zofft.«

»Würdest du vielleicht …?«, fragte Marina zaghaft.

Na klar. Diese Kleinigkeit konnte ich jetzt auch noch erledigen. Ich hatte ja sonst nichts zu tun.

Kapitel 27

Alles läuft so weit normal, aber dann kommt
Loretta sich plötzlich vor wie auf Dornröschens Taufe

Offenbar hatte niemand der Erste sein wollen, denn die bereits eingetroffenen Gäste hatten sich an der Straße versammelt, statt bereits hineinzugehen.

Dennis und ich stiegen gerade aus dem Auto, als hinter uns Erwin hielt, der seine Doris sowie Bärbel und Frank mitbrachte. Die anderen Paare standen wartend am Tor zum Grundstück.

Wir nickten uns zu und tauschten ein paar Begrüßungsfloskeln aus; niemandem war nach munterem Geplauder zumute. Dann gingen wir die Auffahrt hinauf, an der entlang brennende Fackeln in der Erde steckten. Alle Fenster der Villa waren erleuchtet. Die Inszenierung war grandios, das musste ich Regina lassen.

»Das nenne ich mal eindrucksvoll«, flüsterte Dennis mir zu.

»Hömma, dat is ja wie in so 'n alten Horrorfilm«, hörte ich Frank hinter mir sagen. »Fehlen bloß noch diese Flattermänner, diese Fledermäuse, die müssten noch um unsere Köppe schwirren. Jede Wette – hier im Keller steht 'n Sarg mit dem ollen Dracula drin.«

Ich drehte mich zu ihm um. »Zumindest würde er sich hier sicherlich wohlfühlen«, raunte ich zurück. »Warte, bis du das Innere siehst.«

Unsere kleine Karawane hatte die Villa erreicht. Alle drehten sich zu mir um und sahen mich erwartungsvoll an. Gleichzeitig bildete sich für mich eine kleine Gasse, die mir den Weg zur Haustür frei machte.

Aha, ich sollte also die Vorhut bilden. Klar, ich war schließlich nicht zum ersten Mal hier.

Ich trat also vor und klingelte.

Sofort wurde die Tür geöffnet; Frau Tobias musste dahinter schon gewartet haben. »Guten Abend«, sagte sie, »Frau Herrmanns heißt Sie herzlich willkommen und bedankt sich, dass Sie ihre Einladung angenommen haben. Kommen Sie bitte herein.«

Unwillkürlich hielt ich den Atem an, als ich das Haus betrat, aber die Lilien – und damit ihr Gestank – waren verschwunden. Das Vestibül bot für die Gedenkfeier reichlich Platz und war dem Anlass entsprechend dekoriert: Zuerst fiel der Blick auf eine Staffelei mit einem postergroßen Schwarzweiß-Porträt von Christian, die von zwei turmhohen Blumenarrangements – bestehend aus rosa Rosen, dunkelroten Calla sowie Farn – flankiert wurde. Seitlich befand sich ein kleines Stehpult, an dem Regina vermutlich später ihre Ansprache halten wollte. Davor standen zwölf Stühle, und zwar im Halbkreis in zwei Reihen aufgebaut; mittig gab es einen Gang, der eine Achse zwischen Eingangstür und Staffelei bildete. Aus einem verborgenen Lautsprecher flutete getragene Geigenmusik in angenehmer Lautstärke. Auf mannshohen Kerzenständern brannten Dutzende rote Blockkerzen, die für zwar flackernde, aber erstaunlich helle Beleuchtung sorgten.

Rechts an der Wand gab es eine kleine behelfsmäßige Bar, an der Frau Tobias nun Aufstellung nahm, um uns Getränke auszuschenken: Es gab diverse Weine im Angebot, außerdem Mineralwasser. Daneben wurden auf einem großen Tisch Häppchen angeboten, hübsch auf Silberplatten angerichtet und beleuchtet von roten Stangenkerzen in vielarmigen Leuchtern.

Noch standen alle etwas verlegen in der Gegend herum, aber dann sagte Frau Tobias: »Ich möchte Sie nochmals ganz

herzlich begrüßen. Frau Herrmanns wird gleich herunterkommen. Sie bittet darum, dass Sie es sich bis dahin schmecken lassen.«

Sofort zog Doris mich zu den Häppchen, um sie zu inspi-
zieren. Offenbar war sie zufrieden, denn sie nickte anerken-
nend. »Die Dame hat sich nicht lumpen lassen, wie es
scheint«, sagte sie leise. »Aber ist die Reihenfolge sonst nicht
umgekehrt? Erst die Feier, und danach das Gelage?«

»Vielleicht braucht sie noch etwas Zeit, um sich zu uns zu
gesellen«, erwiderte ich. »Es ist bestimmt nicht einfach für sie.
Durch eine Abschiednahme wie diese wird der Tod eines
geliebten Menschen doch erst richtig konkret, findest du
nicht auch?«

»Stimmt«, sagte Doris, die bereits damit beschäftigt war,
für ihren Erwin einen Häppchenteller zusammenzustellen.

Langsam taute die Gesellschaft ein wenig auf. Man erzählte sich zwar nicht gerade Witze, aber man unterhielt sich miteinander. Hier und da schnappte ich Gesprächsfetzen auf, in
denen es darum ging, ob der Tanzkurs fortgesetzt werden
sollte. Ich konnte nur hoffen, dass Marina und Antonio meinen Rat befolgten und ihre Unstimmigkeiten mit Annette
und Stefan Döring schnellstens aus der Welt schafften.

Erwin und ich standen etwas abseits, außer Hörweite der
anderen.

»Und, kommt die Kommissarin?«, fragte ich ihn.

»Vermutlich hocken sie und ihre Kollegen schon draußen
im Gebüsch«, erwiderte er. »Ich habe mit ihr vereinbart, dass
ich ihr ein Zeichen gebe. Ich konnte sie davon überzeugen,
dass wir zuerst die Feier abhalten können. So viel Pietät muss
sein.«

»Das ist nett von ihr.«

»Mit nett hat das nichts zu tun«, sagte Erwin, »das gehört
sich einfach so. Gar nicht mal in erster Linie für Regina

Herrmanns, aber auf jeden Fall für die anderen Anwesenden. Immerhin befinden wir uns auf einer Trauerfeier.«

Ehe ich darauf antworten konnte – ich sah die Sache etwas pragmatischer –, verstummten plötzlich die Gespräche, und alle blickten zur Treppe.

Auftritt Regina Herrmanns. Gemessenen Schrittes stieg sie die breiten Stufen herab, den Kopf hoch erhoben. Wie bei meinem ersten Besuch in der Villa trug sie ein schlichtes schwarzes Kostüm. Sie sah aus wie ein Rabe.

Zunächst ging sie die Treppe nicht zur Gänze herab, sondern blieb auf der dritten oder vierten Stufe von unten stehen und sah uns nacheinander an. Sie schien nach jemandem Ausschau zu halten, den sie nicht entdecken konnte. Schließlich sagte sie: »Guten Abend, ich bin Regina Herrmanns, Christians Schwester. Ich bin sehr dankbar, dass Sie alle meiner kurzfristigen Einladung gefolgt sind. Lassen Sie uns zunächst auf sein Andenken anstoßen. Dann möchte ich, falls Sie erlauben, ein paar Worte sagen.«

Ein Klatschgeräusch ertönte, und alle fuhren herum und starrten Gigi an, die offenbar spontan hatte applaudieren wollen.

Sie wurde puterrot und ließ die Hände sinken. »Entschuldigung«, murmelte sie verlegen.

Inzwischen hatte Regina sich ein Glas Wein geholt und kam damit zu mir. »Vielen Dank, Frau Luchs, dass Sie mir geholfen haben. Das sind also die Menschen, die Christians Tod miterlebt haben?«

Ich nickte. »Ja, das ist der Tanzkurs. Diese beiden«, ich deutete auf Marina und Antonio, »sind die Betreiber der Tanzschule. Und gleichzeitig unsere Lehrer.«

»Danke. Würden Sie mir bitte auch verraten, wer die anderen sind? Dann kann ich sie direkt ansprechen.«

Natürlich hatte sie von mir eine Liste mit den vollständigen Namen erhalten, also ging ich rasch mit ihr die Anwesenden durch. Sie bedankte sich noch einmal bei mir, dann wanderte sie herum, blieb bei jedem Paar beziehungsweise jeder Gruppe kurz stehen und sprach einige Worte mit ihnen. Ob sie sich so rasch alle Namen hatte merken können? Aber das musste sie nicht, da sich jeder noch einmal bei ihr vorstellte, wie ich mitbekam.

Dennis kam zu mir und raunte: »Das ist also die Mörderin? Auf mich wirkt sie eigentlich ganz nett.«

Ich zuckte mit den Schultern. »Manchmal wissen sich auch nette ältere Damen nicht anders zu helfen, als jemanden umzubringen. Vergiss nicht, ich habe sie auch schon sehr wütend erlebt, da kann dir wirklich angst und bange werden. Doch dass sie jemanden umgebracht hat, heißt ja nicht, dass sie permanent amoklaufend durch die Weltgeschichte marodiert. Und manchmal sind es ganz normale Menschen, die für einen Moment lang die Kontrolle über sich verlieren. Glaub mir – diesen Moment bereut sie zutiefst.«

»Denkst du, sie wird sich wehren, wenn die Küpper sie verhaften will?«

»Nein.« Ich schüttelte den Kopf. »Ich glaube, dafür ist sie abgeklärt genug. Und bereit, den Preis für ihren Kontrollverlust zu bezahlen. Vielleicht wäre es anders, wenn Jenny jetzt tot wäre. Wir werden ja sehen.«

Regina hatte ihre Runde offenbar beendet, denn sie stand nun am Rednerpult neben der Staffelei.

»Darf ich Sie nun bitten, Platz zu nehmen?«, rief Frau Tobias.

Als hätte es einen Sitzplan gegeben, setzen die Damen sich in die erste Reihe und die dazugehörigen Herren jeweils hinter sie; ich saß zwischen Doris und Bärbel. Innerlich musste ich grinsen. Hatten wir als enge Freundinnen instinktiv die Nähe zueinander gesucht?

»Liebe Gäste«, sagte Regina und hob ihr Glas. »Zuerst möchte ich mit Ihnen gemeinsam auf meinen geliebten Bruder trinken. Auf Christian.«

»Auf Christian«, murmelte es um mich herum.

»Vielen Dank.« Regina stellte ihr Glas ab und blickte uns ernst an. »Wir kennen uns nicht, und Sie werden sich bestimmt fragen, warum ich zu dieser Gedenkfeier Menschen eingeladen habe, die für mich Fremde sind. Ich will es Ihnen erklären: Für Christian waren Sie keine Fremden. Vielleicht waren Sie keine Freunde, aber Sie haben in der Tanzschule frohe Stunden mit ihm zusammen verbracht.« Sie nickte Marina und Antonio zu. »Dafür danke ich Ihnen. Aber was für mich noch entscheidender ist: Sie waren in der Stunde seines Todes bei ihm, er war nicht allein. Ist es mir ein Trost? Um ehrlich zu sein: Nichts kann mich über seinen Verlust hinwegtrösten. Allerdings wurde er in einem Moment der Freude und des Glücks plötzlich aus dem Leben gerissen. Er starb, während er tanzte.«

Ich hörte um mich herum leises Raunen – vermutlich fiel einigen erst in diesem Moment auf, dass Jenny nicht anwesend war, und sie fragten sich nach dem Grund. Hatte Regina es auch bemerkt? Zumindest ließ sie sich nichts anmerken.

»Mein Bruder hat nichts geahnt, er musste nicht leiden, er ist nicht nach langer Krankheit gestorben«, fuhr Regina mit einem traurigen Lächeln fort. »Ist es nicht genau das, was wir uns insgeheim wünschen? So zu sterben wie Christian? Ohne Qualen, ohne Schmerzen und ohne Siechtum? Ohne *Angst* vor dem Tod? Natürlich ist er viel zu früh von uns gegangen; er hatte noch so viel geplant. Er wollte reisen und seine neu gewonnene Freiheit genießen, nachdem er die Firma verkauft hatte ...«

Erstaunlich, wie souverän sie es bewerkstelligte, Jenny nicht zu erwähnen. Und das, obwohl Christian uns allen gegenüber von ihren gemeinsamen Plänen erzählt hatte, was Regina eigentlich klar sein musste. Aber sie tat einfach so, als hätte die Frau an Christians Seite nie existiert.

»Mein Bruder war ein guter Mensch. Er war großzügig, gesellig und immer gut gelaunt. Sein Tod ist ein riesiger Verlust für …«

Es klingelte, und Regina brach ab. Alle wandten sich zur Haustür um. Frau Tobias war bereits auf dem Weg dorthin und öffnete.

Wie die böse dreizehnte Fee bei Dornröschens Taufe kam Jenny hereinstolziert.

»Wer hat ihr Bescheid gesagt?«, fragte ich Erwin leise, aber er zuckte mit den Schultern.

Jenny blieb zwischen den Stuhlreihen stehen und starrte Regina herausfordernd an. Diese erwiderte den Blick, ohne etwas zu sagen. Bildete ich es mir ein, oder wirkte sie seltsam zufrieden, dass Jenny gekommen war? Mir fiel ein, dass Regina sich eingangs so umgesehen hatte, als würde sie nach jemandem Ausschau halten … Ich spürte plötzlich leichte Unruhe. Was ging hier vor?

»Sie hätten nicht mit mir gerechnet, oder?«, fragte Jenny schneidend. »Tja. Jemand war so nett, mich zu informieren.«

Doch, dachte ich, sie hat mit dir gerechnet, und das bedeutet nichts Gutes.

»Nein«, sagte Regina, »ich bin sogar froh, dass du gekommen bist. So kann ich endlich zu Ende bringen, was ich ursprünglich geplant hatte.«

Ganz ruhig griff sie in die Ablage des Rednerpults, und als ihre Hand wieder zum Vorschein, hielt sie eine kleine Pistole.

Die Zeit schien stehen zu bleiben; alle waren vollkommen erstarrt. Ich an Jennys Stelle hätte mich längst zu Boden geworfen, aber sie stand immer noch da. Nicht nur das – sie lachte spöttisch.

»Sie waren es also«, sagte sie. »Sie haben Christian erschossen. *Sie haben Ihren eigenen Bruder erschossen.*«

»Aber du weißt schon, dass ich eigentlich dich treffen wollte, oder? Dafür, dass Christian tot ist und du noch lebst, hasse ich dich noch mehr als sowieso schon«, erwiderte Regina.

Hinter mir hörte ich Erwin zur noch immer offen stehenden Haustür hasten und nach der Kommissarin rufen. Ich hielt die Luft an, als die Knarre in Reginas Hand kurz zu Erwin schwenkte, aber sie richtete sie sofort wieder auf Jenny.

Dann ging alles ganz schnell: Regina schoss, Jenny ging zu Boden, alle kreischten durcheinander und duckten sich zwischen die Stühle, die Polizei kam hereingepoltert, die Kommissarin stürmte auf Regina zu und brüllte sie an, sofort die Waffe fallen zu lassen – und dann setzte sich Regina lächelnd die Waffe an die Schläfe und drückte ab.

»Notarzt, schnell!«, schrie jemand, und ich sah, dass Erwin bereits telefonierte.

»Ich hätte Frau Dahlmann sofort folgen müssen«, sagte Kommissarin Küpper zu Erwin.

Mittlerweile war Jenny bereits auf dem Weg ins Krankenhaus. Wie wir erfahren hatten, hatte Regina sie nur an der Schulter getroffen, es bestand keine Lebensgefahr.

Anders sah es bei Regina aus: Sie hatte sich ein sauberes Loch in den Schädel geblasen und war direkt verstorben, genau wie ihr Bruder eine Woche zuvor.

Nach dem anfänglichen Chaos hatten sich alle einigermaßen beruhigt und waren von der Polizei einstweilen entlassen worden; nur Erwin und ich waren geblieben. Dennis hatte es übernommen, Doris, Bärbel und Frank nach Hause zu bringen.

»Du hast dir nichts vorzuwerfen, Astrid«, sagte Erwin zur

Küpper, die reichlich zerknirscht wirkte. »Was *ich* dir allerdings vorwerfe, ist, dass du einfach auf sie zugestürmt bist. Herrje, sie hätte dich erschießen können!«

»Darüber habe ich gar nicht nachgedacht«, erwiderte die Küpper. »Ich hatte nicht einkalkuliert, dass in dieser Situation eine Waffe im Spiel sein könnte. Ich dachte wirklich, wir gehen einfach rein und verhaften sie.«

Erwin berührte sie kurz am Arm. »Mach dir keine Vorwürfe, Astrid. Mit so einer Tragödie konnte nun wirklich niemand rechnen.«

Wirklich nicht?

Regina schien zumindest geahnt zu haben, dass Jenny auftauchen würde; hätte sie sonst die Waffe griffbereit unter dem Pult gehabt? Oder hatte sie eigentlich geplant, vor uns die große Generalbeichte abzulegen, um sich dann publikumswirksam selbst zu richten?

»Wissen wir denn mittlerweile, wer Jenny informiert hat?«, fragte ich.

Erwin nickte. »Das war Gigi. Sie hat wohl mit Jenny telefoniert, um sich zu erkundigen, wie es ihr geht und ob sie heute auch zu der Feier käme. Gigi ist vollkommen niedergeschmettert, weil sie sich die Schuld daran gibt, dass auf Jenny geschossen wurde. Jenny habe mit keiner Silbe durchblicken lassen, dass sie nicht eingeladen war, aber sie habe gesagt, dass sie noch nicht wisse, ob sie kommen werde. Deshalb hat Gigi sich auch nicht gewundert, dass sie nicht hier war.«

»Und deshalb hat sie auch nicht nach Jenny gefragt«, sagte ich. »Das hätte uns eigentlich warnen müssen.«

Die Küpper schüttelte den Kopf. »Ich war noch damit beschäftigt, darüber nachzugrübeln, wieso sie hier aufkreuzt, da stand Erwin auch schon in der Tür und rief nach uns.«

»Was meinen Sie, gibt es einen Brief mit einem Geständnis?«, fragte ich die Küpper.

»Keine Ahnung. Die Kollegen sind bereits dabei, alles zu durchsuchen. Aber falls nicht, ist es auch nicht schlimm. Schließlich hat sie es vor Ihnen allen zugegeben. Das reicht, um den Fall abzuschließen.«

»Hast du Hunger?«, fragte ich Dennis, als ich gegen elf bei mir zuhause eintraf, wo er auf mich gewartet hatte.

Ich schwenkte die Tasche mit den beiden Dönern, die ich unterwegs für uns geholt hatte, und stellte sie auf den Tisch.

Er nahm mich in die Arme, und es tat gut, mich von ihm halten zu lassen.

»Ich bin so froh, dass ich dich habe«, murmelte ich gegen seine Brust.

»Und du bist jede Wette froh, dass ich keine böse Schwester habe.« Er lachte leise. »Ach, Loretta, was für ein dramatischer Abend.«

Ich machte mich los und sah ihn an. »Was für ein dramatisches Finale!«

»Hast du damit gerechnet?«

Ich schüttelte den Kopf. »Nee. Allerdings war ich aus irgendeinem Grund in latenter Alarmbereitschaft. Ich habe Unheil gewittert. Die Art, wie Regina sich suchend umgeguckt hat. So, als würde sie jemanden unter den Gästen vermissen, obwohl zwölf Personen angekündigt und zwölf Stühle aufgestellt waren. Bei dreizehn Stühlen wäre ich vielleicht aufmerksamer gewesen. Ich war derart baff, als Jenny plötzlich aufkreuzte. Mir hätte klar sein müssen, dass die Sache aus dem Ruder laufen würde, und trotzdem bin ich einfach sitzen geblieben und habe zugesehen, wie …«

»Was hättest du denn tun sollen?«, fiel er mir ins Wort. »Mit der irren Regina um die Waffe ringen und dann vielleicht selbst getroffen werden? So eine dämliche Idee würde ich dir glatt zutrauen.«

»Keine Sorge, ich bleibe dir noch lange genug erhalten«, sagte ich. »So, lass uns Döner essen. Baghira wartet schon.«

Der Kater saß bereits am Tisch und hatte in den Schnorrermodus geschaltet: Er maunzte versunken vor sich hin, als wollte er seine Stimmbänder für den späteren Lärmangriff aufwärmen.

Wir packten die Tasche aus und ließen uns den herrlichen Döner schmecken.

»Was ist eigentlich aus den leckeren Häppchen bei Regina geworden?«, fragte Dennis plötzlich.

Ich grinste. »Als ich unsere Freunde und Helfer zuletzt gesehen habe, haben alle gekaut.«

Epilog – einige Zeit später

»Und wieder geht einen schönen Tach am Ende«, verkündete Frank strahlend das Offensichtliche. Er hielt seine glückliche Braut im Arm. »Und diesmal isses echt der aller-, allerschönste von alle Tage. Dat wir so 'ne schöne Feier hatten, dat konnte nur mit so superdupergute Freunde wie euch klappen. Danke für allet. Doris, Erwin, Diana, Okko, Dennis und Loretta – wir lieben euch über allet.« Mit der freien Hand wischte er sich eine Träne von der Wange.

Wir hatten gefeiert, gelacht, gegessen, getrunken, Reden gehalten und getanzt – vor allen Dingen hatten wir getanzt. Und jetzt, nach Franks schönen Worten, waren wir kollektiv gerührt.

Wir hatten eine schöne Hochzeit gefeiert, und nun verabschiedeten wir uns müde und zufrieden vom frischgebackenen Ehepaar.

Diana und Okko übernachteten in meiner Wohnung, also fuhren wir zuerst zu mir.

»Kommt doch noch kurz mit rein«, sagte Diana, »lasst uns noch ein bisschen quatschen.«

Ich gähnte. »Können wir das aufs Frühstück vertagen, bitte? Ich bin todmüde.«

Dennis und ich fuhren weiter zu ihm. Na ja, er fuhr, und ich gähnte. Arm in Arm gingen wir ins Haus, und plötzlich war ich wieder wach.

»Hast du auch Hunger?«, fragte ich ihn.

»Hunger nicht gerade. Aber was hast du denn anzubieten?«

»Ein Fresspaket von Doris. Es war noch so viel übrig vom tollen Essen.«

»Ich bin dabei. Fläschchen Bier?«

Während er die Getränke und Geschirr sowie Besteck aus der Küche holte, inspizierte ich die mitgebrachte Ausbeute. Aha, diverse Salate, Frikadellchen, Schnitzelchen, Pudding ...

»Ich bin total kaputt«, sagte ich und prostete Dennis zu.

»Kein Wunder, du hast stundenlang getanzt.« Er musterte mich liebevoll. »Hättest du das vor ein paar Monaten gedacht, als Bärbel und Frank plötzlich mit diesem Tanzkurs um die Ecke kamen?«

»Nie im Leben! Überhaupt dürfte deine Frage rein rhetorisch sein, schließlich habe ich mich aufgeführt wie ein bockiges Kind. Wie blöd ich war ...« Ich schüttelte den Kopf. »Und dabei macht es so viel Spaß. Diana und Okko haben nicht schlecht gestaunt, was? Loretta, die Walzerkönigin! Jetzt werde ich mich auf jedem Parkett der Welt sofort zuhause fühlen.«

»Dass du dir Tanzpumps gekauft hast, spricht Bände.« Mit dem Kopf deutete er auf die Schuhe, die ich mir bei unserem Eintreffen sofort von den schmerzenden Füßen geschleudert hatte.

»Das sind keine speziellen Tanzpumps, das sind einfach Pumps. Die ich zufällig auch zum Tanzen tragen kann. Du erinnerst dich? Um meine kostbare Achillessehne zu schonen?«

Er lachte leise. »Ich erinnere mich an so einiges, was mit dem Tanzkurs zusammenhängt, mein Schatz. Leider nicht nur an die schönen Dinge. Es gibt noch immer Momente, in denen ich Regina vor mir sehe, wie sie sich die Knarre an den Kopf setzt. Wie unglaublich laut so ein Schuss ist, wenn man sich im selben Raum befindet.«

»Wir hatten noch Glück, dass wir nicht alle ein Knalltrauma erlitten haben. Stell dir vor, wir hätten wochenlang ein hohes Pfeifen gehört. Permanent. Unser Glück war vermutlich, dass der Raum so groß und vor allem so hoch und bis ins Obergeschoss offen war, so konnte der Schall sich überallhin verteilen, anstatt unsere Trommelfelle zu zerfetzen.«

»Wie klug du bist.« Er lächelte. »Kann es sein, dass du heute mit Jenny telefoniert hast?«

Ich nickte und schluckte den Bissen Frikadelle herunter, an dem ich gerade gekaut hatte. »Ja, sie hat mich angerufen. Wollte mal hören, was so los ist.«

»Du hast keinen Bock auf sie, richtig?«

»Richtig. Bei allem Tragischen, das ihr passiert ist, kann ich nicht vergessen, dass sie mich nach Strich und Faden belogen hat, das nehme ich ihr noch immer übel. Immerhin ist die Schusswunde komplett verheilt. Na ja, fast, sie muss immer noch zur Physio, weil der linke Arm noch nicht wieder richtig funktioniert. Sie wohnt noch bei Lina, und sie betreiben tatsächlich mittlerweile einen kleinen Spezialitätenstand auf dem Markt.«

»Was du längst weißt, sonst müssten wir nicht immer einen so großen Bogen um einen bestimmten Bereich des Wochenmarktes machen.«

»Was? Das hast du bemerkt?«

Dennis lachte schallend. »Schätzchen, ich müsste schon blind wie ein Maulwurf, stocktaub und sehr, sehr beschränkt sein, um *das* nicht zu bemerken.«

Herrje, für diesen Mann war ich wie ein offenes Buch. Nichts, aber auch gar nichts hätte ich vor ihm verbergen können, selbst wenn ich es versucht hätte. Aber warum hätte ich das auch tun sollen? Für Dennis war ich gerne ein offenes Buch.

»Habe ich dir eigentlich schon gesagt, wie stolz ich auf dich bin?«, fügte er hinzu.

»Stolz?«

»Allerdings.« Er nickte. »Dir ist es gelungen, dass die beiden Tanzschulen nicht nur Frieden geschlossen, sondern kürzlich sogar fusioniert haben. Stand in der Zeitung.«

Ja, das hatte ich ebenfalls gelesen – und sofort bei Marina angerufen, um ihr dazu zu gratulieren. »Sie sagte mir, es habe sie ziemlich aufgerüttelt, dass ich ihr gesagt hatte, ich wolle den verdammten Kurs beenden, ohne Angst haben zu müssen. Sie habe seinerzeit so tief in der Dynamik der Fehde gesteckt, dass sie nicht mehr bemerkt habe, wie sehr es nicht nur ihr Leben, sondern auch das Unbeteiligter beeinflusste. Dann die Sache mit Christian und zu guter Letzt das Massaker bei der Gedenkfeier – ihre Worte, nicht meine –, all das habe ihr gezeigt, wie schlimm Feindseligkeiten eskalieren können.«

»Hat sie es für möglich gehalten, dass ihre Schwester Christian erschossen hat?«

Ich zuckte mit den Schultern. »Sie hat es nicht explizit ausgesprochen, aber ich denke schon. Ich frage mich, welcher Schock für sie der größere war: Christians Tod oder dass sie, wenn auch nur einen kurzen Moment lang, ihre Schwester für eine Mörderin hielt.«

Er ging in die Küche und brachte zwei frische Flaschen Bier mit an den Tisch. Auf der Hochzeitsfeier hatte ich nicht viel getrunken, aber das Bier machte mich leicht beduselt. Ich trank einen großen Schluck und lehnte mich zufrieden zurück.

»Ich bin so unglaublich froh, dass wir uns einfach nur mögen«, sagte ich. »Und dass wir nur von netten Menschen umgeben sind. Doris und Erwin, Bärbel und Frank, Diana und Okko – alle sind so liebenswert. Und herzensgut.«

»Hört, hört«, murmelte Dennis grinsend. »Loretta wird sentimental.«

Scherzhaft schlug ich nach ihm. »Du sollst mich nicht ärgern, du Honk.«

»Damit kaschiere ich nur meine eigenen sentimentalen

Gefühle. Aber mal ehrlich: Hast du nicht ganz allmählich die Schnauze voll von diesen ganzen Irren und Mördern? Bäh, manchmal denke ich, dass schon allein durch den Kontakt mit diesen Wahnsinnigen etwas kleben bleibt. Wie so 'n Popel, den man nicht loswird.«

»*Loretta Luchs und der Popel des Todes* – das wäre doch ein schöner Titel für einen Krimi«, erwiderte ich kichernd.

Aber Dennis blieb ernst. »Du hast meine Frage nicht beantwortet.«

»Ach so, ob ich nicht allmählich die Schnauze voll habe? Ja, doch, das habe ich. Aber es ist ja nicht so, dass ich ständig auf der Suche nach Morden wäre, oder? Ich gehe ganz harmlos in einen Tanzkurs, und zack, schon liegt da ein Toter. Aber warum fragst du?«

Er holte tief Luft, als müsse er mir etwas Hochdramatisches eröffnen, für das er allen Mut brauchte. Herrje – er wollte mir doch nicht etwa einen Heiratsantrag machen? Unauffällig scannte ich den Raum. Entdeckte ich vielleicht irgendwo einen fetten Strauß Rosen, der meiner Aufmerksamkeit bisher entgangen war?

»Also gut, Loretta«, sagte er schließlich. »Erinnerst du dich an meine Idee mit dem umgebauten Bus?«

Ich nickte. »Davon hast du in Erwins Büro erzählt. Wir hatten uns über Andreas' Luxuswohnmobil unterhalten.«

»Eigentlich wollte ich nur Spaß machen, aber tatsächlich ist mir dieser Gedanke seither nicht mehr aus dem Kopf gegangen. Vor ein paar Tagen habe ich eine Anzeige entdeckt – jemand will einen halb umgebauten Bus verkaufen, weil seine Lebensplanung sich plötzlich verändert hat. Ich … um die Wahrheit zu sagen: Ich habe sogar schon mit ihm telefoniert. Morgen Nachmittag können wir uns den Bus ansehen.«

Moment mal – was? Wie? Wie bitte? Ich konnte Dennis nur blöde anglotzen.

Über den Tisch hinweg griff er nach meinen Händen und hielt sie fest. »Schau mal, seit ich dich kenne, wühlst du in anderer Leute Dreck und Abgründen herum, um irgendwelche Todesfälle aufzuklären. Möchtest du nicht manchmal einfach abhauen? Raus aus diesem Sumpf? Ich habe mir etwas überlegt, Schatz: Wir kaufen diesen Bus, bauen ihn zu unserer rollenden Wohnung um und fahren los. Erst mal für ein Jahr oder so. Und genießen unser gemeinsames Leben.«

»Und was ist mit Baghira? Und deinen Hühnchen?«, fragte ich verdattert.

Dennis prustete. »Das ist dein erster Gedanke? Die ziehen zu Bärbel und Frank und haben dort ein wunderbares Leben. Sie haben Platz genug im Garten, und die Kinder werden entzückt sein, wenn sie sich um die Tiere kümmern können.«

»Aber ...«

»Kein Aber«, fiel Dennis mir ins Wort. »Alles lässt sich organisieren. Ich verkaufe mein Haus, deine Wohnung behalten wir vorerst und vermieten sie vielleicht. Meine Firma kann ich ebenfalls verkaufen. Sie läuft hervorragend, also werde ich einen guten Preis dafür erzielen. Oder besser: Ich setze einen Geschäftsführer ein, bis wir uns endgültig entschieden haben. Loretta, wir sind noch nicht zu alt, um noch einmal neu anzufangen. Ich sage ja nicht, dass wir morgen losfahren müssen. Bis alles so weit ist, werden noch ein paar Monate ins Land gehen.«

Mit jedem seiner Worte gefiel mir die Idee besser und besser. »Ich habe mir immer gewünscht, am Meer zu leben«, sagte ich nachdenklich.

»Na also! Damit steht unser erstes Ziel also fest!« Er zwinkerte mir zu. »Wir könnten klein anfangen und uns für zwei Monate auf einen Campingplatz an der Nordsee stellen. Dort, wo Diana und Okko wohnen. Dann werden wir ja sehen, ob uns dieses Leben im Bus gefällt ...«

Ich hörte ihm schon nicht mehr zu.

In Gedanken wanderte ich bereits Hand in Hand mit ihm in den frühen Morgenstunden am Strand entlang und genoss den Sonnenaufgang. Über unseren Köpfen krakeelten die Möwen, und der Wind schmeckte nach Salz.

Ich sah ihn an und lächelte. »Ich bin dabei. Lass es uns tun.«

Liebe Leserinnen und Leser,
liebe Fan*innen von Loretta,

dies ist der vorerst letzte Band über die Abenteuer von Loretta Luchs und ihre Angewohnheit, über »tagesfrische Leichen« zu stolpern, wie sie selbst einmal gesagt hat. Aus diesem Grund gibt es an dieser Stelle kein Zusatzkapitel mit tiefer gehenden Informationen über ein Thema der Geschichte (wie viel gäbe es zum Beispiel über Formationstanz zu erzählen!), sondern einen kleinen Abschiedsbrief.

Ihr Lieben, ich kann mich nur bei euch bedanken: für eure Treue und für die vielen Komplimente, die ich bekommen habe.

Niemals hätte ich zu Beginn gedacht, dass der ersten kleinen Geschichte um Loretta und ihre Freunde vierzehn weitere Bände folgen würden. Nach viel Lob für Band 1 habe ich die zweite Episode buchstäblich mit schlotternden Knien geschrieben, denn schließlich galt es, die Leserschaft damit genauso gut zu unterhalten wie mit dem Vorgänger. Denn wer will schon etwas lesen wie: »Tja, der erste Band war super, aber der zweite … Daumen runter. Ein Stern, maximal.«

Beim Schreiben habe ich so manche Überraschung erlebt, denn (Roman-)Figuren neigen dazu, ein Eigenleben zu entwickeln. So mancher Charakter, der eigentlich nur kurz im Hintergrund durchs Bild laufen sollte, trat plötzlich ins Scheinwerferlicht und wurde wichtiger als zunächst geplant.

Dafür ist Frank Kropka das beste Beispiel. Die Leser*innen schlossen ihn sofort in ihr Herz, aber tatsächlich sollte er eigentlich in Band 1 das erste Todesopfer sein. Und dann spukte er mir ständig durch den Kopf, quasselte ohne Punkt und Komma auf mich ein (ihr wisst ja, wie Frank ist) – und er machte mir klar, dass Loretta jemanden wie ihn an ihrer Seite braucht. Ungefähr so:

Autorin: (schmiedet finstere Mordpläne, in denen Frank die Hauptrolle spielt)

Frank (hüpft herum und winkt): »He, du da! Ja, du anne Tastatur!«

Autorin: »Ja bittöh?«

Frank: »Hömma, du willz mich umme Ecke bringen?«

Autorin (verwirrt): »Kann schon sein.«

Frank: »Wat? Dat is ja wohl nich dein Ernst!«

Autorin: »Äh, doch, irgendwie schon.«

Frank: »Du kannz doch 'nen töften Typ wie mich nich einfach abmurksen!«

Autorin: »Ach, und wieso nicht?«

Frank: »Weil die Loretta 'n richtich guten Kumpel braucht, wenn ihr mal einer ausse Patsche helfen muss. Kuckma, wat ich kann *(vollführt einen astreinen Roundhouse-Kick)*. Hasse gesehn? Hasse gesehn? Besser kann der Tschack Norris dat auch nich, kannze mich für angucken. Ich kann Karate und so 'ne Sachen. Und ich kann supergut kochen. Hömma, du has doch ma bei so 'ne Kochshow im Fernsehn mitgemacht ...«

Autorin: »Stopp mal. Woher weißt du das denn bitte?«

Frank (seufzt theatralisch): »Menno, ich bin doch in dein Kopp drin, oder etwa nich? Also, wegen diese Kochshow, dat wär doch wat für Band 2, meinze nich? Die Loretta macht da mit, ich mach da mit, und dann stirbt da einer ...«

Autorin: »Du? Du willst also erst in Band 2 sterben? Darüber könnte man reden.«

Frank: »Neiiiiin! Ich will gaanich sterben, verstehste dat nich? Weißte wat? Ich hol die Loretta mal her, dann können wir schön zu dritt ...«

Quassel, quassel, quassel – ihr kennt Frank ja. Und aus diesem Grund wurde er nicht Leiche Nr. 1 in Band Nr. 1, sondern hat Loretta tatsächlich aus so mancher Patsche geholfen, und zwar immer mit Herz, Enthusiasmus und Löwenmut.

So, ihr Lieben, ich verabschiede mich jetzt – zumindest aus der Loretta-Reihe.
War echt töfte mit euch …
Eure Lotte Minck

Die Sterne lügen nicht

Ruhrpott-Krimödien mit *Stella Albrecht*

Band 1 ISBN 978-3-7700-2017-1

Lotte Minck
Planetenpolka

Eine **Ruhrpott-Krimödie**
mit Stella Albrecht

Band 2 ISBN 978-3-7700-2018-8

Lotte Minck
Venuswalzer

Eine **Ruhrpott-Krimödie**
mit Stella Albrecht

Band 3 ISBN 978-3-7700-2126-0

Lotte Minck
Sonne, Mord
und Sterne

Eine **Ruhrpott-Krimödie**
mit Stella Albrecht